El mundo que vimos arder

Renato Cisneros

El mundo que vimos arder

ALFAGUARA

Papel certificado por el Forest Stewardship Council®

Primera edición: noviembre de 2023

© 2023, Renato Cisneros
Publicado de acuerdo con Casanovas & Lynch Literary Agency
Proyecto realizado con la Beca Leonardo a Investigadores
y Creadores Culturales 2021 de la Fundación BBVA

© 2023, Penguin Random House Grupo Editorial S. A.
Avenida Ricardo Palma 311, Oficina 804, Miraflores, Lima, Perú
© 2023, Penguin Random House Grupo Editorial, S. A. U.
Travessera de Gràcia, 47-49. 08021 Barcelona

© Diseño: Penguin Random House Grupo Editorial, inspirado en un diseño original de Enric Satué

Printed in Spain – Impreso en España

ISBN: 978-84-204-7657-5
Depósito legal: B-15735-2023

Impreso en Unigraf, Móstoles (Madrid)

AL76575

Para Cecilia.

Es muy violento descubrir
que llevas dentro lo que más desprecias.

GEORGE STEVENS

Tengo algo de holandés, negro e inglés,
así que no soy nadie, o soy una nación.

DEREK WALCOTT

El pasado es un país extranjero,
allí las cosas se hacen de otra manera.

L. P. HARTLEY

1

Hoy se cumple un año desde que Erika y yo nos divorciamos. Quedaría bien decir que acabo de reparar en la efeméride, pero la verdad es que llevo pensando en ella desde muy temprano en la mañana. No creí conservar intacto el recuerdo de aquel día, pero me temo que doce meses después aún puedo reconstruirlo con facilidad. Nos divorciamos un martes, durante una de las tardes más opacas del verano anterior. La mitad de los madrileños estaba fuera por vacaciones, así que en la ciudad reinaba el sosiego irreal de mediados de julio. El juez leyó una decena de cláusulas plagadas de términos enrevesados, y luego, al momento de firmar, tanto Erika como yo evitamos que nuestras miradas entrasen en contacto. Ella garabateó los documentos impávida. Yo me tomé unos minutos simulando leer el texto íntegro de la sentencia, pero no pude despegar los ojos de la expresión *de común acuerdo*. Salimos del juzgado y volvimos al departamento a pie por una calle en declive: once cuadras de una caminata silenciosa que el calor hacía más ardua. Por la noche dormí o intenté dormir en el sofá-cama del salón y a la mañana siguiente tomé un vuelo directo a Lima. Me iba por dos meses. Erika dijo que aprovecharía esas semanas para embalar sus cosas y mudarse a Berlín, a la casa de sus padres. Antes de despedirnos, mientras cerraba mi maleta y ajustaba los dígitos de la clave del candado (*0-5-1-0*, por el cinco de octubre, día y mes de nuestro aniversario; no me dio chance de cambiarlo), dijo que en Alemania comenzaría *desde cero*. El comentario me desagradó, lo sentí premeditado, como si quisiera borrar o minimizar los cinco años de casados. *Desde cero.* Esas fueron sus palabras, y al pronunciarlas con firmeza fue como si ahí mismo diera por inaugurado ese nuevo capítulo de su vida en el que no me quedaba ninguna función por cumplir, ningún papel que desempeñar.

Reconozco que hasta hoy su decisión me sigue pareciendo, además de repentina, un tanto inexplicable. Las semanas previas había detectado en ella una conducta evasiva, hasta llegué a sospechar que podría tratarse de un cuadro de depresión, pues en años anteriores su estado de ánimo había mostrado fluctuaciones similares. En cualquier caso, no me preocupé, confiaba en que volveríamos a la normalidad en cuestión de días. No fue así. El malestar se convirtió en una crisis general que no supe, no supimos, medir ni frenar. Ahora tengo razones para pensar que Erika me veía como el culpable de todo aquello que la frustraba: nuestra precaria economía, las escasas perspectivas de crecimiento en su trabajo (uno que aceptó a instancias mías) y, sobre todo, el no haber podido salir embarazada. Extrañamente no alegó ninguna de esas causas el día de la ruptura. Con afilado pragmatismo alemán se restringió a decir que necesitaba replantear su vida y que, después de tantos años juntos, había dejado de amarme. Ni una sílaba más. La noticia, por supuesto, me desarmó. No tuve reflejos ni valor para señalarle que tan solo dos noches atrás habíamos bebido unas copas por iniciativa suya y hecho el amor de manera un tanto expeditiva, pero yo diría satisfactoria, lo que me llevó a inferir erróneamente que quizá ya estuviese recuperándose.

En los días sucesivos todo fue para peor. La volubilidad de Erika se agudizó y, con ello, mis esperanzas de que recapacitara fueron desgastándose rápidamente. Un buen día sentí o soñé que me hallaba en el velorio de un cuerpo todavía tibio cuyo rostro, a medida que pasaban las horas, iba pareciéndose cada vez más al mío. Era una imagen premonitoria. No había más que hacer.

Por eso viajé a Lima: quería estar lejos, asimilar el golpe, pensar lo menos posible en la separación. No lo logré, por cierto. Pasé toda la estadía recibiendo pésames reiterativos, preguntas inoportunas, conjeturas lamentables, consejos no solicitados y, lo peor, lidiando con insoportables indagaciones familiares respecto de lo que iría a hacer con mi vida en adelante. Mis padres y hermanas me hablaban como si fuera un niño que se hubiese quedado huérfano y desamparado de la noche a la mañana. No los culpo. En parte me sentía así, perdido, a la deriva. Se me notaba, supongo.

2

Un día antes de volver a Madrid, me senté en Lima a delinear planes y definir objetivos. El primero de ellos era desocupar el departamento que había compartido con Erika. El tercero B del edificio 76 de la calle de Ferraz, ubicado en una zona privilegiada, cerca del Parque del Oeste, el Teleférico, el Templo de Debod. La invité a mudarse allí ocho meses después de conocernos, nueve antes de casarnos. No iba a ser sencillo deshabitar ese departamento. No se trataba de ir, empacar ropa, encajonar libros, retirar afiches, revisar cuentas y poner en autos al propietario para que disponga nuevamente de la vivienda. Por más esmero que Erika hubiese puesto en limpiar sus huellas al marcharse, estaba seguro de que me toparía con vestigios indelebles de esos días luminosos en que cocinábamos después de hacer el amor, o cuando íbamos a los cines Renoir y al volver debatíamos sobre las películas ardorosamente en la terraza minúscula, o nos sentábamos a escuchar música, fumar, beber unas copas, planificar el futuro. A veces planificar el futuro significaba especular con los nombres y rasgos que tendrían nuestros hijos. Erika quería ser madre no una sino dos o tres veces, se lo decía a todo mundo y a todo mundo le impresionaba mi entusiasta involucramiento en aquel proyecto familiar. No, no iba a ser nada fácil volver tan pronto a esa vieja trinchera y no dar pasos en falso.

Decidí no hacerme líos y renté otro piso vía Internet. En Lima a todos les sonaba insensato que gastara mis ahorros en mantener dos departamentos en Madrid. Nadie entendió que actuaba así por salud mental: también yo quería rehacerme, no quedar empantanado, comenzar, como Erika, *desde cero*. Y era sustancial hacerlo en Madrid, la ciudad donde he alternado las alegrías más intensas con los desengaños más aleccionadores de mi vida adulta. Además, el nuevo piso sería solo un escondite provisional, un refugio para trabajar, comer y dormir unos meses sin verme perturbado por heridas ni remembranzas que asediaran mi tranquilidad. Elegí un piso de cuarenta metros cuadrados, con vista exterior, en Malasaña, en la calle de la Palma. El día que me instalé, nada más traspasar el umbral, supe que no me había equivocado.

3

«Buenas tardes, permítame», dijo el conductor del taxi y tomó mi maleta acomodándola cuidadosamente en la cajuela. Intenté deducir su nacionalidad a partir del acento: ¿peruano, ecuatoriano, boliviano? Cuando preguntó *¿a dónde vamos, maestro?*, mi duda quedó absuelta. Peruano. Solo en Perú se usa el *maestro* para llamar indistintamente a un colega, un mecánico, un vigilante, un mesero o a cualquier fulano al que quiera abordarse amistosamente. La batería de mi teléfono se encontraba agotada, pero había memorizado la dirección del nuevo departamento: calle de la Palma 59. Se la di al taxista y nos pusimos en marcha. Retener mentalmente información utilitaria era una cualidad de Erika. La ponía de mal humor que yo fuera tan despistado con los datos en común, decía que tenía *amnesia selectiva*. En el último tramo del matrimonio, solo por llevarle la contraria, conseguía recordar sin esfuerzo un sinfín de códigos, claves, contraseñas, teléfonos y direcciones que ahora son inútiles y quisiera olvidar.

¿Aquí está bien? ¿Esta es su casa?, me preguntó el conductor, detenido frente al edificio. No supe bien qué decirle. ¿Era mi casa? Le respondí que sí.

El nuevo departamento resultó ser más pequeño de lo que se veía en el anuncio de la web, aunque estaba completamente equipado. Ingresé, colgué la chaqueta del perchero, dejé la maleta en el pasillo y examiné los ambientes sin reparar en detalles que Erika jamás habría pasado por alto, como el grosor de las cortinas, la textura de las toallas de baño, el número de puntos de corriente, la localización de la caja de plomos, el manual de uso de los electrodomésticos. Más bien me fijé en los títulos de los contados libros de la biblioteca, en la confortabilidad del colchón, y en los afiches de las paredes, en particular uno que mostraba en primer plano una vela encendida y debajo un proverbio chino que me dejó cavilando: «Es mejor encender una vela que maldecir la oscuridad». Me lavé, me cambié de camisa, abrí el ventanal, salí al balcón, me acodé en la baranda. El viento templado me dio de lleno en la cara. Permanecí unos minutos mirando los simétricos bloques de la acera, el color de las hojas de los árboles que incluso a esa hora resaltaban por su intensidad, los macizos balcones de fierro o concreto de los edificios del otro lado de la calle, los comercios iluminados, los bares ruidosos, las terrazas rebosantes de gente disfrutando de una vida que, desde arriba, sin expectativas de ninguna clase para la temporada que se avecinaba, solo se me ocurrió calificar de envidiable, despreocupada, ajena.

4

En todos estos meses no he podido quitarme de la cabeza lo que ese día me contó Antonio. Así se llamaba el taxista, Antonio. Se trataba de una historia urdida mediante una secuencia de casualidades. Erika, desde luego, lo refutaría, diría que no existen las casualidades sino las *sincronías*. Para ella todos los acontecimientos, desde los más ínfimos hasta los más trascendentales, contienen una explicación por desentrañar, una explicación que puede ser llana, metafísica, divina o sobrenatural, pero que siempre queda plasmada en el más fraudulento de los adagios: *todo pasa por algo*. La sacaba de quicio oírme hablar con insistencia de la suerte o la inercia. Algunas de nuestras discusiones más bobas o innecesarias partían de ese punto. Si un pariente o amigo fallecía, Erika de inmediato cotejaba el calendario, establecía correlaciones numerológicas e intentaba descifrar el *significado* de esa muerte, como si existieran en el cosmos permanentes cabos sueltos esperando ser atados por una mano desconocida. Yo la emplazaba, al inicio burlándome un poco de su esotérico sexto sentido y sus deducciones de pitonisa, luego diciéndole ya en serio que la fatalidad existe, que a veces la gente solo muere y no hay más vueltas que darle al asunto, pero ella persistía. Un par de veces tomó decisiones gravitantes sugestionada por tales supersticiones, como cuando desechó una atractiva oferta laboral en Londres tan solo porque Pascal, el perro que teníamos en esa época, su perro en realidad, se puso malo y ella, en vez de solucionar el impase llevando al animal al veterinario, creyó ver en esa enfermedad una *señal* de que no era buen momento para realizar cambios «traumáticos». Tal vez, pienso ahora, nuestro rompimiento también estuviera precedido o marcado por algún indicio de esa naturaleza. No sé, no lo vi, no supe darme cuenta.

Pero aun si las impenetrables teorías de Erika tuviesen asidero, no aplican a la historia de Antonio ni a los albures que hicieron viable que llegara a mis oídos aquel día, el día que volví a Madrid. Primero, la demora del vuelo: el avión que me trajo desde Lima aterrizó media hora después de lo programado por una congestión del tráfico aéreo. Segundo, una concatenación de incidentes efímeros: mi decisión —o la falta de urgencia tras mi decisión— de no usar el baño del aeropuerto, mi repentina declinación a comprar cigarros o licores en el *duty*, la inusual prioridad con que apareció mi equipaje en la cinta transportadora, la luz verde al pasar el control aduanero. La conjunción de esas caprichosas circunstancias fue modificando el curso de la jornada, así como su posterior desenlace. Fue puro azar. O azar puro. Es más, a la salida de Barajas, en la parada de taxis, tres personas esperaban su turno por delante; si tan solo una de ellas no hubiese estado allí o hubiese cambiado súbitamente de idea, o si el orden de los autos no se hubiese respetado, como tantas veces no se respeta, Antonio se habría marchado antes con otro cliente y quizá no habría padecido el percance que nos retrasó en la carretera y prolongó nuestra conversación. Si a esa cadena de hechos fortuitos le hubiera faltado uno solo de sus eslabones, la historia de Antonio no estaría escribiéndose. Al menos no ahora. No por mí.

5

—Está despejado —observé. No tiendo a iniciar diálogos en los taxis, pero el acento del hombre había despertado mi curiosidad.

—Sí, hay buen clima estos días. ¿Vive usted aquí en Madrid?

—Sí, vivo aquí —dije y fui directo al grano—. Dígame, usted es peruano, ¿no?

—Así es, maestro. ¿Usted también?

—Sí, sí, también. Somos paisanos —sonreí.

—¿Y de qué ciudad? —me consultó.

—De Lima.

—Ah, mire, igual yo. ¿De qué parte de Lima? —se interesó. Desde el retrovisor sus ojos pardos escrutaron los míos. Me pareció que su ojo derecho era más pequeño que el izquierdo.

—De Miraflores —dije—. ¿Y usted?

—Del Rímac.

Se hizo un silencio. Otro taxi nos sobrepasó.

—¿Conoce el Rímac?

—Sí —mentí.

Otro silencio.

Pese a la temperatura cálida dentro y fuera del auto, el hombre vestía un suéter de cuello alto que le rozaba la barba. Lo envolvía un perfume impreciso. Quise saber cuántos años llevaba viviendo en España. «Ya van a ser veinticinco», dijo, como si acabara de hacer el cálculo y le sorprendiera su resultado.

—¿Han pasado muy rápido los años?

—Muy rápido o muy lento, según se mire.

—No tiene acento para nada— comenté.

—No mucho, las únicas palabras que se me han pegado son las malas, *hostia*, *cojones*, *joder*, pero las uso solo cuando reniego manejando. Las pocas veces que he insultado a alguien así, cara a cara, me salieron puros insultos peruanos, aunque una vez insulté a un conductor en español. *¡Me cago en tus putos muertos!*, le dije. Ni yo me lo creí.

Reímos.

—¿Alguna vez pensó volver al Perú?

—Mi señora quiso, pero nació mi hija, luego mi hijo y fuimos quedándonos. Ahora ya están por terminar el colegio... movernos es más difícil. Además, aquí se vive bien, las cosas funcionan, nadie se mete contigo, nadie fastidia, uno se siente seguro. Cuando mis hijos eran chiquitos los llevaba a Lima más seguido. Se vacilaban con sus primos, con sus abuelos, pero al ratito ya querían volver. A mí me pasaba igual: a las dos semanas ya quería regresarme a Madrid, subirme al carro, chambear. Hace tiempo no vamos a Perú. Usted acaba de llegar de ahí, ¿no?

—Sí, estuve dos meses, se me hicieron eternos. Fue una sobredosis de peruanidad.

—¿Y cómo están por allá? —quiso saber—. Trato de seguir las noticias por Internet, pero siempre veo lo mismo, como si nada hubiera cambiado.

—Es así, tal cual. Todo ha cambiado, pero nada ha cambiado. Para darle un ejemplo, en Lima hay más parques, lo cual está bien, pero una mitad está enterrada en basura y la otra ha sido invadida o depredada. Y ya no le digo nada de los asaltos o los sicarios. La violencia se respira desde que sales a la calle.

—Vi que las últimas elecciones fueron polémicas. El que ganó es un profesor de izquierda, ¿no?

—Sí, uno que usa sombrero.

—Ese mismo. ¿Cierto que es terrorista?

22

6

Mi paso por Lima coincidió con la segunda vuelta de las elecciones presidenciales. El candidato de izquierda se impuso por un margen tan estrecho que su rival, la candidata de derecha, denunció que le habían robado votos, que se había consumado un fraude. Estaba visto que, ganara uno o el otro, el país resultaría damnificado, dividido. Así fue. La capital se vio invadida por una ola de recriminaciones e histeria general. Era imposible atravesar ese denso fuego cruzado de recelos y salir ileso. Pero también era imposible quedarse callado. A pedido de un periódico digital español escribí dos largos artículos acerca del proceso electoral y de lo convulsionada que había terminado la sociedad peruana. Cuando los colgaron, los compartí en mis redes sociales. Algunos viejos amigos de Lima, a quienes me unía un cariño que por años consideré inquebrantable, se decepcionaron públicamente de mis posturas y, con una altanería que quizá no debió desconcertarme, pero me desconcertó, pusieron en tela de juicio mis motivaciones. Les parecía una desfachatez que un peruano opinara del Perú viviendo en otro país. Lo más triste no fue dejar de hablar con ellos, sino no sentir la necesidad de volver a hacerlo. No fueron los únicos: otros conocidos de la adolescencia o la juventud o el colegio o la universidad o de los primeros trabajos o de las primeras noches también me derivaron sus quejas políticas con esa desagradable prepotencia tan propia de cierta sensibilidad limeña. Eran mensajes poblados de prejuicios y muletillas, amén de una ortografía calamitosa. No veía ninguna utilidad en responder tales provocaciones. En la mayoría de casos, eliminé los contactos sin que me temblara la mano, como quien decapita una cabeza de un solo tajo; al fin y al cabo, eran solo sombras distantes, nombres que en su día cobraron cierta relevancia, pero a los que ya no me unía nada que fuera importante. Si me viera en la disyuntiva de escoger solo uno de los muchos comentarios inamistosos que recibí en el transcurso de esos meses, elegiría el mensaje en rima involuntaria de un usuario anónimo que, en su intento por agredirme, me arrancó una carcajada: «¡No vuelvas al Perú, quédate en España!, ¡allá nadie te conoce, aquí nadie te extraña!».

7

—¿Hay solución para el Perú, maestro?, ¿usted qué dice?

No supe qué responder.

—Solución no creo.

—¿Y durará el nuevo Gobierno? Han ganado de pura leche.

—El triunfo de la izquierda ha puesto nerviosos a muchos —le respondí, yéndome deliberadamente por las ramas—. Empezando por ellos mismos.

—Al final todos entran a robar, sean de derecha o de izquierda.

—No puedo estar más de acuerdo. El único consuelo es que ahora los presidentes corruptos van a la cárcel —acoté.

—O se matan, como Alan.

—O se escapan, como Toledo.

—¿Y qué es de Fujimori? ¿Sigue preso o lo indultaron otra vez?

—Sigue preso y no creo que vaya a salir pronto.

—Cuando yo vine a Madrid, a mediados de los noventa, meses después del golpe, el chino allá era intocable. Él y su asesor, Montesinos, el tío Vladi.

—¿O sea que el golpe influyó en su decisión de venir?

—Lo que pasa es que un primo mío chambeaba en la policía y me contaba cosas que no salían a la luz. Cosas bravas, del Gobierno, de los militares. Mi señora estudiaba Contabilidad en la San Marcos y usted sabe que allí estaban infiltrados los terrucos, había pabellones enteros tomados por Sendero. El rector no podía hacer nada. Un día entró el Ejército y se llevó a un montón de alumnos a diferentes cuarteles. Mi primo decía que el Ejército los torturaba para que se declararan terroristas así no fueran. A algunos de esos muchachos se los tragó la tierra. Sus familiares iban a protestar a la universidad, pero era por las puras, nadie les hacía caso. Cualquier día me confunden con senderista, decía mi señora.

—¿Y la confundieron?

—A ella no, pero a otros, sí. ¿Usted se acuerda de la matanza de Barrios Altos?

—Cómo no.

—Nos preocupamos cuando vimos los reportajes en la televisión y los periódicos, porque mi suegra trabajaba a tres cuadras del jirón Huanta, donde había sido la vaina. El Gobierno dictó el estado de emergencia y mandó vigilar toda esa zona. A mi suegra los milicos la paraban en la calle y le pedían sus papeles todos los días.

—Fue muy jodida esa época, no sé cómo podíamos vivir así.

—Es que no vivíamos, sobrevivíamos. En las noches del toque de queda, si no conseguías salvoconducto, tenías que volver a tu casa, a lo mucho, a las diez. Hasta en el Callao nos guardábamos temprano.

—¿No dijo usted que vivía en el Rímac?

—Me mudé al Rímac, pero nací en el Callao, chalaco de toda la vida. Crecí en medio de los Barracones. ¿Conoce?

—Sí —dije.

Esta vez no mentía. En mis inicios como periodista me enviaron cerca de los Barracones del Callao para cubrir la incautación de un cargamento de droga en el que estaba involucrado un congresista. Al culminar, mi jefe me pidió volver al periódico en taxi porque las unidades de prensa estaban destinadas a otras comisiones. En la primera esquina que me detuve un sujeto apareció de la nada, me puso un brazo alrededor del cuello, dijo que hacía cuarentaiocho horas había salido del penal de Lurigancho y amenazó con clavarme una esquirla de vidrio en el abdomen si no le daba todo lo que llevaba encima. No opuse resistencia. Se llevó hasta mis zapatillas, a cambio me dejó sus zapatos, unos mocasines de vestir desgastados, dos tallas más grandes.

—Yo vivía en el jirón Arica con Loreto. No sé si ha ido por ahí alguna vez. Esa zona era bien movida. Ahí yo he visto a mis amigos de la infancia morir acuchillados.

—¿Por drogas, por venganza?

—Unas veces por drogas, otras por alcohol, por celos, o tan solo porque alguien te tenía bronca y mandaba a sus sicarios para joderte la vida. A los siete, ocho años, los chibolos ya se maleaban, aprendían a chorear, a los doce ya formaban sus pandillas. Nadie tenía miedo de irse a la cana, todos sabían que, si te caneaban, salías más entrenado. No sé cómo estará el barrio ahora, pero antes eso era un infierno. A partir de las nueve de la noche las calles se volvían zona liberada y los patrulleros se asomaban una vez a las quinientas. Mi mujer vivía cerquita de mi casa, en la cuadra dos de Apurímac. Desde que nos pusimos de enamorados juramos que saldríamos de allí, así que apenas pudimos nos fuimos al Rímac, que era un barrio menos violento.

—¿Ahí les fue mejor?

—Todo marchaba bien hasta que ella entró a San Marcos. Al poco tiempo la universidad fue declarada zona roja, y todos los alumnos y profesores se volvieron sospechosos. Cuando yo iba a recogerla, la esperaba afuera y los milicos se me acercaban. «Tú eres tuco, ¿no, mierda?», me jodían. Si no les contestabas, era peor, te hundían la FAL en las costillas. Un buen día comenzaron a marcarnos, iban al barrio, nos tocaban el timbre de madrugada, llamaban por teléfono y colgaban, les decían a los vecinos que tuvieran cuidado con nosotros porque éramos de Sendero. ¡Imagínese!

—Ahí decidieron venir...

—Sí. Mi cuñada ya vivía aquí, cerca de Alcobendas. Ella nos comentó que había posibilidad de trabajar en obras de construcción. No lo pensamos dos veces. Mi mujer vino primero, luego yo. Los dos sin visa, ni papeles. Poco a poco fuimos regularizando nuestra situación. Ahora ya somos formales, ella trabaja con contrato, yo tengo permiso municipal, mis hijos van a colegios públicos.

—Y crecen tranquilos, ¿verdad? Esa seguridad nosotros allá no la tuvimos nunca.

—Viven tan tranquilos que no me creen cuando les cuento lo que viví en Lima. Piensan que me lo invento. No conocen el miedo, no saben lo que es vivir con el miedo adentro.

—Con razón no piensas volver —dije. Sin querer había empezado a tutearlo.

—Mire, maestro, le soy sincero: a mí el Perú no me ha dado nada. Nada. A lo mejor volveré cuando sea mayor, pero ahora, para qué, allá todo sigue fregado.

El auto rodaba por la carretera a velocidad media. Técnicamente era de noche, pero aún caía suficiente luz como para vislumbrar la ciudad a la que nos aproximábamos.

—¿Y usted hace cuánto vive por aquí? —me preguntó.

—Pronto serán nueve años.

—¿Ya tiene la nacionalidad?

—Recién estoy por presentar la solicitud. El mes que viene tengo el examen.

—A mí me tardó dos años.

—O sea que ya eres español.

Sonreímos en el espejo retrovisor.

—En la práctica eres un súbdito de la Corona española, ¿no? —subrayé con ironía ante su silencio—. Pagas tus impuestos, usas los servicios públicos, tus hijos nacieron aquí, estudian aquí...

—Aquí siempre vamos a ser extranjeros, maestro —dijo, con una mueca displicente—. El pasaporte europeo solo sirve para que no te miren tan feo en los aeropuertos.

8

La primera vez que Erika viajó al Perú quedó maravillada con Cusco, Arequipa y Puno. También adoró Iquitos. De Lima nada más le gustó Barranco, ciertas vistas del malecón Armendáriz, algunos edificios del centro histórico. La segunda vez, ya conmigo y mi familia, la experiencia fue tan gratificante que llegamos a barajar la posibilidad de comprar algo cerca de Miraflores con miras a vivir allí en el futuro. Fue ella quien lo sugirió, fascinada por «las energías del mar»; yo, por verla contenta, por no saber negarme a sus iniciativas, dejé abierta la posibilidad. Felizmente la idea terminó diluyéndose. ¿Habríamos sido más felices viviendo en Lima? Lo dudo. Durante años me sentí estúpidamente orgulloso por haber nacido allí. Para mis parámetros de aquel momento, no ser de la capital representaba un signo de inferioridad. En la adolescencia, me avergonzaba decir que mi padre era de Huánuco, de la sierra. Si podía eludir el tema, lo hacía sin culpa. O tal vez con culpa. Recuerdo que en unas vacaciones familiares fuimos a conocer su pueblo, Paucarbamba, denominado oficialmente *Amarilis* (nombre latino que yo prefería utilizar) y pasamos dos semanas en la campiña, en casa de unos viejos amigos suyos, los Trinidad. Por quince días mis hermanas y yo anduvimos de arriba abajo con sus tres hijos, pocos años mayores que nosotros. Nos enseñaron a ordeñar vacas, arrear cabras, montar burros, a correr a casi dos mil metros sobre el nivel del mar, a descubrir siluetas de animales en el relieve de las montañas, allá el puma, allá el cóndor, allá la serpiente. Nos llevaron de expedición a nítidas lagunas de origen glaciar, nos mostraron unas momias de niños con expresiones aterradoras, nos hicieron conocer un cementerio de gigantescas piedras ancestrales con inscripciones jeroglíficas que no se decidían si adjudicar a los incas o los extraterrestres. Aprendimos a bailar igual que Los Negritos, usando máscaras de cuero, y a comer locro de gallina hasta reventar. No pudimos divertirnos más. Nos despedimos de la familia Trinidad, del campo, del cielo celeste, de la naturaleza rural, y volvimos a Lima un domingo a bordo de un bus-cama interprovincial cuyo motor liberaba sólidas nubes de humo negro. A los dos días, en la hora de Lenguaje, la profesora pidió que contáramos lo que habíamos hecho en vacaciones. La chica que se sentaba delante de mí, Camila Chávez, habló de su viaje a Miami, de su visita al parque de Universal Studios de Orlando, y levantó el brazo izquierdo para mostrar el fosforescente reloj acuático que se había ganado en una atracción cuyo nombre no retuve. Mientras ella parloteaba como cotorra, en mi cabeza daban vueltas imágenes diversas de los paisajes de Paucarbamba y de los rostros chaposos de los hijos de los señores Trinidad. Cuando me fijé, la profesora estaba preguntándome lo mismo y, a pesar de los formidables recuerdos que podría haber enumerado, murmuré, pusilánime, «no hicimos nada por vacaciones». Cogí mi lápiz e hice un garabato sobre la carpeta. A mis hermanas no les dije una palabra, menos a mis padres. No lo habrían tolerado. Una vez les llegó el rumor de que en el colegio yo firmaba los exámenes con otro nombre. Lo negué de plano: no era capaz de admitir frente a ellos lo mucho que me incomodaban las reminiscencias andinas de mis dos apellidos.

Al llegar los años del crecimiento económico de Perú, entre el dos mil cuatro y el dos mil seis, mi entorno cedió a una frivolidad galopante. Lo más patético fue sintonizar con ella de un modo genuino. Me resultaba muy sencillo comportarme tal y como se esperaba que lo hiciera alguien con mi educación, mi aspecto o mis costumbres. Mi mirada, como la del resto, se tornó arrogante, descalificadora. Me agotó volverme tan previsible, tan eficaz para satisfacer expectativas, perseguir ideales y defender postulados que no eran estrictamente propios. Más que venir a España, creo que hui del Perú. O de Lima. O más en concreto, hui de la persona que yo era en esa ciudad y que interactuaba maquinalmente. Me fui para no estar más. ¿No era ese el paso definitivo que siempre había anhelado sin encontrar la excusa idónea para llevarlo a cabo?, ¿no era yo quien, de niño, angustiaba a mis pobres hermanas, la mayor y la menor, diciéndoles que me iría de casa para siempre? El impulso de evasión siempre estuvo ahí; la interrogante es cómo pude durar tanto sin darle rienda suelta. Quizá en el fondo me frenaba saber que el día que me marchara trazaría sin miramientos una línea divisoria y no retrocedería en mi escapada ni una sola vez.

Mientras en el taxi Antonio rememoraba los años noventa, pensaba en cómo, aun siendo los dos peruanos y limeños, había cuestiones que jamás podríamos compartir. Él abandonó el Perú porque sentía que le pisaban los talones. Vio peligrar su futuro, su integridad. Viajó sin portar documentos, sin dinero, sin saber a ciencia cierta dónde iría a establecerse. Lo único que llevaba consigo, además de incertidumbre, era la astucia para aguantar la respiración cuando los guardias pasaban a su lado. Más que inmigración, lo suyo era exilio a la fuerza. Yo me fui del Perú pudiendo perfectamente haber continuado allí: nada de lo que había conseguido estaba en riesgo. Es más, el país aún vivía de las rentas de la primavera económica de inicios de siglo y los expertos en materia bursátil eran optimistas respecto del crecimiento de las reservas a mediano plazo. Con tres trabajos podía darme caprichos, disfrutar de cierta holgura. Cuando vine a España lo hice sin contratiempos, auspiciado por una visa de estudiante, un número de seguridad social, una dirección a la cual dirigirme. La única contrariedad que traje conmigo fue

31

una pregunta que a lo largo de estos años se mantiene incontestable: ¿debería volver? Tal vez eso sea lo único que me une a Antonio: ninguno ha podido desentenderse por completo del Perú o de ese malestar perdurable que es el Perú. No basta con interponer un océano entremedio. La distancia difumina el pasado, mas no lo borra. A la larga entiendes que la vida que empezaste fuera de tu país no sustituye a la anterior: es su prolongación en otra geografía. Son vidas disímiles, pero hermanada la una con la otra, que coexisten en simultáneo. La nueva vida es un insomnio dilatado en el que vas penetrando tenuemente, mientras la vida anterior, la vida que vivías y truncaste deambula en paralelo, a lo lejos, como un hipotético fantasma sin cabeza, una sombra inválida, un alma en pena que no deja de vagar.

UNO

Solo tres veces apareció el banquero neoyorquino Gordon Clifford Horowitz en la vida de Matías Giurato Roeder, pero las tres fueron providenciales para que se produjeran los eventos que determinarían su destino.

La primera fue el 28 de junio de 1939, poco después de dejar el puerto de Salaverry, al sur de Trujillo, en el norte del Perú, a bordo del Santa Bárbara, vapor de la compañía Grace Line que, procedente de Valparaíso en ruta hacia el Canal de Panamá, arribaría dentro de casi dos meses a Nueva York, donde Gordon Clifford vivía y Matías buscaba emigrar. A medida que el barco se alejaba del muelle, el trujillano de diecinueve años miraba hacia la costa presintiendo sin nostalgia que pasaría mucho tiempo antes de reencontrarse con esa playa de aguas pardas, gaviotas plomizas y botes tumbados bocabajo por donde tantas veces había paseado con su madre. El cerro Carretas, tan imponente visto de cerca, se había convertido en un montículo, una protuberancia de tierra arenosa que en cosa de segundos quedaría oculta por el horizonte.

Una contingencia permitió que ambos personajes entrasen en contacto: a falta de veinte minutos para el abordaje, sobre la mesa de un restaurante del puerto, Matías encontró un cartapacio y una pipa que llevaban grabadas las mismas iniciales doradas, *GCH*. El despistado banquero, aprovechando la escala del vapor, había bajado a merodear entre los rústicos negocios levantados en la amplitud del malecón y se detuvo en uno de ellos a comprar baratijas y tomar un café. Al regresar, con las prisas y las manos llenas de bultos, olvidó sus pertenencias. Matías se las devolvió al dueño del local, pero este se mostró reacio a recibirlas. No bien subió a la nave informó de su hallazgo al primer miembro de la tripulación que se cruzó en su camino. Tan solo una hora después, cuando ya empezaba a acostumbrarse a las precarias instalaciones de tercera clase, ese mismo tripulante le hizo llegar una invitación anónima para ocupar uno de los espaciosos compartimentos de primera. «Debe ser un malentendido», se dispensó Matías. El marino le reiteró la propuesta y esta vez el joven Giurato aceptó sin vacilar. Si bien tenía acordado con sus padres recalar en Nueva York y alojarse temporalmente en casa del tío Enrico (un remoto primo de su padre al que Matías ni recordaba), su verdadera intención era procurar subsistir como indocumentado en Estados Unidos, reunir algo de dinero para viajar a Hamburgo y buscar allí a su familia materna, a la que había aprendido a conocer a través de las cartas, fotos y postales que su abuelo, Karsten Roeder, enviaba cuatro o cinco veces al año a la casona de la hacienda Chiclín, donde Matías llevaba una vida demasiado apacible o quizá demasiado trivial. Por eso, al trepar de dos en dos los peldaños de las escalinatas, cruzar los controles y sentir el rugido de las turbinas y calderas del Santa Bárbara surcando el mar abierto a toda máquina, interpretó aquella azarosa invitación a primera clase como una insólita señal de buen augurio para el incierto viaje que emprendía.

Gordon Clifford esperaba a Matías en un ambiente apartado del bar principal. Lo saludó con aplomo, le consultó si hablaba inglés o español, lo invitó a sentarse y, tras agradecerle formalmente haberle devuelto íntegros el cartapacio de cuero y la pipa de madera, lo invitó a elegir uno de los tapizados camarotes cercanos al suyo durante lo que durara la travesía. «Le garantizo que estará más cómodo», dijo, y Matías, que ya se sentía cómodo por el solo hecho de estar ahí, delante de ese hombre que lo trataba con deferencia, asintió con un gesto elusivo para disimular su asombro. Repitió el gesto un minuto después, al recibir la copa de ginebra que Clifford acababa de servirle pese a que aún no era mediodía, y pese a que la bebida, más por su talante que por su edad, no lo entusiasmaba lo más mínimo. Mientras daba cautelosa cuenta de ese licor aromático, diáfano, vino a su mente la fugaz imagen de Massimo Giurato, su padre, y pensó que nunca había compartido una sola copa con él a pesar de la ostensible afición alcohólica por la que Massimo era famoso en todo Trujillo. Más de una noche el propio Matías, impelido por su madre, había tenido que ir a buscarlo a los barcitos atestados del centro cuyos nombres conocía de paporreta, el Chicago Club, el Tokio, el Trieste, el 606 de la calle Gamarra, y oír a los dueños implorarle que se lo llevara, así nomás, sin pagar, antes de que recobrara la conciencia y siguiera dando lata a los clientes con los insufribles exabruptos de su mala borrachera. Sin embargo, no era debido al alcoholismo que Matías odiaba a ese señor que era su padre, sino por otra serie de motivos que en ese momento, saboreando su copa de ginebra, no se le antojó recapitular.

Clifford le dijo que, pese a que llevaba años yendo y volviendo de Valparaíso, era la primera vez que se animaba a descender en Salaverry. «¡Y por poco pierdo mis papeles y mi pipa favorita!», añadió, soltando una risa desaforada a la que Matías reaccionó con aprensión. Clifford pasó a hablarle de su trabajo intentando que sonaran atractivas sus correrías por ese abstracto mundillo de inversiones en bolsa, préstamos bancarios, emisión de bonos, compra de acciones, generación de utilidades y pérdidas de capital, sin producir en el joven el efecto positivo deseado. Para resultar amigable cambió de estrategia y le contó que su esposa era chilena (de ahí que hablara tan fluidamente el español), que no tenía hijos, que gozaba de la itinerancia de su oficio, porque lo distraía del ajetreado y a veces agobiante ritmo neoyorquino. Le indicó que, pese a la recesión económica en Estados Unidos, Nueva York no dejaba de crecer, transformarse y acoger a migrantes de distintos países que, si eran despabilados, no tenían mayores inconvenientes en insertarse. Imbuido de confianza por ese último comentario, Matías describió sucintamente sus planes, y no dudó en pedirle al banquero consejo sobre qué pasos dar al poner un pie en Norteamérica.

En los días, semanas y meses sucesivos, en los encuentros que tendrían en el bar principal, el comedor inglés, los salones, las terrazas, y en las caminatas diurnas y nocturnas por la cubierta del barco que rápidamente convirtieron en rutinarias, la cordialidad recíproca fue afianzándose. Matías se veía atraído por la cultura de Clifford, pero no buscaba agradarle; el banquero, entretanto, apreciaba con beneplácito el idealismo del muchacho y la osadía que representaba atravesar el océano con miras a llegar hasta una Alemania que, a esas alturas, junio de 1939, con la ocupación de Austria y Checoslovaquia, el arresto y confinamiento de judíos y gitanos en guetos, ya había iniciado un derramamiento de sangre sobre Europa que amenazaba con extenderse al mundo entero.

Lo que Matías más valoraba en Clifford era el franco interés que le prestaba, algo que ni siquiera su madre, su venerada Edith Roeder, pese al amor que sentía hacia él, su único hijo, o tal vez a causa de su incorregible tendencia a sobreprotegerlo, lograba brindarle. No tuvo reparos en explayarse respondiendo las acuciosas preguntas de Clifford acerca de su día a día en Trujillo. Matías le habló de su educación con los severos sacerdotes maristas del colegio Seminario, de las veces en que se evadía con dos o tres amigos para escabullirse en el teatro chino y ver los últimos minutos de las películas que se proyectaban en los matinales; de cómo se deslizaba debajo de las carpas de los circos ambulantes acantonados en las inmediaciones del centro para aventarles comida a los famélicos caballos enjaulados que más tarde saldrían a hacer cabriolas al escenario; de cómo se colaban a hurtadillas en el traspatio de los cuartos de las prostitutas de la calle del Arco o del jirón Sosiego, donde escuchaban sus jadeos fingidos al atender a esos hombres que, culminada la prestación, salían ágilmente de esas dependencias pasándose una manga por la cara y se reincorporaban más aliviados a sus vidas sin brillo. Matías vio a Massimo Giurato, su padre, salir de esos cuartuchos no una sino varias veces, con los pelos castaños revueltos, los faldones de la camisa fuera del pantalón, tambaleándose por el alcohol, pero no lo comentó entonces con sus amigos y tampoco ahora con Gordon Clifford. Se centró en hablarle de los años subsiguientes a la secundaria, años que invirtió —o malgastó, según su padre— en ver largometrajes mexicanos en el cinematógrafo del jirón Junín, oír recitales y tediosas conferencias científicas en el Ateneo, practicar natación en la piscina de los baños públicos de la calle Pizarro, perfeccionar su disparo con rifle en el complejo de la Sociedad de Tiro, y memorizar la conjugación de verbos en las clases particulares de inglés que su madre le hizo llevar en la biblioteca Larco Herrera. Y le habló de las cartas de su abuelo Karsten, cartas con estampillas azules y rojas que él despegaba depuradamente para coleccionarlas, cartas donde el abuelo realzaba las bondades de Hamburgo y se apasionaba contando capítulos de su historia, retrotrayéndose hasta la invasión de Napoleón, cartas que su madre traducía morosamente del alemán para que él se familiarizara con el idioma y con esa multitud de parientes a quienes un día, no tenía dudas, conocería en persona: la bisabuela Helga, la abuela Ingeborg, las tías Ilse, Christa, Elke; los tíos Klaus, Rainer, Helmut; los primos Günter, Angelika, Wolfgang y los otros Roeder mencionados en esas misivas, descritos a partir de sus vocaciones, modismos, manías, peculiaridades físicas o actitudes sentimentales. La tía Elke era enamoradiza pero terca; la tía Ilse pintaba naturalezas muertas y ahorraba monedas en una alcancía de cerámica que custodiaba con ahínco; la tía Christa era tozuda con las matemáticas, inconstante con los deportes, quisquillosa con las verduras; el tío Rainer vivía acomplejado por sus piernas disparejas, sus encías retraídas, sus orejas diminutas; el tío Klaus era propenso a dar órdenes y a contar a los niños chistes subidos de tono; la abuela Ingeborg no podía pasar un solo día sin decir *es geht um die Wurst*, «es la hora de la salchicha», una forma idiosincrática de advertir «ahora o nunca»; el primo Günter pendulaba entre ser mago, médico o automovilista, mientras el primo Wolfgang —que todas las mañanas cogía los diarios para dirigirse a las secciones de ocio y misceláneas, nunca a las páginas políticas— contaba los meses que restaban para postularse a la facultad de Arquitectura. Gracias a aquella correspondencia sabía que su abuelo Karsten llevaba poco más de veinte años trabajando en Blohm, un astillero del puerto de Hamburgo, adonde incluso jubilado continuaba acudiendo sin que se lo impusieran, pues se «aburría soberanamente» en la casa, el apartamento con terraza del penúltimo edificio de la calle Bernhard-Nocht, en el barrio de Sankt Pauli, a espaldas del mercado de pescadores, a unos caminables quinientos metros del paseo marítimo. Matías había calculado esa distancia en los tres mapas de la ciudad que su abuelo dibujó con rigor cartográfico para que «no te extravíes el día que vengas a visitarnos». El nieto revisaba concienzudamente esos planisferios hasta grabarse los nombres de los lugares que el viejo Karsten resaltaba con densos círculos de tinta roja porque serían los primeros que recorrerían juntos en el ansiado viaje del futuro: la iglesia de San Nicolás, el cine Astra, la estación Dammtor, el hotel Atlantic, los comercios de Altona, el zoológico de Tierpark Hagenbeck y, dependiendo de la edad que tuviera Matías al momento de su visita, los bulliciosos pasadizos del Reeperbahn. Otras veces las cartas traían inesperadas reliquias familiares que para Matías constituían un tesoro digno del más celoso cuidado: el retrato desteñido de un antepasado barbudo en cuya fisonomía se buscaba, monedas o billetes de marcos imperiales fuera de circulación, recetas de postres de la bisabuela Helga hechos a base de frutos rojos, maicena y vino tinto; u objetos puramente decorativos como un precioso reloj de bolsillo Kienzle con las manecillas estacionadas a perpetuidad en una hora a la que Matías pretendió en vano hallarle significado: las cuatro de la tarde con veinticinco minutos, o como ese mechero Wieden, laminado en plata, que funcionaba con gasolina, en cuyo diseño sobresalía la roja cruz de Santiago, y que él, aunque no fumara, siempre portaba en el pantalón. En una ocasión, cuando tenía siete u ocho años, el abuelo le mandó una caja que contenía treinta piezas de madera contrachapada y, en un papel aparte, las instrucciones para unirlas con pegamento. El resultado fue un magnífico biplano con sus dos alas rígidas, una encima de otra, una hélice de dos aspas, una esbelta cola formada por tres tirantes, y el agujero de la cabina, con dibujos de los mandos. Era una réplica auténtica, subrayaba el viejo Karsten en la carta, del Albatros con el que Manfred von Richthofen, el legendario Barón Rojo, el mejor piloto alemán de la primera guerra, logró derribar a más de ochenta aeroplanos de las potencias de la Triple Entente. De la mano de Matías, el pequeño avión sobrevolaba los cultivos de caña de Chiclín durante tardes enteras haciendo audaces piruetas que concluían bruscamente cuando el motor era impactado por un figurado proyectil enemigo, obligando al único tripulante, el Barón Rojo («el Barón Cojo» decía Matías), a saltar en paracaídas sobre una oscura selva imaginaria en tanto que la nave se precipitaba a gran velocidad y colisionaba irremediablemente contra ficticias elevaciones rocosas. Con el tiempo, colocado sobre una repisa desde donde exhibía orgullosamente las abolladuras y rayones de su arruinado fuselaje, el biplano de madera dejaría de ser solo un juguete para convertirse en el símbolo del único deseo que en los últimos años Matías había llegado a considerar impostergable: volar.

En sus cartas, ya para no alarmar a su hija o no desilusionar a su nieto, el viejo Karsten omitía contar la preocupante situación de Hamburgo, en realidad de toda Alemania, desde que los nazis detentaban el poder. Por sus afinidades con el partido comunista, aunque no solo por eso, el abuelo era un acérrimo crítico del Reich; desde el comienzo había recelado de su prédica segregacionista, desestimando sus métodos violentos, los cuales conocía bien. Años atrás, una noche de agosto de 1930, en la cervecería Am Stadtpark del barrio de Winterhude, en medio de una reunión electoral del partido nacionalsocialista obrero, cerca de noventa individuos irrumpieron en el local con evidentes pretensiones de sabotearla. Decían ser miembros del Frente Rojo, una facción del partido comunista, y se autodenominaban los Puños de Hierro. La mitad ocupó las butacas vacías y la otra mitad se parapetó al final de la sala, bloqueando el acceso al auditorio. En el estrado un séquito de portavoces nazis se había pasado la última hora desplegando peroratas abiertamente antisemitas, antimarxistas, antiliberales. El orador que estaba en el uso de la palabra cuando los visitantes hicieron su imprevista aparición interrumpió su alegato para preguntarles si su presencia obedecía a razones pacíficas o no. Una jarra de cerveza salió volando de entre el público, cruzó los aires y pasó a escasos centímetros de su cabeza antes de estrellarse violentamente contra la pared: la duda no podría haberse respondido con mayor elocuencia. Desde su posición, el viejo Karsten se lamentaba de no haberle dado de lleno en la cabeza. Nadie tuvo tiempo de reprocharle la insolencia porque ahí nomás empezó el desbarajuste. Comunistas y nazis pasaron a atacarse utilizando como armas los objetos más próximos, desde escobas, cuchillos y fragmentos de vidrio hasta las contundentes sillas de madera del local. Muchos asistentes huyeron del pandemonio, pero otros, la gran mayoría, se unieron a los nazis para echar a los intrusos la calle. En el meollo del alboroto un par de ancianos atarantados se trenzaron y no dejaron de zurrarse a bastonazos hasta quedar tumbados en el suelo con la barba amarilla jaspeada de sangre. Aun cuando los comunistas eran superiores en número, los otros hicieron prevalecer su fuerza y agresividad. Al verse rebasados, los Puños de Hierro iniciaron la retirada pregonando arengas que los nazis acallaron con un festejo a cada segundo más ruidoso. El viejo Karsten no olvidaría jamás la ferocidad de aquellas caras enrojecidas ni la violencia de sus proclamas y vilipendios: les oyó decir que habían ganado porque tenían la ideología más fuerte, la voluntad más grande, el coraje más fiero, y que combatirían sin piedad «a los desadaptados que contaminan a Alemania». Se les notaba arrebatados, poseídos por un desdén que, lejos de disiparse, iría sumando adeptos con el transcurso de los meses y años. Pero nada de esto contaba el abuelo en sus cartas austeras. En ellas subestimaba la figura de Hitler, reduciéndola a la caricatura de un dictador estrafalario. No contaba nada de la disolución de partidos políticos ni del asedio a opositores, muchos de los cuales eran trasladados a prisión o directamente eliminados. Ni de la clausura de las estaciones de radio que no se alineaban con el nazismo y eran reemplazadas por órganos de propaganda. Los tres periódicos que se leían en casa de los Roeder, el *Hamburger Echo*, el *Hamburger Nachrichten* y el *Hamburger Correspondent*, de pronto desaparecieron de los puestos. Ya para 1934 el predominio nazi sobre la ciudad era incuestionable, y lo personificaba quien fungía de gobernador, Karl Kaufmann. Cuando el rostro pétreo de Kaufmann comenzó a salir en la prensa, el viejo Karsten reconoció en esas pupilas enturbiadas al orador de la cervecería del barrio de Winterhude, y volvió a arrepentirse retrospectivamente por no haber acertado al tirarle la jarra la noche de la trifulca. El abuelo no le contaba a Matías que los libros que disgustaban a los nazis eran confiscados, primero, y quemados después en los gimnasios de las escuelas. Ni que directores de colegios y hospitales eran a menudo sustituidos por sumisos partidarios del Reich. No le contaba que las familias estaban impedidas de salir de vacaciones si previamente no recibían el visto bueno de la Kraft durch Freude, entidad que supervisaba y uniformizaba el ocio de la población. No le contaba que, al apartamento familiar, el de la calle Bernhard-Nocht, habían llegado sendas invitaciones dirigidas a los tíos Helmut y Rainer, y a las tías Christa y Elke, para incorporarse «voluntariamente» a las Juventudes Hitlerianas y la Liga de Jóvenes Alemanas, y menos le decía que, aunque ellos habían desistido en primera instancia, pasaban los días mordiéndose las uñas, pensando que pronto se verían forzados a ingresar a ese desembozado semillero del nazismo y acabarían adoptando sus dogmas y costumbres por pura coerción. En el colegio de la prima Angelika, donde se había suprimido las clases de religión, ahora se inculcaba a los alumnos el origen del partido nacionalsocialista obrero, y como material de lectura se incluía biografías de Hitler donde lo pintaban como un predestinado. En los compendios de historia se consignaba el mito de «la puñalada en la espalda», según el cual el ejército alemán había salido invicto del campo de batalla en la primera guerra mundial y, si no pudo alzarse con la victoria, fue por una traición de los adversarios del frente interno. En los libros de geografía se puntualizaba la necesidad de redibujar fronteras, reconquistar los territorios perdidos tras la firma del tratado de Versalles, y expandirlos para asegurar un estado hegemónico. Y en los textos de biología se enfatizaban las nociones de pureza racial y de lucha por una supremacía en ciernes. Cuando la directora del colegio de la prima Angelika fue destituida por negarse a implementar esos contenidos, calificándolos de «retrógrados», a los dos días una servil correligionaria fue nombrada en su puesto. Y donde estudiaba el primo Wolfang, cinco profesores, denunciados por sus propios discípulos, habían sido defenestrados por hacer comentarios antinazis. El primo Wolfang firmó a regañadientes la denigrante denuncia, pero dos de sus amigos se resistieron y fueron expulsados.

El viejo Karsten no hablaba de nada de eso, menos aún del inicio de la persecución a intelectuales, gitanos, homosexuales, extranjeros y personas con discapacidad. El fanatismo nazi era tal que hasta los muchachos que gustaban del jazz eran vistos como degenerados. El tío Klaus, sin ir muy lejos, debió pasar una temporada en el campo de concentración juvenil de Moringen, catalogado eufemísticamente «campamento para la protección de la juventud», por reunirse con amigos y amigas en un garaje a bailar swing y escuchar discos de Earl Hines. Una vecina dio parte a la policía y se los llevaron enmarrocados, imputados por «promiscuidad sexual» y por «bailar música negra como criaturas salvajes». Tampoco mencionó una sola palabra de lo sucedido con sus colegas judíos, los que trabajaban con él en el astillero de Blohm, los señores Hofstein, Greenberg y Klein, quienes, a partir de 1935, cuando las draconianas leyes de Nuremberg formalizaron el antisemitismo, vieron pisoteados sus derechos. Los comercios de los judíos eran boicoteados o sufrían continuos asaltos sin que la policía local moviera un dedo por evitarlo. Los que podían correr con los gastos de obtener una visa, el señor Greenberg entre ellos, se fueron del país llevándose a sus familias consigo, pero a los demás, como los Hofstein y los Klein, les tocó sufrir vejaciones cada vez más virulentas que hicieron que el miedo y la impotencia se instalaran en el seno de la comunidad judía arraigada en Hamburgo. La noche del 9 de noviembre de 1938, «la noche de los cristales rotos», los nazis profanaron varias tumbas y socavaron cientos de lápidas en el cementerio judío de Altona. Por toda la ciudad se registraron redadas, disturbios y actos vandálicos, muchos de ellos en el distrito de Elbe, donde hubo innumerables saqueos e incendios de sinagogas. Esa noche el viejo Karsten y la abuela Ingeborg albergaron en su casa a algunos judíos que, además de soportar el funesto espectáculo de la destrucción de sus tiendas, su único sustento, a los pocos días fueron conminados por el Gobierno

43

a apoquinar cantidades exorbitantes para remendar sus fachadas, y a limpiar las calles donde las encolerizadas hordas nacionalsocialistas, con las guarniciones paramilitares a la cabeza, habían dejado vidrios, mercancías regadas y miles de carteles partidos por la mitad.

En Trujillo, una fracción de estas noticias eran propaladas en alguna estación de radio, o aparecían publicadas en recortes de las páginas internacionales de *La Industria*, pero lo hacían con dilación y sin un nivel de detalle que les permitiera a Edith Roeder o a Matías saber cómo se vivía la tiranía del Reich más allá de Berlín. Un día, harta de las evasivas de su padre, Edith le escribió exigiéndole pruebas sólidas de que la familia se mantenía a salvo. En su siguiente carta, el viejo Karsten Roeder se refirió por fin a la coyuntura, nada más que apelando a unas líneas precavidas y sinuosas que no transparentaban la grave realidad del panorama:

los alemanes ya no se rebelan ante los inútiles, el pesimismo de ayer se ha diluido junto con los antagonismos que nos permitían saber quién era quién. Lo que hace unos años a muchos nos parecía condenable hoy se tolera sin importar la propia ignominia, por eso ha sido meridianamente fácil poner de rodillas la autoestima nacional.

Matías, que había visto a su madre muchas veces apesadumbrada pero no iracunda, se sobrecogió cuando Edith arrugó la carta del abuelo, la arrojó al suelo con el rostro desencajado y la recogió solo para desgajarla emitiendo chillidos en alemán que él no se empeñó en traducir porque suponía, con acierto, que se trataba de un surtido rosario de diatribas y maldiciones. Matías unió prolijamente los retazos de esa carta para transcribirla, leerla a solas con ayuda del diccionario y luego depositarla en el baúl donde tenía almacenado todo lo que el abuelo Karsten enviaba: las fotos, las misivas escritas con ilegible letra de médico, los mapas, los dibujos, los obsequios, y hasta las estampillas que el viejo elegía para comunicarse con el nieto peruano al que soñaba abrazar algún día.

A nadie extrañó que Hamburgo fuera el epicentro del rearme alemán de cara a la *guerra total*, pues el puerto era idóneo en cuanto a capacidad de enlace y manufactura. La alicaída economía de la ciudad comenzó a restablecerse a la par que descendían los altos índices de desempleo. Las empresas de construcción naval se vieron favorecidas con millonarios contratos militares, y una cifra considerable de compañías a punto de quebrar se recuperó gracias a la necesidad de levantar refinerías de petróleo, fábricas de motores, diques secos para producir buques de guerra y submarinos en masa. La brutal inyección de dinero para convertir a Hamburgo en un gigante industrial (la bautizaron Gran Hamburgo) volvió inaudibles los juicios de los más implacables detractores del régimen. A partir de 1937, Hitler mandó construir allí una infinidad de puentes y autopistas, logrando que miembros de la pujante clase obrera que decían repudiarlo ahora le concedieran el beneficio de la duda. Mientras fue líder del partido nazi, no hubo ciudad más visitada por el *Führer* que Hamburgo, «la perla del Norte».

«¿Usted conoce Alemania?», preguntó Matías a Gordon Clifford una de las noches del barco, reclinados codo a codo sobre la barandilla de estribor. El banquero neoyorquino iba a responderle cuando estalló un tumulto de voces provenientes del otro extremo de la cubierta. Se acercaron a un remolino de gente que miraba atónita con dirección al mar, donde algo acababa de caer pesadamente revolviendo la espuma de las aguas. Los alaridos de sobresalto y los clamores se interponían en una especie de barullo ininteligible. En la aglomeración era notoria la presencia de una rubia de brazos huesudos y pómulos prominentes que ahogaba a medias un aullido de espanto, y la de un señor no tan mayor pero enteramente calvo que hacía torpes esfuerzos por consolarla. El capitán se hizo presente e impartió órdenes perentorias para detener la embarcación y rescatar el cuerpo inerte que daba tumbos allá abajo. Después de batallar con los curiosos por quince minutos la tripulación logró despejar el área. Nadie dormiría esa noche. Los pasajeros, en ascuas, dedicaron la madrugada a especular y propagar rumores tan incongruentes entre sí que, por la mañana, las versiones sobre el incidente difundidas en los salones de caoba de primera clase no guardaban semejanza alguna con las habladurías que corrían por los baños comunitarios de segunda ni con los chismes que inundaron los angostos, caldeados pasillos de tercera. En primera se hablaba de un tropiezo accidental; para los de segunda había sido un suicidio; solo en tercera daban crédito a la posibilidad de un asesinato. Cuando las autoridades a bordo filtraron discretamente la noticia de que un pasajero había decidido quitarse la vida, las tergiversaciones no cejaron: en primera clase decían que el suicida era un ludópata holandés hostigado por sus acreedores; en segunda teorizaban sobre un mal actor californiano deprimido por su enésimo fracaso; y los de tercera apostaban a que el occiso era un grumete argentino desahuciado por una enfermedad causada por parásitos y picaduras de moscas de arena. A los dos días se conoció finalmente la identidad del muerto. Se trataba de un joven ítalo-albanés de apellido Brunetti, amante de la esposa de otro pasajero. Se había lanzado por la borda después de que ella, que resultó ser la rubia delgaducha, negara su relación hasta en cinco oportunidades delante del marido, que resultó ser el señor sin pelo.

La apasionada historia siguió comentándose por semanas en los corredores del Santa Bárbara, y sirvió de excusa para que Gordon Clifford preguntara a Matías de cuántas muchachas se había enamorado. Con incredulidad lo oyó decir que de ninguna. Él, en cambio, presumió de estar curtido en materia de mujeres, aclarando lo afortunado que se sentía con Manuela Altamirano, su actual esposa, la chilena que conoció en uno de sus viajes a Valparaíso y ahora lo esperaba en Nueva York. En un pestañeo Clifford se distrajo con una exhibición de esgrima que dos tripulantes vestidos de blanco ejecutaban en la cubierta, y permaneció observando cómo los oponentes, emboscados sus rostros detrás de las rejillas de las caretas protectoras, se medían y esquivaban con pericia, cortando el silencio general con el agudo silbido de sus floretes. Matías aprovechó ese intervalo para preguntarle cuántos hijos tenía. El banquero le dio una profusa calada a su pipa, mantuvo el humo tres segundos antes de expelerlo en una gruesa vaharada y, sin desviar la mirada de los espadachines, que se aproximaban y alejaban entre sí en refinados desplantes, repuso con sequedad: «Ninguno, soy estéril». Más adelante, en la tercera o cuarta semana del viaje, Matías volvería sobre ese tema para confesar algo que lo intrigaba desde el primer día. La mañana del embarque en Salaverry, cuando encontró el cartapacio y la pipa con las iniciales del banquero sobre la mesa de un restaurante del puerto, fisgoneó el contenido para averiguar a quién pertenecía y entre los papeles descubrió una foto. En ella identificó a un Gordon Clifford más joven posando junto a una mujer que, dedujo, era Manuela Altamirano; en medio de la pareja un niño pecoso de unos ocho o nueve años, con camisa de algodón, tirantes, pantalones cortos, mostraba a la cámara una cabellera partida en dos por un surco impecable y una sonrisa en la que faltaban dos dientes superiores. Era un hermoso retrato familiar en el que los personajes, aun sin abrazarse, transmitían el amor que se profesaban. Matías pensó que en su casa no había una foto como aquella. Clifford dejó y recogió su copa de ginebra de la mesa tres veces seguidas como si así pudiese aplazar la interrogante que Matías llevaba en la punta de la lengua. «¿Quién es el niño?», preguntó el trujillano a manera de insistencia. Nada más oír esas palabras Clifford notó en su párpado derecho la presencia de veloces contracciones que por un instante le hicieron pensar que se hallaba en la antesala de un infarto. Le ofuscó la indiscreción de su joven amigo, pero cuando quiso demandárselo tenía agarrotados los músculos de la quijada y no fue capaz de proferir palabra alguna. Matías comprendió su impertinencia y se alistó para un llamado de atención o una súbita variación de tema, pero el orondo banquero de cincuenta y ocho años —que jamás perdía la compostura— solo atinó a frotarse las mejillas pálidas con las palmas de la mano y a ajustar los cordones débilmente atados de sus zapatos antes de ponerse a llorar con un desconsuelo que lo tomó desprevenido. «Se llamaba Samuel», dijo, aún agitado, hilvanando las sílabas con dificultad. Matías no sabía si estaba preparado para escuchar el relato que resolvería el enigma de la fotografía, y cuando pensó disuadir a Clifford de contárselo, este ya había comenzado a hablar sin ningún freno. A un año del nacimiento del niño en Chile, los tres se habían mudado a Nueva York, donde, a pesar de los efectos de la Depresión, disfrutaron un largo periodo de bienestar. Esa etapa concluyó con el accidente, el día posterior al octavo cumpleaños de Samuel (la foto fue tomada en la víspera). Trabándose, sin enhebrar del todo las frases que salían de su boca como hilachas, Clifford le habló a Matías de un sótano, de un cortocircuito en los cables de alta tensión que hacían contacto con los sauces que crecían en la calle de su casa, de la rotura del tirador de un pestillo oxidado, de una puerta obstruida, del ruido de infinitos golpes al otro lado de esa puerta, del raudo calor en las paredes, de la sombra espeluznante de las llamas, del crujido de los muebles a medida que el fuego iba carcomiéndolos, de la desesperación con que él y Manuela pidieron auxilio a los vecinos sin que nadie pudiera hacer nada por ellos, del llanto de su hijo cuando las llamas empezaron a cercarlo, y de los gritos, los desgarradores, pavorosos gritos de Samuel, gritos que nunca dejarían de zumbar en sus oídos estuviese despierto o no. Para cuando los bomberos franquearon el sótano y apagaron el incendio, ya no quedaba nada del niño. Al cabo de unos días, ante la presencia de un obispo, Gordon y Manuela colocaron las cenizas de su hijo en el interior de un cofre. Manuela entró en una espiral progresiva de dolor, negación y delirio de la que no saldría más. Se culpaba a sí misma por haberle insistido al niño que fuera a jugar al sótano aquella mañana. A veces, para disimular la ausencia de Samuel, le servía la comida en la mesa o le hablaba, no mental ni figurativamente, sino en voz alta, como si el chico aún viviera y pudiera escucharla. La mañana en que Gordon la sorprendió esparciendo los restos de Samuel en una maleta para llevárselo «de paseo», decidió internarla en un hospital psiquiátrico de Long Island. Matías, estupefacto, consternado, seguía la narración de esos hechos que, infirió de pronto, eran recientes y esclarecían la presencia de ese brazalete negro en la manga derecha de la chaqueta de Clifford. Lo último que el banquero neoyorquino le reveló fue que no regresaba de Valparaíso de cerrar ninguna transacción, como le había dicho, jactancioso, el día que se conocieron en el bar. Nada de eso. Volvía de cumplir el ritual pendiente para ponerle fin, al menos simbólicamente, al último capítulo de su malograda paternidad: dispersar las cenizas de Samuel en el mar, cerca del balneario donde él y su mujer se habían enamorado años atrás, y deshacerse de una vez de los objetos más preciados del niño, entre ellos un trajecito de esgrima, una careta infantil, dos guantes de cuero y un florete.

Para Matías no había en el mundo una pareja con personalidades más incompatibles que Massimo Giurato y Edith Roeder, sus padres. No sabía cómo habían podido enamorarse —si es que aquello había ocurrido—, ni si habían deseado sinceramente tener un hijo, ni cómo llevaban más de dos décadas juntos. En realidad, sí lo sabía: una convivencia como aquella únicamente podía explicarse por el constante ejercicio de la indiferencia más absoluta. Para él sus padres eran dos adultos que deambulaban por la hacienda sin tocarse ni mirarse, como si hubiesen transado para ocupar cada cual una parcela, cruzando entre sí expresiones mínimas, las suficientes para que la sociedad conyugal y el sistema doméstico se mantuvieran en funcionamiento. Por lo demás era difícil no confundirlos con dos sonámbulos, peor aún, dos fantasmas que se desairaban mutuamente pese a estar condenados a sacudir sus cadenas en idénticos rincones. ¿Cómo se había entablado aquel noviazgo? Hasta donde él sabía, y no sabía mucho, su madre había dejado Alemania siendo bastante joven por irse con ese macarra italiano que prometió darle una vida cómoda en el norte del Perú, donde su familia genovesa se había afincado el siglo anterior haciendo crecer un patrimonio de tierras prósperas. De lo que Massimo no le habló cuando la enamoraba fue de su dependencia de la bebida, que iría acentuándose con los años hasta volverse crónica; menos aún le habló de su adicción a las prostitutas, ni de sus ya por entonces espinosos problemas con la ley.

Desde los catorce años, Matías ya sospechaba que algunos miembros de la familia Giurato andaban en asuntos truculentos. Un tío de su padre, al que apodaban Toto, cuya sola mención hacía que Edith se levantara intempestivamente del comedor en pleno almuerzo, era un fascista declarado que, en Estados Unidos y Argentina, había fundado publicaciones donde se leían ardorosas alabanzas a Benito Mussolini. Ahora trabajaba en Lima organizando a la comunidad ítalo-peruana según las directrices que recibía del Gobierno del «Duce», a quien solía enviar regalos, adornos y ropas con motivos incaicos que rara vez llegaban a manos de su destinatario. Massimo se vanagloriaba de ser sobrino de Toto y, secundado por sus dos hermanos mayores, Giacomo y Donato, operaban en Trujillo bajo supuestas consignas fascistas, aunque lo real es que sus codicias nada tenían que ver con la imposición de una política ultranacionalista, sino tan solo con llenarse los bolsillos para seguir moviéndose en la ilegalidad y la holgazanería. Por toda la provincia de

Ascope y el centro de Trujillo se hablaba de atracos, cobro de cupos y ajustes de cuentas perpetrados por los hermanos Giurato. Extorsionaban a los propietarios de los bazares del jirón Bolívar, de los hoteles de la calle Ayacucho y La Merced, y de otros establecimientos de la avenida Gamarra, amenazándolos con traer abajo sus locales si no *colaboraban*. Si se rasuraban gratuitamente en la peluquería El Progreso o si almorzaban sin pagar un centavo en la Fonda de Hiraoka, era porque así amortizaban las *deudas* que los arrendadores mantenían con ellos. Su descarada impunidad se debía principalmente a que un alto porcentaje de sus ganancias mal habidas financiaba las actividades sociales del banco italiano, que tenía a la plana mayor de la policía entre sus clientes predilectos. De ahí que ningún alto oficial se animara a disponer su detención. Tampoco las víctimas actuaban por iniciativa propia: quién iba a querer enfrentarse por sí solo a esos tres maleantes italianos que, con sus camisas negras, zapatos bicolores, sombreros de ala corta y llamativos trajes de sastre a rayas (en los que, se decía, camuflaban pistolas semiautomáticas cuando solo portaban navajas sustraídas de la peluquería) eran lo más cerca que había estado la ciudad de tener una mafia de gánsteres intocables. El día que una vecina se atrevió a presentar cargos y pruebas rotundas contra los tres por el asesinato de su esposo, Eudoro Ganoza, el gerente del hotel Ferrocarril, los policías no pudieron seguir haciéndose de la vista gorda y tuvieron que encerrarlos para no despertar suspicacias. No obstante, en menos de dos horas estaban de nuevo libres. La estratagema para burlar la prisión tenía nombre propio: Paolo Farinella, el gordo Farinella, un obeso italiano de Basilicata, sin mujer ni descendencia, cuyo único pero decisivo trabajo consistía en inculparse cada vez que los hermanos Giurato se metían en líos peliagudos. Cuando la viuda del señor Ganoza los acusó del robo, secuestro y ulterior degollamiento de su marido, fue el gordo Farinella quien se entregó a la policía con su mejor cara de homicida desalmado. Cobró una suma cuantiosa en compensación por su lealtad y silencio, pero muy tarde se percató de que el monto recibido resultaba irrisorio comparado con los catorce años que pasaría pudriéndose en la cárcel. Siempre le fallaban las matemáticas al hacer esos cálculos. Ya en circunstancias anteriores había purgado condenas más breves, de seis y cuatro años, por acuerdos similares con los Giurato, pero asumir él solo la responsabilidad del crimen del gerente del hotel Ferrocarril fue un exceso. En total, el gordo Farinella, cuya edad podría estimarse en unos cincuentaitrés años, pasó veintiséis tras las rejas, más de la mitad de su vida, y todo por un dinero que, para cuando por fin salía libre, valía significativamente menos.

Gracias a las inmolaciones de Farinella los Giurato seguían escurriéndose de la ley, desplumando negocios a diestra y siniestra, y participando de la vida social trujillana como si nada. Se había vuelto normal verlos pavonearse en las recepciones del Club Central, en las corridas de toros, en las peleas de gallos, en las kermeses o las funciones de zarzuela, aunque al final del día volvían a beber cerveza a sus cantinas de medio pelo, donde celebraban sus engañifas, ufanándose de su aguante etílico, y acababan tumbados como despojos entre cementerios de botellas vacías. Matías supo de la existencia de Paolo Farinella y de su turbio papel por una infidencia de su padre, que habló más de lo debido una de las tantas madrugadas en que él, después de buscarlo con denuedo, llegó hasta una de esas chinganas a ocuparse en persona de sus pesados restos de borracho infame. No le dijo nada a su madre, mucho menos a Lizardo Carcelén, el enjuto reverendo con quien se confesaba a la muerte de un gato en la iglesia de La Merced. En cambio, sí se lo contó a Gordon Clifford en el barco, y dijo a continuación que sentía un profundo rencor y vergüenza no solo hacia su padre, sino hacia esa familia de italianos que no consideraba suya y, por extensión, hacia ese país europeo que no conocía ni le interesaba.

«Cuando cumplí trece», le contó a Clifford, «mi padre me regaló una escopeta de aire comprimido. Una mañana me llevó a un valle en las afueras de Chiclín y me mostró cómo dispararles a las lechuzas y los guanacos. Era toda una ceremonia. Primero sembrábamos el señuelo y luego buscábamos dónde escondernos. Había que tener paciencia, olfato, frialdad, sobre todo paciencia. Las lechuzas eran fáciles de derribar, en contraste con los guanacos, que tienen la cabeza pequeñita. Tenías que apuntarles en medio del pecho, ajustar la mira sin guiñar el otro ojo para no perjudicar la visión periférica y no dudar con el gatillo, pues si te tardas un segundo el rebaño huele la presencia humana, y cuando los guanacos escapan es muy difícil perseguirlos, son tan veloces como los tigres. Montábamos guardia un buen rato, sin hablar, nos bastaba un par de señas para saber lo que pensaba el otro. Por meses compartimos esa afición, matamos decenas de animales, pero llegó el día en que mi puntería fue mejor que la suya. Lo recuerdo bien. Con un solo tiro, plaf, tumbé a dos guanacos que estaban uno detrás del otro, él hirió a uno solo en la grupa, no acertó a darle en el corazón. Esa tarde mi padre sintió una clarinada de alerta. Antes de cumplir los quince ya me había convertido en un cazador más virtuoso, y eso, en vez de enorgullecerlo, ofendió tanto su ego que no salimos más a disparar ni confraternizamos en torno de ninguna otra actividad, ni fumamos ningún cigarro, ni bebimos ninguna copa, ni nos hicimos una sola pregunta relevante. Todo lo que siguió de parte suya fueron maltratos. Era tal su menosprecio por mis logros que llegué a pensar, con todo derecho, que tal vez fuera hijo adoptado, o no planificado, o no deseado, o deseado tan solo por mi madre. Se lo consulté a ella, pero me aseguró que su embarazo contó desde el principio con la anuencia de mi padre. Hasta hoy me cuesta creerle. No he sido para él otra cosa que un estorbo. Ese hombre es un ser inescrupuloso, un depravado, pero sobre todo un asesino que tendrá que pagar por sus crímenes, aunque yo no estaré allí para verlo». Dijo esto último y de su mente emergió el recuerdo ácido de esas mañanas de la infancia en que Massimo, con el pretexto de enseñarle a nadar en la ribera de uno de los afluentes del río Chicama, lo forzaba a hacer ejercicios de respiración sumergiendo su cabeza varios segundos en las aguas terrosas hasta que Matías protestaba zarandeándose y volvía a la superficie sin provisión de oxígeno en los bronquios. Le costaba entender por qué su padre recurría a ese método sádico que, en lugar de apuntalar su voluntad, parecía orientado a doblegarla. Bastaba que Massimo le ordenara «cámbiate, vamos al río» para que la bronca y el nerviosismo se le enquistaran al niño en el hueco que une o separa el pecho del estómago. Muchos años más tarde se enteraría de que esa era una de las indecibles técnicas de tortura utilizadas por los hermanos Giurato para amedrentar a sus víctimas: llevarlas a ese río contaminado, hundirlas, dejarlas al borde del ahogamiento y así quebrarlas anímicamente hasta obtener lo que fuera que pretendieran.

El semblante de Matías, torcido por la rabia, dio un giro drástico cuando, a petición de Clifford, el chico habló de su madre. «Es una santa», dijo, «desprendida, dadivosa como ninguna». No exageraba. Durante las inundaciones provocadas en Trujillo por la corriente del Niño de 1923, Edith Roeder formó comités de cooperación con otras piadosas mujeres de la comunidad alemana, las señoras Rosemberg, Clausen y Aldbretch. Juntas armaron el refugio en la catedral, asistieron a quienes habían perdido sus viviendas, y contribuyeron en la construcción de un orfanato para albergar a los niños desamparados. Hizo lo propio cuando se produjo el aluvión de marzo de 1925. Aquel verano las lluvias cayeron sin dar tregua a lo largo de diez días y diez noches, causando incalculables destrozos en edificios públicos que no soportaron el furibundo embate de la naturaleza, entre ellos, el Hospital Belén, donde muchos pacientes murieron de neumonía por ser atendidos a la intemperie. En el valle las aguas pedregosas del Chicama desbordaron su cauce hasta colmar las acequias, estropear las endebles instalaciones eléctricas y dejar las haciendas vulnerables e incomunicadas entre sí. Numerosas familias desocuparon sus casas por temor a que paredes y techos siguieran desplomándose. Los diarios dejaron de imprimirse una semana entera. Los presos huyeron ante el debilitamiento de los muros laterales de las cárceles. Y en los cementerios la furia de los huaycos hizo colapsar las tumbas con tal violencia que cientos de nichos reventaron y decenas de esqueletos salieron despedidos, y luego, para apaciguar a los deudos, hubo que devolver las calaveras a sus ataúdes de cualquier manera, entreverando huesos de aquí y de allá, sin certeza de quiénes eran sus dueños ni a qué fosa correspondían. A Matías lo cautivaban esos relatos terroríficos de los días del aluvión, en especial cuando su madre contaba que varios féretros terminaron navegando en círculos por los alrededores de la plaza mayor y que, semanas después, cuando el diluvio ya había amainado y el pueblo retomaba su calma habitual, todavía podían verse, regados por las vías y bulevares, cráneos, caderas y fémures, amarillos por el barro o barnizados por el sol, que nadie reclamaba ni recogía y eran triturados por las pezuñas de los burros de las lecheras o las brillantes ruedas de caucho de los primeros automóviles que se veían por la ciudad.

El joven Giurato había esperado con avidez cumplir dieciocho años para irse de casa. Le tomó todo un año agenciarse el pasaje y convencer a su madre de que le había llegado la hora de conocer el mundo. Le hubiese gustado tanto que ella lo acompañara, pero no, a la benigna Edith Roeder no se le cruzaba por la mente dejar solo a Massimo, llevaba muchos años resignada a vivir de esa manera atípica que excluía todo contacto carnal. ¿Por qué no reaccionaba de su letargo?, se encabritaba el hijo, ¿por qué no se marchaba ella también?, ¿qué la tenía tan subyugada a Massimo?, ¿acaso no sabía que era un criminal y que, además, la engañaba con prostitutas?, ¿es que ni siquiera lo presentía?, ¿dónde había extraviado la insumisión con que enfrentó a sus padres en Alemania sin haber alcanzado la mayoría de edad?, ¿dónde dejó esa intrepidez para abandonar su país, su ciudad, su barrio, su familia y empezar de la nada en otro continente, al norte del Perú, en un valle recóndito de nombre inverosímil donde solo conocía al timador que había elegido por esposo?, ¿qué se hizo de aquel temperamento anárquico?, ¿sería muy tarde para restituirlo? A Matías no dejaba de aturdirle el hecho paradójico de que su madre reaccionara con tanta prontitud, solidaridad y carácter ante la devastación originada por las fuerzas tempestuosas del clima, pero se viera carente de la menor resolución cuando se trataba de tomar las riendas de su vida y corregir los destinos de su intimidad.

En oposición al trajín delictivo de Massimo, como una forma de lidiar espiritualmente con esa carga, Edith Roeder llevaba en Trujillo rutinas de lo más fervorosas, como sus recorridos semanales por las iglesias del Carmen, San Agustín, Santo Domingo y La Merced. A veces Matías dejaba la escopeta de aire comprimido y el deseo de cazar animales cada vez más voluminosos, y acompañaba a su madre en ese abnegado peregrinaje. Le gustaba atisbar sus movimientos viéndola arrodillarse en el reclinatorio bisbiseando una oración en la que seguramente rogaba a Dios por el alma corrompida del marido y el nebuloso porvenir de su hijo único, para luego penetrar en las tinieblas de los pasillos laterales del templo rumbo al confesionario de aterciopeladas cortinas granate donde el reverendo Lizardo Carcelén, con ese halo de mansedumbre y desidia tan propio de ciertos farmacéuticos de turno, le administraba la penitencia que le servía para mitigar la congoja de sus pecados veniales. Edith le tenía tanta confianza a Carcelén que lo invitaba con frecuencia a los concurridos banquetes que celebraba en la hacienda para fortalecer los lazos entre la comunidad trujillana y la colonia alemana, y Carcelén asistía sin falta sabiendo que allí podría reclutar, no solo a nuevos fieles para la iglesia, sino a generosos patrocinadores para los eventos de su parroquia.

Esas noches de fiesta se multiplicaba el número de mayordomos, se desempolvaba la vajilla italiana, se exponía la colección de pertrechos de caza, las vasijas precolombinas, y se soltaba a los perros entre los cañaverales para que no importunaran a las visitas. Hasta esos predios llegaban los primos Gildemeister, los señores Werner Stein, Carlos Bickel, Herman Berendson, el matrimonio Doig y el matrimonio Schneider. El desconsiderado Massimo Giurato hacía acto de presencia para saludar, pero en cuanto podía se esfumaba hacia la calle directo a sus encerronas y conciliábulos, o a encamarse con las meretrices más solicitadas del jirón Sosiego. Acostumbrada a sus desplantes, Edith no desperdiciaba energía echándole en cara sus ausencias. Matías, en cambio, siendo poco más que un adolescente inexperto en compromisos sociales, departía con los visitantes hasta pasada la medianoche, aunque solo por ver si el nombre de Hamburgo era mencionado en algún tramo de la charla.

En una de esas cenas oyó hablar de Edmund Moeller, el escultor alemán que cinco años atrás había inaugurado el ostentoso monumento de veinticinco metros de altura erigido en la plaza de armas de Trujillo para conmemorar el centenario de la independencia de la ciudad: el monumento a la Libertad. Edith Roeder estuvo presente en aquella ocasión integrando una comitiva de la colonia alemana, conoció al artista y lo tuvo de invitado por partida doble en la casona de la hacienda. Moeller ya era entonces una personalidad de connotada trayectoria: el Gobierno del Perú le había concedido la Orden del Sol y en Alemania se había hecho acreedor del Gran Premio de las Artes y las Ciencias (se rumoreaba que lo recibió de manos de Hitler en Berlín). Matías prestó mayor atención a los comensales cuando escuchó a uno de ellos decir que las enormes figuras de mármol travertino que constituían el monumento habían sido labradas, fundidas y embaladas en Hamburgo, y que en el transcurso de los nueve años que Moeller trabajó en esa obra viajó periódicamente de Trujillo a Alemania y viceversa. Al día siguiente, saliendo del colegio, el joven Giurato se acercó a la plaza para observar con detenimiento esa escultura en la que, pese a su tamaño, jamás había reparado.

—¿Y qué tal?, ¿te gustó? —lo sondeó Clifford, con la pipa de madera a punto de caérsele de los labios curvados.

—No lo sé. Más que gustarme, me inquietó —respondió.

Dos días antes de enterarse de la existencia del tal Edmund Moeller, Matías había escuchado el episodio sobre Sodoma y Gomorra de boca del presbítero que dictaba religión en el colegio Seminario. Le impresionó la historia de Lot. Con la Biblia abierta de par en par, el presbítero les contó a sus alumnos que Lot hospedó a dos ángeles en su casa y que una enardecida turba de varones llegó hasta la puerta exigiéndole que los entregara. Querían abusar sexualmente de ellos, vejarlos, sodomizarlos. Lot no accedió a esa demanda y ofrendó a sus dos hijas vírgenes para que los intrusos hicieran con ellas lo que les viniese en gana, pero ese sacrificio no llegó a consumarse debido a que los ángeles neutralizaron a los atacantes dejándolos ciegos. Enseguida instaron a Lot a irse con su familia a una montaña vecina, anunciándoles que las dos ciudades serían reducidas a cenizas en castigo a la perversidad de sus habitantes. Al huir fueron advertidos de no mirar atrás ni detener su marcha. Los ángeles ascendieron a lo alto de una llanura desde la cual, sin contemplaciones, obedeciendo lo estipulado por Yahvé, derramaron una ardiente lluvia de azufre sobre todos los hombres, mujeres, niños, animales y árboles de Sodoma y Gomorra hasta borrar el último vestigio de vida. La mujer de Lot sintió a sus espaldas los destellos de aquel infierno y, en un segundo de debilidad, desacatando el mandato de los ángeles, se giró y quedó convertida para siempre en estatua de sal. De todas las preguntas que ese relato sugería, Matías eligió la más desconcertante: ¿cómo se llamaba la esposa de Lot? Grande fue su estupor cuando escuchó al presbítero pronunciar el nombre de su madre: «Edith».

Aquel texto bíblico volvió a su cabeza la tarde en que se colocó delante del monumento de Edmund Moeller. Se concentró en las tres robustas efigies de hombres encadenados que despuntaban en la base; se detuvo mínimamente en los relieves de bronce donde se recreaban escenas de las batallas de Ayacucho y Junín, y de la declaración de la independencia de Trujillo; pero de donde no pudo despegar la mirada fue de la imagen que coronaba el conjunto. Era la estatua hecha en granito de un mancebo que, vestido únicamente con un mantón y elevado sobre un globo terráqueo que a su vez gravitaba encima de una piedra recortada en forma de diamante, portaba una antorcha en la mano derecha. Matías notó la desproporción de sus brazos respecto del resto del cuerpo y se fijó en lo marcadas que llevaba las costillas a ambos lados del esternón. Los ojos cincelados del efebo aparentaban ser dos agujeros, dos cuencas vacías como las de los ciegos de Sodoma y Gomorra, sin embargo, Matías, enfocándose en la antorcha o en la flama de cemento de la antorcha, creyó comprender que la escultura se asemejaba mucho más a los ángeles que habían llevado a cabo el incendio decretado por Dios. Se cuestionó qué quería decir Edmund Moeller valiéndose de esa turbadora figura. ¿Ocultaba o no un mensaje subrepticio?, ¿cuál sería la misión de ese ángel semidesnudo que parecía debatirse entre iluminar la ciudad o hacerla arder, entre guiarla hacia la libertad o hacia la destrucción?, ¿su tarea era preservarla del exterminio o aniquilarla?, ¿era este un ángel caído del cielo, desterrado del paraíso, exiliado en algún limbo perenne?, ¿hasta dónde su presencia era una exhortación de ánimo para los vivos y hasta dónde una metafórica revancha de los muertos?, ¿por qué sus facciones pueriles componían ese implícito gesto de culpa, derrota y traición?, ¿por qué su mentón se erguía como alardeando de una juventud intemporal?, ¿en quién se habría inspirado Moeller para esculpir un rostro así de inocente y maligno?, ¿su ceguera era auténtica o se trataba de una alegoría del escultor para insinuar que la humanidad no puede mirar realmente hacia atrás ni hacia adelante, ni hacia el pasado inconcebible ni hacia el futuro inexistente y que, presa de una catástrofe que nadie nombra, está condenada a vivir en un punto de no retorno en el que el mundo, de alguna forma, se ha detenido para siempre? Matías advirtió el embeleso con que los transeúntes miraban la estatua y se preguntó por qué allí donde los demás creían ver a un prócer, un príncipe o un santo, él tan solo veía a un monstruo.

Gordon Clifford gozaba tanto oyendo a Matías hablar de esto y aquello que no tardó en adaptarse a sus ademanes, su selección de adjetivos, su proclividad al uso indiscriminado de la hipérbole. También a la parsimonia con que entrelazaba las manos antes de colocar la barbilla sobre ellas, su manía de rascarse intercaladamente los codos, la forma dócil en que cruzaba y descruzaba las piernas, los hipos y bostezos que lo asaltaban puntualmente con la tercera ginebra. Varias veces a lo largo del viaje intentó adivinar los demonios que podían estar atormentando a su joven amigo. Intuía, por ejemplo, que la decisión de Matías de aventurarse a buscar un destino lejos de su país de origen estaba incentivada, al menos en cierta medida, por el indiscutible apremio que representaba para él ser peruano, italiano y alemán sintiéndose un peruano entre italianos y un alemán entre peruanos. Clifford comprendía esa tribulación, la conocía por dentro. Hijo de un inglés conservador de Coventry y una norteamericana con ascendencia judía, nieto de una pareja de refugiados irlandeses y otra de inmigrantes checos, Gordon Clifford creció en Nueva York con la sensación intrínseca de vivir en medio de todas partes y de ninguna, sin poder diferenciar tajantemente lo oriundo de lo extranjero, lo propio de lo ajeno, en un estado latente de suspenso en el que abundaban interpretaciones acerca de las raíces, las tradiciones, y en el que interrogantes en apariencia tan elementales como «de dónde soy» o «a dónde pertenezco» muchas veces carecían de una respuesta convincente. No era hijo único como Matías, pero al igual que él había tenido una niñez solitaria desde que sus dos hermanos mayores se independizaran de la tutela paterna siendo muy jóvenes, dejando las habitaciones, patios y jardines de la casa a total disposición del menor de la familia. Mientras Matías le hablaba de las cenas opíparas de su madre en la hacienda Chiclín y de su esperanza en que alguno de esos contertulios cosmopolitas contara algo novedoso sobre Hamburgo, Gordon Clifford tuvo el impulso o la necesidad de proteger a ese muchacho que tanto le recordaba a sí mismo, de ayudarlo a cristalizar el sueño descabellado, pero aun así romántico de irse a la Alemania dominada por el nacionalsocialismo para conocer a su abuelo, sus tíos, sus primos, la mitad de su tronco genealógico. Al propio Clifford, a los veinte años, no le hubiera venido mal una ayuda como la que ahora estaba resuelto a prestar. En su día él también arregló un viaje a la Irlanda de sus abuelos, pero tuvo que postergarlo, no por motivos de seguridad, sino porque su padre, Hamilton Clifford, lo había inscrito ya en una escuela de finanzas y el joven Gordon, por congraciarse con él, o porque nunca desarrolló agallas para objetar sus órdenes, cedió en sus inclinaciones, conformándose con seguir una profesión para la que ciertamente tenía aptitudes, y que no tardó en reportarle rentables beneficios. Pero que lo hiciera bien, que tuviera una predisposición innata para resolver asuntos fiscales, contables y mercantiles no significaba en modo alguno que lo disfrutara.

No bien Matías contó sus impresiones sobre el monumento de Edmund Moeller en la plaza de Trujillo, Clifford se apuró en llevarlo a dar una vuelta por la cubierta para proponerle algo que en realidad llevaba sopesando desde hacía una semana. Ya solo restaban setentaidós horas de viaje, habían pasado juntos cincuentaiocho días descontando los cinco que Clifford permaneció encerrado en su camarote con los pulmones abotagados por una gripe tropical y el día entero que Matías vagabundeó por el puerto de Balboa durante la larga escala en Panamá. En esas semanas la simpatía escaló con naturalidad hacia el afecto, y aunque no lo declararon con palabras era innegable para ambos que la suya era una amistad más veraz y promisoria que otras amistades de larga data, pero ya descoloridas por los años o marchitas por la ingratitud. A bordo del Santa Bárbara habían sido testigos y partícipes de cenas, fiestas, aniversarios, pedidas de matrimonio, y hasta del cumpleaños del capitán, quien invitó al puente de mando a un selecto grupo de primera clase. Habían visto peleas, altercados, reconciliaciones. Pero sobre todo habían conversado sin desmayo, caminando de proa a popa, por babor y estribor, a veces en español, otras en inglés, revelándose confidencias, comentando las cartas que enviarían o no a sus familiares y amigos, leyéndoselas como si leyeran poesía, no tanto para discutir el estilo como sí para saber cuánta verdad lograban transmitir esas misivas, y todo eso, de día o de noche, a merced de los amaneceres, las puestas de sol y las vastas constelaciones que generan los cielos del Pacífico en la lejanía de altamar.

Lo que Gordon Clifford le propuso en buena cuenta fue adoptarlo. Matías escuchó esas palabras y, desorientado, se rascó los codos intercaladamente. Clifford le explicó que, si se registraba como hijo suyo al ingresar a Estados Unidos, no solo ahorraría tiempo y dinero en futuros papeleos en caso requiera prorrogar su estadía, sino que podría trabajar reglamentariamente y vivir haciendo valer las potestades de cualquier ciudadano norteamericano. Matías lo miraba con escepticismo. ¿A qué viene tanta filantropía?, cavilaba. «A mí no me cuesta nada, lo hago con total desinterés», subrayó

Clifford, leyéndole los pensamientos. Matías seguía callado. «En toda mi carrera he visto cientos de veces cómo estas pequeñas gestiones burocráticas facilitan tremendamente la vida de las personas, librándolas de verse en aprietos», añadió el hombre, y complementó su argumento con enmarañadas analogías de banquero veterano. Matías por fin abrió la boca para preguntar si, de consentir la adopción, tendría que cambiarse los apellidos. Cuando escuchó al señor Gordon decir «nada más el paterno», le devolvió al banquero su mueca ambigua, ese estudiado artilugio al que apelaba cuando no quería delatar su complacencia. Prescindir del apellido Giurato y de todo lo inherente a él representaba una categórica victoria en la batalla por desligarse de la sombra de su padre, además de una inmejorable oportunidad de reinvención.

El viernes 1 de septiembre de 1939 arribaron a Nueva York. Una vez desembarcados, Matías avanzó hacia la salida del puerto sin separarse un centímetro de Clifford. «¿Me dejarán entrar?», consultó, temeroso. El otro lo tranquilizó señalando que se encargaría de las indagaciones de los controladores portuarios y rellenaría los formularios migratorios. Así lo hizo. Matías solo debió pasar un veloz chequeo médico y contestar las once preguntas que, detrás de un mostrador, le hizo el guardia aduanero. La primera, su nombre completo. «Matías Clifford Roeder», dijo él, ciñéndose fríamente al libreto practicado en el barco. Gordon colocó una palma en su hombro derecho para hacerle más llevadero el cuestionario, y minutos después los dos estaban en las afueras de la estación, aliviados, aplaudiendo lo sencilla que había sido la maniobra y bromeando con la novedad de ser padre e hijo, al menos para fines legales. «¿Sabes a dónde irás?», quiso saber Clifford. «Supongo que buscaré al tío Enrico», dijo Matías por salir del paso, pues aún no había decidido cuál sería su próximo movimiento. Tras una pausa, Clifford apuró un abrazo para no sucumbir al melodrama. No se animó a ofrecerle dinero ni asistencia de ningún tipo porque Matías así se lo había pedido; además, ya la adopción —era chocante referirse a ella en esos términos— era un gran aliciente, el resto del camino tendría que allanarlo por sí solo. Antes de acomodarse en el Pontiac negro que lo aguardaba con el motor encendido, el banquero le dejó una tarjeta con la dirección de su casa, situada en las afueras, en el sereno barrio de Washingtonville. Una vez en el asiento trasero, al ver al muchacho batir los brazos y convertirse en una silueta que poco a poco perdía nitidez, se arrepintió de no haberlo invitado a pasar juntos unas semanas. El auto de Clifford fue engullido lentamente por las calles y desapareció entre las columnas de vapor que emanaban de las alcantarillas. Matías se quedó un breve lapso sin atinar a nada más que mirar en todas direcciones, obnubilado por la vastedad de rascacielos que se mecían entre las nubes, los montones de vallas comerciales escritas en inglés, los interminables puentes extendidos sobre el aún más interminable río Hudson, las refulgentes vías de hierro de los ferrocarriles elevados y, en el centro de la bahía, al costado de la Isla Ellis, la portentosa, espléndida Estatua de la Libertad que, con el brazo derecho levantado y su adusto gesto inmemorial, daba una cómplice bienvenida a los recién llegados a América, al mismo tiempo que parecía amenazarlos con enviarlos de vuelta a casa si transgredían la menor ley. Trujillo estaba a una distancia sideral de todo aquello, pensó. «Es otro mundo», rumiaba. No captaba que también él ya era otro, alguien muy distinto al joven que sesenta días antes, en el congestionado puerto de Salaverry, con una sola maleta y un boleto de tercera clase, se había despedido de su madre, de unos contados amigos del colegio y de esa playa de aguas pardas y gaviotas grises que, ahora estaba seguro, no volvería a pisar más.

9

Hace nueve años vine a vivir a Madrid con la coartada perfecta: estudiar un Máster de Escritura Creativa. Pasé un mes alojado en el departamento de la amiga de una amiga hasta que pude alquilar un piso de dos habitaciones. El tercero B del edificio 76 de la calle de Ferraz. A veinte metros, en plena acera, entre una bien abastecida bodega regentada por un matrimonio chino y una pastelería que vendía productos sin gluten. Un hombre bastante mayor, de unos ochenta y tantos, miope, el cabello plateado, la nariz bulbosa, un puro apretujado entre los dientes, se apoltronaba todas las mañanas en una silla roja. Tenía por costumbre hablarle a todo aquel que se detuviera delante suyo, y compartir, o más bien imponer, sin chance a controversias, sus recuerdos de la guerra civil española. Se llamaba Miguel. Nadie sabía a ciencia cierta a qué se había dedicado en su juventud y nadie daba muestras de querer averiguarlo. Lo veían como a un fulano esclerótico, pero pacífico. Un día se dirigió hacia mí con aire inquisitorial para saber si era nuevo en el barrio. Le señalé mi edificio aclarándole que llevaba ahí tan solo un mes. «¿Vives en el 76?». Sí, dije. «Allí cayeron varias bombas», comentó, calándose los anteojos que se le resbalaban, «pero lo de Leganitos fue peor». Le pregunté a qué se refería y entonces, sin importarle si andaba con prisa, se largó a hablar de los hechos acaecidos a lo largo de 1936, especialmente en noviembre, e inicios de 1937, cuando los bombarderos alemanes e italianos atacaron sistemáticamente Madrid en apoyo al bando que se había sublevado contra el Gobierno español. «Ningún edificio quedó en pie», decía Miguel señalando con el índice tembloroso las largas cuadras de la calle de Ferraz y las vías aledañas. «Pero lo de Leganitos fue peor», remarcaba. Al volver a casa me puse a investigar al respecto. El viejo no mentía: nazis y fascistas se avinieron a colaborar con Franco prestando aviones, a cambio de que sus pilotos ganaran roce y pudieran ensayar las tácticas y técnicas que aplicarían en el teatro de operaciones de la segunda guerra mundial. En lo sucesivo, cada vez que subía las escaleras del edificio pensaba en cómo la caída y detonación de proyectiles de entre 50 y 250 kilos habrían remecido las estructuras de la época. Pensaba en ello continuamente. A veces salía a la terraza o merodeaba por las calles y me costaba alzar la mirada y no imaginar a los Junkers y los Heinkels de la legión Cóndor del tercer Reich o a los Capronis y los Savoia-Marchetti de la Aviazione Legionaria de Mussolini deslizándose, en estampida, por el impoluto cielo de Madrid. Fuese de noche o de día, las aeronaves descargaban bombas despiadadamente sobre la ciudad, incluida la población civil que, alertada por las sirenas, corría despavorida a atrincherarse en los túneles del Metro o donde pudiese. Los bombardeos tenían un claro objetivo no militar: trastornar a los ciudadanos aniquilando sus barrios, desmantelando sus viviendas, así como volver miserables sus condiciones de vida para que se vieran forzados a rendirse. Las dos veces por semana que veía a Miguel sentado en su silla roja, le jalaba la lengua. En cada bombardeo, decía él, todo era fuego, gritos, confusión, pánico. En pocas horas las calles quedaban cubiertas por montañas de cascotes. En el grueso de edificios podía verse forados por donde asomaban vigas retorcidas y tuberías quebradas; y en las avenidas las bombas producían unos cráteres tan hondos que dejaban al descubierto los rieles y vagones del Metro. El viejo decía con resquemor que a los socorristas no les alcanzaban las manos para apagar los incendios, remover el concreto derribado ni llevar una contabilidad pormenorizada de muertos y heridos; y siempre recalcaba que, si bien en la calle donde nos encontrábamos, la calle de Ferraz, la tragedia había sido de proporciones significativas, «lo de Leganitos fue peor». Me sobrecogía que su relato abarcara calles, barrios y plazas por los que yo transitaba día tras día sin tener idea del salvaje pasado que escondían: Moncloa, el barrio de las Letras, la Gran Vía, la cornisa del Manzanares, la plaza Pedro Zerolo, y muchísimos otros escenarios que, ocho décadas atrás, habían sido desfigurados por bombas, obuses y granadas. Las charlas con Miguel duraban una o dos horas, pero las imágenes de su narración se quedaban conmigo el resto del día, me invadían, me afectaban. En la piscina del gimnasio nadaba un largo tras otro, yendo y viniendo sobre las losetas celestes rectangulares, y de pronto ya no era solo un nadador sino un bombardero sobrevolando una ciudad de edificios apeñuscados a punto de ser convertidos en polvo. Las burbujas salían de mis fosas nasales expulsadas en racimos, igual que bombas incendiarias. Mis brazos giraban como las aspas de las hélices de los aviones alemanes e italianos, y abajo, en el suelo de la piscina, veía rotores de cañones antiaéreos en la circunferencia de la rejilla de los sumideros, mientras la línea negra de veinticinco metros se estiraba como la pista donde los aparatos aterrizaban al culminar cada operativo.

Casi todos los españoles que conocería después ignoraban que vivían entre edificios que en el curso de la guerra fueron semiderruidos o derruidos totalmente y, aun cuando mostraban relativo interés cuando les hablaba de lo mucho que sabía el viejo Miguel, ninguno profundizaba en el meollo del asunto. Quizá el tema me obsesionó porque nací en una ciudad que también se acostumbró a los estallidos. Las bombas de Sendero Luminoso y del MRTA no llovían desde el cielo, eran sembradas debajo de autos, al interior de basureros municipales o en los escondrijos de los cerros, al pie de torres eléctricas que, al explosionar en pedazos, dejaban ciudades enteras en tinieblas. A otra escala, con otras repercusiones, esas bombas también mataron, mutilaron, expandieron el caos. En reuniones de amigos, Erika me animaba a relatar esos espantosos años de violencia política en Perú, «tienes que escribir un libro sobre aquello», y enseguida, como si cumpliéramos una ensayada rutina de actuación, yo la animaba a compartir las memorias traumáticas que sus padres y abuelos conservaban de los bombardeos sobre Berlín en las postrimerías de la segunda guerra mundial. Erika hablaba de esos ataques con genuina consternación, como si los hubiese presenciado, como si, pese a haber crecido sin angustias ni privaciones, sintiera dentro de sí las secuelas monstruosas de aquel genocidio. «¿Sabían ustedes que, en cuanto al área afectada, Berlín sufrió más daños que cualquier otra ciudad?», decía siempre. Y luego venía la usual acotación, la que más sorpresa causaba en el auditorio: «Casi cuatro veces más que Dresde». Adoraba sus aspavientos cada vez que la repetía. En una pared del pasillo del departamento, debajo de un óleo de David Hockney, teníamos colgado un tríptico con mapas de Lima, Berlín y Madrid dibujados por ella, titulado sombríamente «nuestras capitales bombardeadas». Erika lo mostraba a las visitas diciendo que esas ciudades estaban estrechamente ligadas por el dolor, y defendía una tesis que hice mía desde la primera vez que la oí. «Un bombardeo», decía, «nunca termina». Su razonamiento era el siguiente: por muy eficiente que sea la reconstrucción de una ciudad que ha sido sometida al horror, al género específico de horror que implica un bombardeo mortífero, las pesadillas continúan asediando a sus habitantes mientras sobrevivan los testimonios de las víctimas, ya sea transmitidos por ellas mismas o perpetuados en la voz de sus descendientes.

De quien no hablaba mucho Erika era de su abuelo paterno, un ferviente miembro de las Juventudes Hitlerianas en los años treinta. Tampoco hablaba de su padre, quien se declaraba abiertamente antinazi pero no se fatigaba en disimular su rechazo si le pedían una opinión sobre los inmigrantes africanos y asiáticos que solicitan asilo en Alemania. Ambos personajes eran de difícil acceso. Al abuelo lo vi tres o cuatro veces y no recuerdo que hayamos cruzado palabra. Al padre lo vi en más ocasiones, por lo general en cenas atestadas de parientes para mí desconocidos, de modo que nuestras conversaciones se ceñían al intercambio de enunciados inocuos o diplomáticos. Nunca supe con claridad qué pensaba de mí siendo el esposo de su única hija, aunque podía hacerme una idea fidedigna, pues si bien avaló nuestra relación en un principio, el matrimonio jamás mereció de su parte signos visibles de emoción. Con quien sí pude hacer migas fue con la madre, Soledad, magnífica persona, una mujer cultivada, amplia de mente. Al ser argentina se alegró de tener en mí alguien con quien practicar su español. «Mi alemán sigue siendo muy rudimentario», decía. Era estimulante escucharla narrar el viaje en barco de sus padres, dos italianos que huyeron de la gran guerra sin certeza de cuál sería su paradero. Una vez en Buenos Aires su padre tomó contacto con sindicatos anarquistas y acabó siendo un peronista a ultranza. Siempre que veía a los padres de Erika, presencialmente o en las fotografías que proliferaban por toda la casa, me preguntaba cómo así se habían enamorado y, más aún, cómo así seguían casados tantos años el hijo de un nazi y la hija de un comunista.

10

—¿Y usted a qué se dedica? —preguntó el taxista.

—Ahora mismo soy independiente. En Perú hice algo de periodismo, pero al final me puse a trabajar en consultorías.

—Ah, es periodista. ¿De la televisión? ¿Sale en algún canal aquí?

—No, no, ninguno. Hice más prensa escrita, aunque en Perú incursioné un poco en la televisión y la radio. Aquí colaboro con medios españoles, escribo artículos, pero sin ninguna periodicidad.

—¿Y se puede mantener así?

—Digamos que llego a fin de mes. Pero tengo que encontrar algo estable pronto, Madrid se ha puesto carísima.

—¿No ha pensado en dar clases en la universidad? Pagan bien ahí.

—Sí, pero necesitaría sacar una maestría en docencia y ya hice una maestría al llegar. No me da el cuero para hacer una segunda.

—¿Qué fue lo que estudió cuando vino?

—Escritura creativa.

Nos quedamos callados como si pasara un ángel.

—Disculpe, maestro —tanteó— pero ¿eso para qué sirve?

Sonreí sin apartar la vista de la ventana.

—Suelo hacerme la misma pregunta —dije con franqueza.

—¿Es usted escritor?

—No propiamente. Puede decirse que soy un escritor...

—¿Frustrado?

—Iba a decir aficionado. *Frustrado* es una palabra muy...

—¿Muy peruana? —dijo, riendo.

—Iba a decir muy pesimista, pero, bueno, podrían ser sinónimos.

—Lo bueno es que usted está muchacho —aseveró—. ¿Qué tiene?, ¿treintaicinco?

—Las apariencias engañan. Cuarentaidós.

—Igual está joven. Yo tengo cincuentaicinco.

—Ya saldrá algo, no me desespero. Si he llegado hasta aquí, no lo debo haber hecho tan mal. A veces uno se preocupa tanto de lo que le falta, de lo que no tiene, que no valora lo conseguido.

—No descarte hacer taxi, se puede ganar más que el sueldo básico. Acuérdese de mí.

—Lo he pensado, créeme. Hacer de taxista, de mesero o de cartero, siquiera unos meses.

—Aquí son oficios como cualquier otro. Usted habla con los señores y señoras que hacen taxi y son gente honrada, bien vestida, digna. En Perú si haces taxi o sirves comida en un restaurante, te miran como si fueras pordiosero.

—Es que en el Perú la discriminación es el deporte nacional. Te discriminan por lo que haces, por lo que dices, pero sobre todo por el color.

—Ojo que aquí también, ah. Si eres negro, puedes pasarla mal. Y no me refiero solo a los africanos que dan vueltas por la plaza Mandela, sino a los negros que nacieron aquí. La gente cree que en España no hay negros. ¡Hay muchos!

—Ya, pero...

—... y no hablemos de lo que pasa con los gitanos o los musulmanes. En Barcelona, cuando los paramédicos de urgencias suben a los barrios de los gitanos por un llamado de emergencia, ¿sabe lo que hacen si encuentran un muerto? Actúan como si aún pudieran revivirlo para que la familia no piense que no están esforzándose. Los médicos son conscientes de que el tipo ya está cadáver, pero si no hacen la finta de reanimarlo, los apedrean. Así de sensibles son. Me lo contó un pasajero, un doctor. Él lo vivió.

—Te creo, pero sigo pensando que aquí hay más xenofobia que racismo. Y me parece que son los inmigrantes quienes pagan los platos rotos. No he visto a españoles discriminarse entre ellos con la dureza y la crueldad que se ve en el Perú.

—Maestro, yo converso todos los días con esta gente... hay tíos de Salamanca que no tragan a los catalanes, hay catalanes que no soportan a los murcianos, hay gente de Lugo que habla pestes de los madrileños. Hay cantidad de pueblitos que no están ni a cinco kilómetros de distancia entre ellos y se detestan. Es igualito que en Perú.

—¿Y por qué crees tú que se odian?

—Eso sí no sé. Será por costumbre, por imitar a sus viejos, sus abuelos, o por cualquier tontería, pero de que hay resentimientos, los hay. Lo veo a cada rato.

—Estoy casi seguro de que ese odio no tiene connotaciones raciales. Puede ser antipatía, clasismo, rivalidad política o quizá, como tú dices, se trata de un odio heredado, pero no es el racismo que vemos en Perú, en particular en Lima, donde si no eres blanco, llevas todas las de perder. Allá te juzgan, te clasifican y te excluyen por la piel.

—Pero así ha sido toda la vida, maestro, ¿de qué se sorprende?

—Me sorprende que las cosas no cambien ni un poquito. Se supone que ahora se denuncian más actos de discriminación, pero no alcanza. Es como una enfermedad hereditaria que...

—... no, no, maestro, el racismo de los peruanos no es una enfermedad, es una epidemia incurable. Mortal. Y todos están contagiados.

Fue imposible no darme por aludido. Hacía mucho que yo también había contraído ese mal. Tal vez tenía que ver con mi madre, con sus sesgos y contradicciones. Sus padres, mis abuelos, son de Huaraz, un pueblo al pie de la cordillera. Migraron a Lima siendo un matrimonio joven y alquilaron una casa sin acabados en la unidad vecinal de

Mirones, donde los hurtos estaban a la orden del día. Mi mamá nació a los pocos meses y sus primeros años los vivió allí, en esas calles a medio asfaltar por donde circulaba gente de modestos recursos. Ese era su mundo. Ese y Huaraz, adonde volvía por temporadas quedándose al cuidado de unas tías septuagenarias que se peinaban con trenzas, aún vestían polleras y criaban cuyes que un día desaparecían del corral y reaparecían en la mesa sancochados, cubiertos con salsa picante. No conoció los privilegios sino hasta muchísimo después. Cuando yo nací mi madre era una mujer distinta; su entorno, sus hábitos y ambiciones se correspondían con los de una clase semiacomodada. Cada visita a los abuelos en la unidad vecinal constituía para mí un viaje a otro país, y para mi madre, una regresión donde todo, la comida, la música, la decoración y los chistes recordaban a Huaraz. Pese a esos orígenes andinos, en mi madre anidaba un racismo soterrado que se ponía en evidencia con ciertas personas, como aquellas que iban a nuestra casa a hacer trabajos de limpieza o mantenimiento. Los trataba de manera despectiva y, cuando se iban, se refería a ellos como «esos cholos pezuñentos» o «esos negros ociosos», haciendo escarnio de su comportamiento, su forma de hablar, su vestimenta o su aspecto con una gesticulación desagradable que era incapaz de reprimir. Actuaba igual frente a los vendedores del mercado cuando estos no aceptaban sus regateos. «Así es esta gente, pues, son ignorantes, qué se le va a hacer, la mona, aunque se vista de seda, mona se queda». Yo le criticaba esa animadversión y me creía a salvo de ella, lejos de su influencia, hasta el día en que, manejando por Lima, una combi se me cruzó alevosamente, metí un frenazo que hizo chirriar las cuatro llantas, me adelanté, bajé el vidrio y, con una cólera que no remitiría sino hasta una hora más tarde, le grité al conductor: «¡Casi me matas, oye, negro conchatumadre!».

—¿Alguna vez ha ido a las fiestas de 28 de Julio que organiza aquí el Consulado?

—No he podido. En realidad, las evito. ¿Qué tal salen?, ¿bien?

—Primero invitan un pisco sour en vasito de plástico, luego el cónsul, el secretario o cualquier representante sube al estrado a hablar del Perú, mete un chamullo sobre la diversidad cultural, la diversidad geográfica, la diversidad étnica, y todos aplauden, cantan el himno, bailan los valsecitos, pero a las dos horas, con cuatro tragos encima, se lanzan las sillas por cualquier sonsera.

—Bueno, eso es el Perú, tal cual, nunca mejor descrito: al menor roce comienza la desunión y se cholean todos contra todos.

En el aire reverberó el eco del *cholean*.

—A mi papá lo choleaban —dijo de improviso—. Llegó de la sierra a Lima con casi treinta años, así que el mote se le notaba ni bien abría la boca. En una época, cuando vivíamos en el Callao, él trabajaba de panadero, salía a vender con su carretilla y unos vagos lo molestaban por su forma de hablar. «Bota la pepa, serrano», le decían. Y mi papá, que no sabía estarse quieto, que era un atolondrado, les respondía tirándoles piedras y de ahí venían más insultos y agresiones. Cholo de porquería, cholo baboso, regrésate a la puna. Qué no le gritaban. Hasta a palos lo agarraban. Mi papá volvía con la camisa rota y le contaba furioso a mi mamá lo que le habían hecho mientras nosotros comíamos los panes que no había podido vender por andar peleándose.

—¿Y él se avergonzaba?

—¿De ser panadero?

—No, de ser de la sierra —especifiqué. Me costó decir *de la sierra*.

—No, al contrario. Unos días se ponía a hablarnos en quechua. Y los domingos al mediodía sacaba su sillón a la vereda, tomaba chicha de maní, ponía sus huaynos en la radio y se pasaba la tarde cantando, emborrachándose. Hasta lloraba de nostalgia.

Pensé de inmediato en mi padre, ese hombre campechano que hablaba con un mote que yo no escuchaba o no quería escuchar. Pensé en las palabras quechuas que no nos enseñó; en las dos o tres veces que lo descubrí silbando huaynos mientras doblaba sus camisas imitando a mi abuelo, agrupándolas por tonos y colores; en el excesivo olor corporal que aún hoy busca disipar con la fragancia de las lociones de baño.

—La chicha de maní es típica de Huánuco, ¿no? —pregunté.

—Claro. Mi papá es de allá.

—El mío también —dije.

—¿En serio? —reaccionó, incrédulo, arqueando exageradamente las cejas—. ¿De qué parte? Mi familia es de Churubamba.

—Mi papá es de Amarilis.

—¿Amarilis? Eso es Paucarbamba, ¿no?

—Sí, sí, Paucarbamba.

—Está cerquita de Churubamba, a media hora en carro.

—En burro toma casi dos horas, lo sé.

Se rio con ganas.

—¿Sabe usted qué significa *Paucarbamba*? —dijo y él mismo contestó—: *Llanura florida*. Bonito, ¿no?

—Es un nombre que le hace justicia —respondí. Tuve ganas de decir algo más, pero no supe qué.

—Churubamba también es bien bonito —acotó, sacando pecho.

—Por ahí hay unas momias, ¿no? —consulté sabiendo de antemano la respuesta.

—Sí, las momias de Papahuasi. Creo que están en unas vitrinas de la municipalidad.

—Sí, fuimos a verlas. Había muchas momias de niños amarrados.

—Ponían los cadáveres en bolsas hechas con sogas, por eso están tan bien conservados— dijo—. ¿Se habrá tomado un *shacta* seguramente por allá?

—No, estaba chiquillo para probar aguardiente, pero comí picante de cuy y locro de gallina.

—El locro es mi plato favorito.

—Por casualidad, ¿conoces a la familia Trinidad?

—Me suena ese apellido —dijo, como pensando—. ¿No son los dueños de una hacienda allí en Paucarbamba?

—Sí, sí. Rodolfo y Margarita Trinidad.

—Creo que eran conocidos de mi padre. Él iba mucho por esa zona, todos lo ubicaban.

—Quizás tu papá conoce al mío —me entusiasmé.

—Si estuviera vivo, se lo preguntaría.

Enmudecí sintiéndome un tonto.

—No se preocupe, maestro, así es la vida —dijo en un vano intento por transmitirme calma.

—¿Pasó hace mucho? —dije, buscando atenuar la situación.

—Pasado mañana serán diez meses.

—¿Por enfermedad? —indagué. Al instante me arrepentí.

—Un cáncer. Cáncer linfático.

Lo vi en el espejo. No estaba serio, pero los pliegues debajo de sus ojos ahora le surcaban todo el rostro.

—Lo siento —dije por decir algo.

—Lo malo fue no haber podido enterrarlo con la familia.

—Por algo pasan las cosas —se me ocurrió comentar.

Me abstuve de volver a abrir la boca. Una vez que la muerte se instala en una conversación, no cabe añadir una sílaba. No hay nada inteligente que decir acerca de ella. No pude, por otro lado, evitar figurarme esa circunstancia, la mayor pesadilla de todo migrante: perder a un familiar en el país que dejaste y no encontrar un avión a tiempo para llegar al sepelio; o encontrarlo y vivir el vuelo más largo y triste posible entre los vuelos largos y tristes jamás imaginados. En los dos casos, el garrotazo es insalvable. El espacio que mediaba entre la posición del conductor y la mía se llenó de repente de una rigidez tangible. Recordé que en la mochila llevaba el libro que había empezado a leer en el avión. Me dispuse a retomarlo, pero el hombre se apuró en hablarme.

—¿Su padre vive? —me consultó.

—Sí. Está mayor, pero con salud, felizmente —me sentí mal por decirlo así.

—Quizás él sí recuerde a mi papá.

—Puedo preguntarle. ¿Cómo se llamaba?

—Antonio Palomino, como yo. Pregúntele cuando pueda.

Su teléfono timbró. Se colocó uno solo de los altavoces de los auriculares. Miré hacia la carretera, estábamos a la altura de Ciudad Lineal. Me extrañó que los autos se agolparan en los cuatros carriles.

—Me dicen desde la base que hay un atasco tremendo. Un camión se ha despistado provocando un triple choque, la policía todavía no habilita un desvío. Vamos a tardar más de lo planeado, maestro.

—Por mí no te preocupes, Antonio. Lo último que tengo es prisa.

11

En Lima trabajaba en una reputada consultora de comunicaciones. Era parte de un *staff* que asesoraba a grandes y medianas empresas, también a clientes individuales, cuando necesitaban lanzar campañas corporativas o de cualquier tipo. El primer año me ocupé de desarrollar estrategias de promoción que no se destacaban precisamente por su originalidad. Luego, mi experiencia como periodista me llevó a enfocarme en contenidos políticos y sociales. Casi sin proponérmelo acabé dedicándome al análisis de coyuntura, el *media-training*, las campañas electorales, el manejo de crisis. En paralelo dictaba un curso en la Diplomatura de Especialización en comunicación política de la Universidad Católica. Adicionalmente, intervenía en Radioprogramas, la radio más escuchada del país, con una columna sobre actualidad que se emitía por las mañanas, tres veces por semana, y que contra mis predicciones iniciales se hizo de una impensada comunidad de seguidores. Un influyente colega con quien había hecho buenas migas en el pasado durante nuestra estancia en un periódico, me ofreció esa tribuna y, a pesar de que nunca había estado delante de un micrófono, funcionó, se me dio bien. El dueño de la radio no me quería, o no comulgaba con las ideas que esbozaba al aire, pero al gozar la columna de una sintonía más que apreciable se veía forzado a sonreírme cuando nos cruzábamos por los pasillos los días en que iba a la cabina de grabación. Esa presencia en la radio me granjeó una incipiente popularidad en los círculos que frecuentaba. Los productores de algunos programas de televisión comenzaron a invitarme con regularidad a foros y paneles de opinión para desmenuzar las noticias del día. Les gustaba que no fuera tan almidonado o solemne como el común de sus comentaristas; me lo daban a entender con una expresión que tenía algo de paranormal: «Traspasas la pantalla». Aparecer en televisión hizo que cada vez más personas me identificaran en público. Adonde iba, dos o tres espontáneos se acercaban amistosamente a saludar, algunos hasta pedían autógrafo o reclamaban una foto. No podría decirse de ninguna forma que fuera un personaje famoso, pero mi cara y nombre se volvieron conocidos, lo cual no solo inflamó mi narcisismo, sino que avivó ese tramposo clima de confort que, a la postre, felizmente, lograría capear.

Antes de dejar el Perú hablé con cada uno de mis jefes por ver si podía mantener siquiera un porcentaje de esos trabajos en los que me creía irremplazable. El director de la consultora decía estar dispuesto a contar conmigo, pero no hizo nada al respecto, así que, ante su inmovilidad, y con la premura de tener que cerrar el presupuesto de la empresa para el año siguiente, al gerente de recursos humanos no le quedó más salida que rescindir mi contrato. Me dieron una liquidación sustanciosa, pero perdí la paga que todos los meses engrosaba mi cuenta bancaria y me permitía dormir sin apremios. El dueño de la radio, por su parte, dijo hasta el último día que estaba «muy interesado» en el «material» que pudiera «generar desde España», no obstante, una vez en Madrid, sus respuestas a mis correos fueron espaciándose en mi bandeja hasta que dejé de recibirlas; era obvio que mi partida del país resultaba el pretexto ideal para deshacerse de mí. Al final, la decana de la facultad fue la única que me echó un cable: me dio luz verde para conservar la cátedra a distancia, aunque me restringió el número de horas.

Apenas me instalé en Madrid me aboqué a los cursos de escritura creativa con total compromiso, pero el nivel de los alumnos de la maestría, así como la exigencia de los profesores, dejaba mucho que desear. Para obtener el certificado presenté un conjunto de relatos unificados por el tema de la claustrofobia, ambientados en espacios cerrados o abiertos, pero a su modo asfixiantes. El jurado los calificó de «originales y sugerentes» cuanto lo cierto es que eran deleznables. No podría decir que fueron dos años del todo perdidos, algún conocimiento acumulé, pero una vez completados los estudios me di cuenta de que me hallaba en el mismo punto en el que había comenzado: sin ningún proyecto potente entre manos, ni ideas preconcebidas acerca del tipo de escritor que quería ser, ni si de verdad quería ser escritor. Acudí a cuanta presentación literaria se anunciaba en Madrid por ver si allí me topaba con los incentivos adecuados, pero casi siempre salía decepcionado de esas veladas donde predominaban el postureo, la sobrevaloración y la comidilla. Para entonces mis ahorros, si bien decrecían, aún soportaban el ritmo de vida que llevaba; no era el ritmo agitado que cabría suponer en un soltero que radica en Europa, sino uno más sereno, pausado, aunque hubo algo de música, alcohol y flirteos o, para ser estricto, conatos de flirteos. Incursionaba en bares y forzaba peripecias para escribir sobre ellas, pero solo conseguía noches redundantes, anécdotas insípidas, polvos desdeñables. Decidí olvidarme de la escritura creativa, o simplemente concluí que no era lo mío y me centré en dictar talleres virtuales en temas de comunicación y en brindar asesorías mal remuneradas a políticos españoles novatos. No volví a hacer radio ni a salir en televisión y nadie volvió a saludarme por las calles. No era un paria, pero ahora estaba claramente en otro peldaño del escalafón social. Una noche, en la fiesta posterior al concierto de la banda de Hugo, un amigo peruano, conocí a Erika. La introdujo Teresa, la chica que hacía los coros. Me gustó enseguida, desde el cerquillo rubio cortado en capas hasta los botines de cuero, pasando por el minúsculo *piercing* que descollaba en una de las aletas de su nariz y que asocié, puede que gratuitamente, con un estilo de vida desenfadado. Era alemana de nacimiento, pero dominaba perfectamente el español. Me contó que su madre era argentina: siendo una chiquilla se mudó a Berlín, donde conoció al que sería luego su marido. Me dijo también que varios veranos de su infancia y adolescencia los pasó alternándose entre la casa de sus abuelos en Buenos Aires y un chalet que la familia alquilaba en Mar del Plata. Era divertido oírla usar vocablos lunfardos como *trucho*, *pibe*, *groso*, *laburo* o *chabón* con su árido acento germánico. Nos reímos mucho esa noche, yo de ella, ella de mí, del sótano tenebroso donde nos encontrábamos y de los Last Maniacs, la pésima banda de rock que acabábamos de escuchar, aunque coincidimos en que la performance de nuestros amigos, Hugo y Teresa, había sido lo más decente del espectáculo. En un momento me atreví a calificar nuestro encuentro como una «casualidad improbable». Ella dijo: «No es una casualidad, es una sincronía». «Es el azar», porfié. Y ella: «No, el azar no existe». «Es un accidente», arremetí. Y ella: «No, no hay accidentes, hay méritos o negligencias». «Es el destino», aseguré, agotando mis cartas. Y ella: «El destino no se concreta por sí solo, se produce». «Se nota que eres virgo», especulé. Y ella: «Soy géminis, pero no me fío del zodiaco occidental». Sin más artimañas a las cuales apelar, le sugerí subsanar nuestros desacuerdos existenciales con una ronda de piscos, a la que sumaríamos otra de tequilas, y una última de absentas, y cinco minutos después ya estábamos bailando, besándonos y propinándonos unas caricias que recuerdo prematuras y vehementes. Ahora que ha pasado un año entero de la separación puedo ver todo con mayor perspectiva, o con perspectiva a secas, y admito que lo nuestro, más que un idilio a primera vista, fue algo así como un pacto de mutua salvación. Ella llevaba un año en Madrid, yo dos, ninguno se había insertado o amoldado a ningún medio: en ambos casos era mucho más lo que nos faltaba por conseguir que lo poco que teníamos ganado. Nos gustamos, sí, pero quizá nos lanzamos a los brazos del otro buscando, antes que romance o adrenalina, algo de calidez, de amparo, o tan solo una conveniente cura para esa intimidatoria soledad del exilio que, en un mal día, puede inducirte a negar tus propósitos, abortar tus planes, hacer maletas y volver sobre tus pasos con cara de derrota. En un contexto distinto, provistos de otras actitudes y palabras, tal vez ni siquiera nos hubiésemos percatado el uno del otro. Como haya sido, el ciclo que siguió a esa noche fue dándole la razón al primer ímpetu: nos enrollamos y a los ocho meses ya estábamos viviendo juntos en el piso de la calle de Ferraz. Le planteé mudarse conmigo con reservas, pues temía que las costumbres domésticas de cada cual estropearan la relación, pero desde el primer día la convivencia se hizo no solo llevadera sino sorprendentemente armónica. Así como sus camisetas, libros, carteras, velas y demás objetos personales fueron encontrado poco a poco su lugar hasta integrarse a la escenografía cotidiana con asombrosa naturalidad, ella misma, con las canciones que entonaba mientras se duchaba, con las esencias aromáticas que dejaba impregnadas en almohadas, bufandas y cojines, con los frascos de hierbas y condimentos que usaba al cocinar y por manía dejaba abiertos, y hasta con el buen gusto con que disponía la ubicación de los muebles y la rotunda levedad con que se dejaba caer en ellos, también consiguió que la casa adquiriera gradualmente su personalidad al punto de volverse un recinto insulso, incomprensible sin su presencia. A los nueve meses de aquel experimento le propuse otro aún más imprudente: casarnos. Su respuesta afirmativa solo demostró un grado de locura superior al mío. ¿Nos traicionó la emoción? Desde luego. Pero en ese momento sentimos, o al menos yo sentí, que el matrimonio era la apuesta lógica para una pareja que, desde el corazón de su mecanismo diario, se sentía imbatible.

12

Si no fuera por la conversación con Antonio, no hubiese tolerado el embotellamiento de la carretera. Cuando los autos se mantienen estancados largos minutos, tan próximos unos a otros, y no se divisa una solución en el horizonte, suelo padecer episodios claustrofóbicos de alta intensidad. En Lima sufrí dos en la Panamericana Sur y uno en la avenida Grau. Los tres en verano, con lo cual ya no solo me vi atrapado por el enjambre de coches que no dejaban de tocar la bocina, sino agobiado por las altas temperaturas. Ni bajar el vidrio ni activar el aire acondicionado hacían que desparecieran los síntomas: palpitaciones rápidas, angustia creciente, sudor en las sienes y las palmas de la mano. No solo me sucede en los atascos. Llevo años sin subir al asiento trasero de un auto de dos puertas por temor a que la estrechura del compartimento solivianté mi sistema nervioso. Por eso mismo no ingreso a grutas, cuevas, bóvedas, criptas o catacumbas en las visitas turísticas. Y sorteo las callecitas angostas, los mercados laberínticos, los pasajes apiñados, por pintorescos que sean. En los túneles extensos, en cualquier vía subterránea, debo concentrarme para neutralizar la ansiedad que me produce no ver la luz de la salida. Lo mismo con la máquina de resonancia magnética: las cuatro veces que me introdujeron en una volví locas a las enfermeras, pues no duraba un minuto dentro. No voy al cine ni al teatro si no he conseguido con antelación una butaca cerca de las puertas de emergencia o, en su defecto, de un pasillo. Una vez le regalaron a Erika entradas para el estreno de una obra bien comentada en el teatro Alcalá y nos tocaron asientos en la mitad de la novena fila; es decir, en el centro del centro de la sala. Las filas eran larguísimas, el teatro estaba saturado. A dos minutos de que los actores salieran a escena, ya con la sala a oscuras, miré hacia derecha e izquierda, calculé los muchos segundos que me tomaría alcanzar los corredores en caso de necesitarlo, volteé donde Erika diciéndole que no podía quedarme y salí pidiendo permiso a empellones. Lo de los aviones era peor. Bastaba con pensar que me hallaba encerrado, junto a otras doscientas personas, en un gigantesco contenedor de metal que sobrevolaba el mar a miles de metros de altura, trasgrediendo absurdamente la ley de la gravedad, para pasarme el vuelo comiéndome las uñas. Me curé bebiendo tres o cuatro copas de vino antes de cada abordaje, así me dormía nada más despegar. Pero el vino tiene sus límites. No sirve para remediar las pesadillas claustrofóbicas. A veces sueño que estoy en un local hermético, atiborrado de gente, donde se ha producido un incendio o un estallido, y pugno por salir, luchando vanamente contra el humo y el peso de la multitud. Hay otras pesadillas recurrentes que me dejan lívido: soy víctima de un secuestro, los delincuentes me trasladan de un punto a otro en el maletero de su auto y desde ahí suelto maldiciones, patadas impotentes, seguro de que voy a morir por sofocación o paro cardiaco. Pero las pesadillas que me hacen sudar, que me erizan la piel y ponen los pelos de punta son esas donde viajo en un vetusto ascensor que se descompone por un fallo eléctrico trabándose a medio camino, y solo me queda oprimir con insistencia un botón de alarma que nadie escucha, tampoco se oyen mis pedidos de auxilio, no hay portero ni vecino que dé la voz de alerta para rescatarme, solo atino a gritar, aporreando los paños de acero del elevador, al borde de una demencia tan vívida que, incluso al despertar violentamente, la sensación de riesgo continúa por unos cuantos minutos.

—Esto no avanza —comenté, moviéndome en la parte trasera, bajando el cristal, alargando infructuosamente el cuello por ver si los carros de adelante se movían.

—Entonces, ¿sí está apurado? —dijo Antonio.

—No, pero estas congestiones me ponen ansioso. Encima la cabeza me duele un poco, debe ser el desfase horario.

—Tranquilícese, ahorita se arregla —dijo, como si pudiera adivinar—. ¿Lo esperan en casa?

—Sí —mentí.

—Mejor avísele a su familia que va a demorar.

—Mi celular no tiene batería —opuse. Era verdad.

—Puede usar mi teléfono si desea —dijo, ofreciéndome su móvil.

Me di por vencido.

—Nadie me espera, Antonio. No tengo hijos ni mujer.

—Justamente iba a preguntarle si estaba casado.

—Llevo dos meses divorciado.

—Caramba —dijo. Sonó a que lo lamentaba en serio.

—Nada —reaccioné, chasqueando la lengua—. Era inevitable.

—¿Usted terminó?

Me sentí en la obligación de responder: yo había sido igual de indiscreto al hablar de la muerte de su padre.

—¿Yo? No. Bueno, no sé. Nunca se sabe bien quién termina.

—Siempre se sabe, maestro. Cuando alguien dice que no sabe, significa que la otra persona terminó.

Lo que no reconocí frente a Antonio fue la facilidad con que me crucé de brazos tras la ruptura. Cuando sucedió no pude verlo, pero había sido así. No peleé. Claudiqué. Actué con dejadez, como si me diera lo mismo. Pude haber tenido alguna iniciativa, no sé, ir a Berlín, tocar la puerta de la casa de sus padres, persuadirla de regresar, escribirle una carta sentida, enviarle flores u otra señal para limar asperezas y remontar la caída. ¿Tan ofuscado estaba para no reaccionar? ¿No se suponía que amaba a Erika y que ese amor era capaz de revertir cualquier contratiempo? Lo que hice, en cambio, fue resignarme, ejercer el papel de víctima, huir a Lima, correr donde mis padres y arrebujarme, ovillado, entre las frazadas de la que había sido mi cama de adolescente. Reaccioné como un quinceañero. Me justificaba diciendo que era ella quien había roto, no yo, una excusa infantil por donde se la mirara. A lo mejor una parte de mí también se sentía asfixiada y buscaba que lo nuestro colapsara, solo que, a diferencia de Erika, no lo verbalicé, preferí creer que atravesábamos una crisis que se superaría sola.

—No hay matrimonio fácil, pero cuando hay interés, los problemas quedan atrás —dijo él.

—Para mí ya es tarde.

—¿No dice que se divorció hace dos meses? Todavía podrían...

—¿Tú también te divorciaste? —lo interrumpí.

—Gracias a Dios no, pero estuvimos cerca. Hubo temas delicados.

—¿Que *tan* delicados?

—Con decirle que tuve que tragarme un sapo y per- donar lo que más nos cuesta a los hombres. Mi mujer tuvo una...

—No tienes que contármelo.

—No me importa contarlo. Ahora ya puedo hacerlo, antes quizá no. Mi mujer se enganchó con un tipejo de su universidad. Era rojo, comunista. Estuvo entre los detenidos por los militares. Mi señora dice que cometieron un error al llevárselo, que no era de Sendero, que le decían camarada «de cariño» —dijo esto último soltando el timón para trazar en el aire unas comillas con los dedos índice y medio de ambas manos—. Ese pendejo la sedujo con su rollo socialista. De la nada ella comenzó a hablar del marxismo, del proletariado, del pueblo, de la burguesía, cojudeces que antes ni mencionaba. Como dice un amigo mío: la derecha lavará plata, pero la izquierda lava cerebros.

—Por lo menos te lo confesó.

—En ese momento ya vivíamos solos, y a pesar de que la perdoné, ella se fue donde mis suegros. Decía sentirse mal por haber mentido, y me salió con que estaba llena de indecisiones.

—Míralo por este lado, fue honesta —añadí, pero fue como si no dijera nada, pues Antonio llevaba un rato haciendo caso omiso a mis acotaciones.

—Eso sí, antes de que se fuera le saqué el nombre del pata. Me hizo prometerle que no tomaría represalias, pero un día se me cruzaron los chicotes, me enteré dónde vivía, fui y no me aguanté. Le toqué la puerta y en su cara pelada le dije que sabía todo. ¿Sabe cómo reaccionó el cobarde? ¡Lo negó! Eso me dio rabia, que no afrontara, que no fuera varón. Su hermano apareció justo cuando ya iba a meterle un puñetazo, así que me fui jurándole que un día lo iba a agarrar solo.

Antonio hablaba golpeteando el volante con la palma de su mano izquierda.

—¿Y lo agarraste? —indagué.

—No. Los militares se lo llevaron a un cuartel. A los meses averigüé con mi primo policía, y me dijo que ya le habían dado vuelta —replicó sin inmutarse—. Mi mujer se pasó varias noches llorando. Se encerraba en el baño. Yo la escuchaba nomás.

—Hiciste bien en perdonarla, Antonio.

—¿Usted cree?

—No creo, estoy seguro.

No me resultó claro si Antonio ya había digerido la bronca por aquel desencuentro, pero, fuera de saciar mi curiosidad, no ganaba nada con preguntárselo.

—¿Tu mujer tardó en volver? —proseguí.

—Volvió después de cinco o seis meses. Esa separación me dolió más que la sacada de vuelta. El fastidio se mantuvo hasta que vinimos a España. Aquí, con la llegada de los hijos, pudimos pasar la página.

—Salir de aquel ambiente debió servir mucho.

—Fue la distancia, pero también fueron los hijos. No le conté, pero mi hijita, la mayor... nació con hidrocefalia.

Ahora ya nos adaptamos, pero cuando lo supimos, pucha, maestro, nos derrumbamos, no sabíamos qué hacer. Lloramos, nos echamos la culpa, nos sacamos la mugre. Al final nos acercamos a Dios, eso nos unió cualquier cantidad. Decidimos no tener más hijos, pero ya ve usted cómo es la voluntad del Señor: al año y medio mi señora volvió a salir encinta.

Antonio dijo eso y se santiguó.

—Y no tuvieron miedo de...

—¿De tener otro hijo hidrocefálico? Sí, muchísimo. Cuando el segundo bebé llegó sano, no sabe el alivio que fue para nosotros.

Antonio mantenía el motor apagado y solo lo encendía cuando la procesión de autos reiniciaba su desfile para avanzar los tres o cuatro metros que el atasco permitía. De ventana a ventana, algunos pasajeros se miraban extendiéndose señas de claudicación y de consuelo. El destello intermitente de las luces de emergencia alrededor me hipnotizó al punto que empecé a sentir que hablábamos al ritmo de los parpadeos de los automóviles.

—¿Ustedes no quisieron tener familia? —me preguntó a bocajarro.

—Sí, lo intentamos, nos hicimos varios análisis, todo indicaba que era ella quien no podía concebir. El médico nos animó a probar métodos alternativos, yo estuve de acuerdo, pero mi esposa decía que era forzar un acontecimiento que debía ser biológicamente puro. Cuando dejamos de buscar creí erróneamente que ella había asumido sus impedimentos y que su deseo de ser madre iría menguando con los meses. Me equivoqué por completo. Una vez que ese deseo existe, nada lo extingue.

—¿Pensaron en adoptar?

—No llegamos a hablar de eso. Ella entró en una crisis que fue prolongándose y un buen día decidió que debíamos separarnos. Asumí que era yo quien debía marcharse del piso, así que me fui a Lima forzado por las circunstancias. ¿Sabes lo que es tener que irte de una casa que no quieres dejar?

—Sé lo que es ver irse a alguien que no quieres que se vaya.

—Es lo mismo, una mierda. Siento que no lo merecía —dije.

Antonio se tomó un segundo antes de mirarme por el espejo y decir:

—No lo tome a mal, pero ¿no cree que todos merecemos un poco lo que nos pasa?

13

Hace unos años, en Lima, un doctor me aconsejó nadar como una forma de terapia para llevar mejor la claustrofobia. «Es mejor nadar en piscina», fue su recomendación, «el mar puede darte ansiedad». Desde entonces voy a la piscina con cierta continuidad. Me hace bien, me relaja, sobre todo cuando logro disociar el ejercicio corporal del mental, y pareciera que un hemisferio del cerebro coordinara exclusivamente la sucesión de brazadas, pataleos y respiraciones, mientras el otro se aboca a la producción de unas imágenes que encuentran en el agua el elemento imprescindible para constituirse y grabarse en la memoria. En los dos meses que estuve en Lima nadé casi todos los días esperando distraerme de mi divorcio, igual que Kafka se distraía de la guerra nadando (es célebre la anotación del 2 de agosto de 1941 en sus diarios: «Alemania ha declarado la guerra a Rusia. Por la tarde, escuela de natación»). Como antaño, lo que hice fue acudir a la piscina de un club: dejaba la toalla y las sandalias en una banca, me colocaba el gorro sintético, los anteojos protectores, un tapón en cada oreja, hacía calistenia de brazos y piernas por tres minutos, me ajustaba el bañador, me zambullía con un clavado y, bajo la curativa resolana del mediodía, redondeaba rutinas de mil y mil quinientos metros. Nadar no me ayudó a olvidar a Erika, pero sí a pensar en la separación de otra manera, sin ruido, sin gente, impulsándome de una pared a la otra, rodeado solo de losetas, aspirando el perfume del cloro, tan difícil de quitar del cuerpo, como ciertos recuerdos. No siempre obtenía respuestas nadando, pero el agua era una especie de lenguaje distendido que volvía menos imperiosas mis preguntas. Al regresar a Madrid retomé la natación en un gimnasio cercano al departamento de Malasaña. Un día, mientras nadaba, se me ocurrió que debía tener una mascota. La última que había tenido era Pascal, el perro de Erika, que cuando me acercaba a acariciarlo me mostraba los colmillos, en cambio cuando tenía hambre o urgencia por salir del departamento me movía el rabo interesadamente. Al día siguiente decidí comprar un pez. Fui a un acuario llamado Vida Marina y adquirí un *acanthurus triostegus*, un ejemplar ovalado, precioso, oriundo de los cristalinos arrecifes de Indonesia, conocido como pez-cirujano, y cuyo apelativo, *sangrador carcelario*, se debe a las rayas negruzcas que sobresalen en su cuerpo plateado. Lo llevé a casa y coloqué la pecera en un estante donde recibía luz exterior. Desde el primer día seguí al pie de la letra las indicaciones de la vendedora, dándole dos raciones de un alimento granulado con sabor a plancton y algas. También le compré unos peñascos decorativos para que tuviera donde esconderse. Lo bauticé *Fritz*. Solo después de unas semanas capté que era un nombre alemán. Por las mañanas observaba las vibraciones de su cola y sus aletas, tratando de entender la lógica de sus desplazamientos, preguntándome cómo sería su campo de visión detrás del estanque, cómo haría por las noches para no lastimarse con las piedras, si llegaríamos a desarrollar alguna forma de comunicación telepática, y si no sentiría él también algo similar a la claustrofobia inmerso en esa esfera de vidrio. Al darle de comer no podía evitar hablarle confidencialmente, como se hace con los perros o los gatos, sin considerar que tal vez para él yo no fuera más que una mancha desenfocada que crecía al acercarse a echarle unos granos. Sonará ingenuo, pero además de darme compañía, Fritz me transmitía paz. Cuando iba a la piscina pensaba en su respiración acompasada por medio de las branquias, en que no estaría nada mal poder bucear sin lentes, sin gorro, sin tener que sacar la cabeza cada tres brazadas, desconectado del mundo exterior. No sé si me descuidé con su alimentación o con los periodos de exposición al sol, pero algo hice mal, porque aun pudiendo vivir hasta doce años, solo me duró siete meses. Un mediodía, al volver a casa, reparé en que yacía al fondo de su pequeño acuario. Llevé la pecera a la tienda y la puse sobre el mostrador para que la encargada pudiera ver al pez la tal como yo lo había encontrado. Era una muchacha distinta a la que me atendió la primera vez. «¿Por qué compró una sola unidad? El pez cirujano es un pez gregario, ¿no se lo comentó mi compañera?», dijo, mientras se enguantaba una mano. «No me dijo nada», masculló. Hundió el antebrazo en la pecera y buscó reanimar a Fritz con la yema de un dedo, pero no había nada que reanimar ahí. Sus últimas palabras retumbaron en mis oídos largos minutos después de dejar la tienda. «Este pez se ha muerto por estar solo».

14

—Solo digo que a veces, por buena o mala suerte, a uno le pasan cosas que no se merece —dije, refutando su argumento anterior.

—Es como todo: si a uno le conviene, dirá que lo merecía; si no, pues dirá que es injusto —contestó Antonio.

—Dime, en serio, ¿crees haber merecido lo que pasó con tu mujer?

—No lo sé. No soy un ángel tampoco, mis deslices tuve.

—¿Te refieres a mujeres?

—No, no. Me refiero al juego. Se me dio por las maquinitas.

—¿Los tragamonedas?

—Sí. Nos habíamos mudado al Rímac y cerca de nuestra quinta había un casino que abría desde el mediodía. Yo taxeaba en esa época. Un día estacioné en una bodega para comprar una gaseosa. El casino quedaba ahí nomás y entré a ver cómo era. Estaba vacío. Desde ese día me enganché. Pasaba una hora ahí metido, pero cuando empecé a ganar y a perder, ya fueron dos, tres, cuatro, hasta cinco horas, siempre redoblando la apuesta en busca del golpe de suerte que estaba a punto de llegar y no llegaba.

—¿Ganaste mucho?

—Un día gané casi ochocientos soles, pero seguía dándole a ver si doblaba o triplicaba. Era un vicio, me olvidaba de todo lo demás, hasta de recoger a mi señora de la universidad, y ella se regresaba en micro hecha una furia. Y se enojaba más al ver que me retrasaba con las cuentas; ¿en qué se te va la plata, ah?, me recriminaba, y mi coartada era siempre el taller mecánico. Al pobre auto le inventé todos los desperfectos imaginables. Ella se los creía a medias.

—¿Me estás diciendo que tu ludopatía justifica su infidelidad?

—No es que la justifique, pero en parte la explica. Yo andaba muy desatento con ella, obsesionado con el dinero. Empecé a endeudarme, las peleas se hicieron cotidianas. Un día ella volvió temprano, alguien de la cuadra le dijo que me había visto en el casino y me ampayó. Me habló bien feo. Nos hablamos bien feo.

Otra vez enmudecí. Mi cabeza voló al departamento de Ferraz y me vi enfrascado con Erika en una riña, una de las tantas discrepancias que el dinero ocasionaba. No porque escaseara, que también, sino por la forma de gastarlo. *Mi* forma de gastarlo. Mientras ella se privaba de algunos gustos, yo me ahorraba el menor sacrificio. Sus reprimendas me recordaban a las de mi madre contra mi padre por ese mismo motivo, con una salvedad: él sí que despilfarraba la plata, sobre todo en tragos costosos, cigarros importados, camisas de marca y relojes de los cuales le gustaba presumir, y eso que su salario en la fábrica embotelladora donde lo contrataron como supervisor no era tan alto como para permitirse semejante derroche. Menos mal mi madre vigilaba el presupuesto, de lo contrario habríamos caído en bancarrota y nos hubiesen expectorado de la universidad. Una noche ella le pidió dinero para pagar una factura y él, sin el menor tacto, haciendo gala de su consabida ineptitud para elegir las palabras adecuadas, sacó unos billetes del bolsillo y los arrojó sobre la cómoda diciéndole «tú crees que yo cago esta plata, ¿no?». Mi mamá enfureció, le enumeró a viva voz los gastos superfluos en los que venía incurriendo, le dijo, jalonándolo, rasguñándolo con sus uñas acrílicas, que no quería sus migajas, tomó los billetes y los rompió en cuadraditos lanzándoselos como confeti. Mis hermanas dicen no recordar la escena, pero yo la vi, y me turbó la imagen de la pugna física y el dinero volando por los aires.

De ahí que me afecten esas rencillas. Yo no era, ni por asomo, un comprador banal ni compulsivo como mi padre, pero tampoco practicaba las restricciones: si salía tarde de casa, detenía un taxi en vez de caminar hasta el metro o la parada de bus; nunca revisaba al detalle las facturas de los restaurantes; iba al supermercado sin fijarme en los cartelitos de ofertas, descuentos o promociones; visitaba las tiendas de ropa sin estar pendiente de las temporadas de rebajas; alquilaba autos según el modelo no en función de la cantidad de combustible que consumían por kilómetro; no hacía cálculos ni negociaba los precios de nada ni me abstenía de, por ejemplo, tomarme unas cervezas si veía que la situación lo ameritaba. Para Erika, todas esas costumbres eran inadmisibles en un matrimonio cuyo ingreso mensual arañaba los tres mil euros. Yo ganaba casi mil quinientos con mis dictados, colaboraciones y asesorías, y ella un poco menos desempeñándose como asistenta de una empresa constructora, trabajo que yo la animé a aceptar, del que solía volver defraudada, sin comprender cómo era posible que una bachiller en diseño industrial graduada con honores como ella no encontrara un puesto donde aplicar sus competencias ni recibiera unos emolumentos que calzaran con sus expectativas. «No podemos darnos el lujo de botar la plata», me reprendía durante esos pleitos odiosos. Cuando se acercaba el verano, era yo quien la empujaba a pedir vacaciones para —volando en aerolíneas de bajo costo— conocer Londres, París, Roma o Lisboa; al principio ella vacilaba, pero ya una vez en el sitio bajaba la guardia, disfrutaba más que yo, incluso nos dábamos uno que otro gustito, aunque a la mañana siguiente la veía tendida bocabajo en el colchón reajustando cifras, haciendo sumas, restas y reglas de tres en una libreta, arrepintiéndose por «habernos extralimitado». Si en todos los otros apartados de la vida cedía a la superstición y a una lectura cabalística de la realidad, en materia económica era drásticamente racional. Yo no desaprobaba sus métodos, eran algo rácanos pero efectivos, solo que me costaba internalizarlos, me disgustaba andar midiéndome, escatimando, y ella exageraba sus críticas mordaces y requintaba como si estuviéramos al borde de la insolvencia.

15

Sobre el abuelo paterno de Erika, me temo que aún no he contado lo verdaderamente importante, o lo que a mí me pareció importante luego de conocerlo. Y no me refiero al hecho de que al hombre le faltara el brazo izquierdo, sino a las consecuencias a las que tuvo que atenerse por haberlo perdido. Se llamaba Ernst Hartmann. Como señalé, fue miembro de las Juventudes Hitlerianas, pero esa descripción peca de insuficiente. En realidad, fue uno de sus más comprometidos militantes, el más descollante de su promoción, a la que se unió con solo trece años. En los campamentos de la *Hitlerjugend* los jóvenes realizaban actividades que no diferían mucho de las clásicas dinámicas de los *boy scouts*: excursiones, caminatas, gimnasia, ejercicios de sobrevivencia, pero conforme pasaban las semanas y meses el adoctrinamiento iba tomando cuerpo hasta alcanzar la fase de preparación premilitar en campamentos del Ejército. Ahí los chiquillos desfilaban sin perder el ritmo, cantaban de memoria el himno nacionalsocialista *Horst Wessel Lied*, ejecutaban sincronizadamente, cincuenta veces al día, el obligatorio saludo fascista, y eran convenientemente evangelizados en la exaltación de la raza aria, la lealtad al partido nazi y la ciega adoración a Hitler. Tras ese período de formación debían esperar a cumplir dieciocho para alistarse a las Waffen-SS y enrolarse al combate. El abuelo de Erika no tuvo que aguardar tanto. Una mañana de 1943, dos oficiales de la Luftwaffe se presentaron en su colegio secundario, reagruparon a todo el alumnado en el patio central y, siguiendo criterios puramente aleatorios, pidieron a veinte estudiantes dar un paso al frente. Ernst Hartmann era uno de los seleccionados. En un salón aparte, en cuya pizarra se leía el eslogan *Ein Volk, Ein Reich, Ein Führer*, tras una extensa disertación acerca de los ineludibles deberes que tenían para con la nación, les explicaron que dentro de dos días se les esperaba en una sede del cuartel general para fusionarse al cuerpo de la defensa antiaérea. El joven Ernst estaba a punto de cumplir quince años. Ese día, al volver a casa, rebosante de júbilo, difundió las novedades entre sus padres y hermanos, y se fue a la cama antes de las nueve, sin cenar, sin tocar el piano, ni recitar sus oraciones. Erika me contó que la noche previa a su incorporación a la Luftwaffe, mientras su abuelo dormía anhelando despertar convertido en un precoz soldado que defendería la patria con su vida, su bisabuela se amaneció zurciéndole los pantalones del uniforme de camuflaje para entallárselos. A Ernst le confirieron un trabajo inesperadamente prioritario: maniobrar, junto a otros cinco soldados algo mayores que él, uno de los potentes cañones Flak 88 que componían las baterías antiaéreas. Los muchachos aprendieron sobre la marcha cómo moverse sobre la plataforma del cañón y cómo operar el sistema de carga para lograr quince disparos por minuto, mejor si veinte, contra los bombarderos aliados que volaban a ocho mil metros. Tras varias jornadas esquilmando decenas de aviones ingleses y norteamericanos, unas veces íntegramente hasta derribarlos, otras de forma parcial, pero forzando a los tripulantes a precipitarse en paracaídas sobre territorio alemán, a los oficiales nazis les quedó claro que el aguerrido cadete Hartmann era un serio aspirante a cobrar protagonismo y asumir cada día mayores responsabilidades. Sin embargo, tal como ocurriría en ambos frentes a lo largo de la guerra, la adversidad era especialista en echar por tierra las carreras más promisorias. Una noche la batería de seis soldados venía resistiendo un intenso bombardeo nocturno de la Royal Air Force. Alumbrando el cielo con focos eléctricos, disparaban el cañón hacia las alturas buscando dañar a los Lancaster y los Stirling de cuatro motores que iban y venían regando sus proyectiles sobre Berlín. Una de las bombas aéreas explosionó a escasos metros de la trinchera de los jóvenes alemanes y la onda expansiva los hizo volar. Dos de ellos murieron al instante, descuartizados. Pasados unos minutos el humo se disipó lo suficiente para hacer más visible el panorama. Los quejidos y estertores provenían desde todas las direcciones. Ernst levantó la cabeza con dificultad y, en medio del aturdimiento, entendió que seguía con vida. Vio el cuerpo en apariencia inerte de un compañero, quiso cerciorase de que aún respiraba, pero al estirar su brazo izquierdo se encontró con que este no estaba más en su lugar. Recién al ver que de su hombro descoyuntado colgaban jirones de piel ensangrentada y un revoltijo de nervios y tejidos también bañados en sangre entre los que creyó distinguir fragmentos de un hueso, recién ahí se echó a gritar de dolor y acabó desmayándose.

De más está decir que no volvió a montarse sobre ningún cañón ni volvió a manipular arma alguna. Pasó un mes en el hospital, a la espera de un injerto que nunca llegó. Los oficiales que habían advertido su potencial y se habían adelantado a proponerlo para alguno de los regimientos de élite fueron quienes más contrariados se mostraron con lo sucedido. Ernst quiso convencerlos con vehemencia de que, incluso sin su brazo izquierdo, su brazo más hábil, podía ser funcional a las tropas y pidió ser considerado para otras acciones de defensa. Fue inútil. Lo relegaron a un escritorio flanqueado de archiveros en una oficina de labores administrativas. Con los años, ya pasada la guerra, no cejaría en su afán de demostrarles a los demás que podía valerse por sí mismo. Recuerdo haberlo visto en una cena insultar encarnizadamente a un mesero que se había acercado para ayudarlo a descorchar una botella de vino. No podría decir cuáles fueron sus palabras exactas pues las pronunció en alemán, pero el tono imperativo era elocuente. A continuación se acomodó en la silla, tomó la botella con la mano derecha, la atenazó entre las piernas, retiró la cápsula de plomo con cierta pedantería, incrustó el tirabuzón en la superficie del corcho, lo atornilló hasta hundirlo del todo, comenzó a jalar, su rostro enrojeció por el esfuerzo que suponía hacer presión con los muslos, nadie en la mesa movía los labios, todos cruzábamos los dedos para que las venas y arterias de las sienes y del cuello no se le reventaran, teníamos la vista puesta en los lentísimos avances del tirabuzón y en la masiva constelación de gotas de sudor que caían desde su frente y proliferaban sobre el mantel. La manga izquierda de la camisa se columpiaba fláccida, como si el brazo faltante buscara intervenir en auxilio de su gemelo. Erika se puso de pie para socorrer al viejo, pero su padre, con un firme ademán, la conminó a mantenerse sentada; «mi *Opa* no necesita dar estos espectáculos», dijo Erika, y justo en ese momento, ¡ploc!, el bendito tapón cedió. Todos aplaudimos aliviados. Los que venían reprimiendo estornudos, estornudaron. En la otra punta de la mesa, una señora decrépita se persignó. Ernst izó la botella con un desparpajo teatral, la expuso ante el auditorio como si fuese una trucha que acabara de pescar, se pasó una servilleta por la cara y sirvió la primera copa. Cuando todos creíamos que la exhibición de amor propio ya había concluido, tomó el mango del tirabuzón con su única mano y comenzó a desentornillar el corcho con los dientes hasta extraerlo del todo, ganándose otra salva de aplausos. Mientras bebía el primer sorbo de vino con calculada mansedumbre, el viejo se ocupó de inmovilizar al mesero con una mirada acribilladora que decía algo como: no se te ocurra volver a dudar de la capacidad y determinación de un soldado manco.

Fue en la guerra donde esos atributos fueron puestos en tela de juicio inmediatamente después del accidente. Como he contado ya, al verlo lisiado recolocaron a Ernst en un edificio remoto donde cumplía tareas sedentarias destinadas a divulgar las consignas del régimen. Se convirtió así en un peón dúctil, pero insignificante, de la maquinaria propagandística nazi y, aunque escaló posiciones y llegó a coincidir en no pocas reuniones de coordinación con algunos de los cuadros más encumbrados de las Wehrmacht, nunca alcanzó el rango, estatus ni prestigio suficientes para ser incluido dentro del círculo de los elegidos. Dolido por la discriminación en su contra, por haber sido rebajado de prometedor cuadro militar a burócrata anodino, Ernst fue alejándose cada vez más de los entresijos del poder. Gracias a ese desencuentro se salvó de involucrarse con la cúpula nazi y, quién sabe, de participar directa o indirectamente de las monstruosidades engendradas por ella. A pesar de la existencia de pruebas de los derribos de aviones aliados en que había concursado, los tribunales no lo procesaron como criminal de guerra, sino que, a causa de su invalidez, acordaron adjudicarle el papel de «colaborador marginal del Reich», por consiguiente, no purgó carcelería. Un poco de discreción le bastó para rehacer su vida social sin mayor perjuicio para la familia. Todo esto lo fui averiguando por mi cuenta, a espaldas de Erika. La única vez que le consulté por el pasado de su abuelo me puntualizó que su *Opa* era un «héroe» que no se había dejado corromper por el nazismo y que al respecto no había nada que objetar. Sus reticencias solo acicatearon mis ganas de conocer los pormenores de la historia que escondía ese hombre. Las dos o tres veces que lo visitamos en su casa de Berlín, aproveché que mi presencia pasaba casi inadvertida para dar vueltas por ahí, husmear en los salones, la biblioteca, el jardín, hacer preguntas entrometidas a los parientes menos avispados, en suma, jugar al detective. No encontré gran cosa, pero dejé que la casa me hablara, las casas siempre dicen algo, delatan a sus ocupantes, son un museo de sus vanidades. Solo tuve que abrir bien los ojos: ahí estaban los personajes uniformados en fotografías en blanco y negro, los volúmenes de la guerra con títulos tendenciosos, los vinilos, las pinturas, los retratos, las águilas, las cruces gamadas, los símbolos mitificados, en fin, toda una serie de indicios dispersos que me llevaron a pensar que ese anciano envarado, de papada puntiaguda, que saludaba y se despedía de las visitas dándoles su mano, blanca y fría como el mármol, había jugado o podría haber jugado un rol preponderante o más bien siniestro en los años de la segunda guerra. El resto de información la obtuve de páginas de Internet donde el nombre de Ernst Hartmann figuraba vinculado con las baterías antiaéreas. Las primeras veces que oí a Erika referirse al sufrimiento de sus abuelos paternos durante los ataques a Berlín, su testimonio me conmovió con sinceridad, pero con lo que llegué a saber, ese mismo testimonio se me reveló como un penoso intento por desagraviar a un vulgar esbirro de genocidas.

DOS

El segundo encuentro se produce el 2 de diciembre de 1941, a las cuatro de la tarde con veinticinco minutos.

Matías se aparece sin avisar en el porche de la casa de Gordon Clifford en Washingtonville. Al oír el timbre, el banquero se aproxima a la entrada preguntándose si el señor Bennet, su vecino, quien esa misma mañana se había presentado pidiéndole su cortadora de césped, necesitaría algo más. A través de la mirilla tarda entre cuatro y seis segundos en reconocer al joven de barba rala que carga una mochila detrás de la puerta. «¡Matías!», exclama por fin, abriéndole. Lo abraza con una mezcla de ternura y tosquedad, recoge su mochila, lo invita a pasar. «¿Cómo has estado, muchacho?», le dice. «¡Muy bien, señor Gordon, qué alegría verlo!», replica el otro. A Clifford le hace gracia que Matías lo siga tratando de *usted*. Vuelven a abrazarse, ríen, se despegan, se miran, reanudan el abrazo con recíproca efusividad, como si hubieran transcurrido veinticuatro horas y no dos años desde el desembarco del Santa Bárbara. El joven Giurato deja el recibidor, penetra en la casa y va reparando en la decoración interior: elegantes lámparas pasadas de moda, finas alfombras deshilachadas, cortinas percudidas, cuadros abigarrados, plantas descoloridas en macetas descascarilladas, y sillones algo desvencijados dispuestos sin ninguna lógica, o más bien con la lógica de un banquero ermitaño que, próximo a la jubilación, satisfecho con sus ganancias, cansado de tratar con socios, especuladores, litigantes, albaceas y prestamistas, pasa demasiado tiempo solo, entre la pasividad y el abandono. En una alacena, distinguibles bajo una compacta película de polvo, resalta un conjunto de copas talladas de tamaño desigual que debieron acoger los brindis memorables del siglo anterior. Matías se detiene frente a un aparador bajo, de tres cuerpos, sobre el cual destaca, enmarcada, la fotografía familiar que descubrió en el cartapacio de cuero aquel día, allá en Salaverry, antes de abordar el barco: la foto de Gordon, Manuela Altamirano y Samuel. «Todavía sigue en el hospital», indica Clifford, mirando la imagen sonriente de su esposa, limpiando con el dedo partículas de suciedad de un costado del portarretrato. «Los pronósticos médicos no son alentadores», apostilla. Enseguida coloca su índice derecho sobre el vidrio, a la altura del rostro de Samuel. «Ayer fue su cumpleaños, habría cumplido once», dice, pero no con adustez, más bien animado, con el acento festivo de quien pretende no dejarse vencer por el peso de una antigua tristeza. «Hasta ordené un pastel. ¿Quieres un trozo?». Matías acepta de buena gana, se quita la chaqueta, se acomoda en el sofá cruzando las piernas con sutileza. Desde la cocina, Clifford tiene otra perspectiva del muchacho: nota su corpulencia, sus medidas de adulto, la confianza física de los veintiún años. Celebra mentalmente el hecho de tenerlo en casa. Han intercambiado dos o tres cartas desde que se separaron en el muelle de Nueva York, pero volverse a ver en persona es diferente, es mejor, es más real. Clifford regresa a la sala con dos platos de pastel y dos botellas de cerveza. «¿Les escribiste a tus padres?», dice. Matías asiente. Ha mandado cartas idénticas a Trujillo y Hamburgo, dirigidas a su madre y su abuelo, contándoles sus días en Nueva York. Le ha tocado hacer de mesero, lavaplatos, suplente de barman, asistente en una tintorería, auxiliar en una joyería, *office boy* en una fábrica. También pasó unos meses fregando baldosas en la biblioteca pública de Harlem, bombeando agua para los caballos del hipódromo de Belmont Park, y hasta repartió volantes y pegó afiches con la foto de Wendell Willkie durante la campaña electoral en la que Roosevelt fue reelegido por tercera vez. Desde hace tres meses, le comenta a Clifford, se encuentra a prueba en un concesionario de automóviles de segunda mano de Brooklyn, donde a cambio de cuarenta centavos la hora se dedica a ensalzar frente a la clientela los asientos plegables de los Plymouth, la transmisión semiautomática de los De Soto, la buena performance del motor de ocho cilindros de los Packard, o los ornamentos del capó de los Studebaker.

Junto con dos amigos de la tienda alquila un dormitorio en una pensión del Lower East Side, en el cruce de las calles Madison y Montgomery. No es un barrio apacible, un rebaño de indigentes, rufianes y drogadictos pulula por esas cuadras de comercios enrejados, veredas grasientas, ropa húmeda oreándose en cordeles improvisados y callejones paupérrimos donde aún son palpables los efectos de la depresión. Quizá lo único bueno sea el panorama del puente de Manhattan que ofrece la ventana de la habitación, suficientemente generoso como para soslayar las incomodidades de la pensión y sus contornos. Los tres chicos no pasan allí más horas que las suficientes para descansar; antes y después se vuelcan a las calles, hambrientos de explorar la Gran Manzana, perderse en sus recodos inabarcables, visitar sus esquinas simbólicas, sumergirse en la abundancia de sus costumbres, diferenciar los idiomas que se embarullan en el aire creando la música de una lengua intrincada pero a la vez hipnótica, y confundirse entre esos inmensos bloques de edificios de ladrillo rojo de Nolita o del Village, con sus escaleras de hierro contra incendios en el exterior, cerniéndose por sobre panaderías, barberías, pescaderías o negocios similares, y en cuyos frontispicios, en los gruesos peldaños colocados al pie de la entrada principal, cerca del sardinel, se sientan los vecinos a chismear, leer los diarios sin prisa, o tan solo a romper la pesadez de la rutina con el avistamiento de gentes demacradas y autos obsoletos. Incluso para sus amigos y *roommates*, Steve Dávila y Billy Garnier, neoyorquinos oriundos, que crecieron en el Chinatown y el Civic Center, el primero hijo de latinos, el segundo descendiente de franceses y españoles, incluso para ellos la ciudad es una inagotable caja de Pandora que se adapta a su economía proletaria. Por las noches, al salir del trabajo, si no acuden al Midtown a ver funciones de artistas diletantes en teatros baratos, o *shows* decadentes en *cabarets* clandestinos, se escabullen en los clubes donde se presentan bandas de jazz integradas por músicos que no son renombrados, pero no tardarán en serlo, Billy Taylor, Dizzy Gillespie, Thelonious Monk. Otras noches compiten en partidas de dardos en los *pubs* de Bowery, o en desafíos de bolos en un salón de White Plains, y en ambos, la milimétrica puntería de Matías, capaz de dar en el centro de la diana, de tumbar todos los pinos en un solo turno, los hace ganar puñados de dólares que despilfarran en jarras de cerveza. O van al cine a ver el estreno de *His Girl Friday, Santa Fe Trail, The Letter* o *The Philadelphia Story*, y se apelotonan a la salida esperando saludar de lejos a Olivia de Havilland, Betty Davis o Jimmy Stewart. Los sábados, si hace calor, toman el metro al mediodía y viajan una hora, más de veinte paradas, hasta Coney Island: se instalan en una de sus playas siempre abarrotadas de incontables bañistas, pasan horas bajo la sombrilla despintada, juegan a interpretar las conductas indecisas de la multitud, se remojan en el mar, almuerzan salchichas, circulan por el parque de diversiones, suben a la montaña rusa, al salto en paracaídas, pagan unas monedas a insistencia de Billy para ver los concursos de piernas, se asoman a los espectáculos de deformidades (los predilectos de Steve, en particular *la chica elefante* o *Marian, la mujer sin cabeza*), y luego ven a Matías apostarse delante de una caseta de tiro al blanco y disparar con regocijo contra cabezas de payaso y pipas giratorias y llevarse los premios mayores. Al atardecer recorren de punta a punta el paseo marítimo buscando chicas de Tudor City o de Prospect Park a las que embaucan diciéndoles que son universitarios y viven en los suburbios de Queens, y ellas les creen, dejándose besar sobre la arena tibia y palpar los pechos por encima de la camiseta hasta que empieza a oscurecer; las más incautas se tragan el cuento de que son jugadores formativos de los Yankees, que conversan a diario con Joe DiMaggio, Frankie Crosetti o Joe Gordon, y acceden a escarceos más intrépidos en los hoteles de ínfima categoría que pasan desapercibidos en las cuadras finales de Henderson Walk. Su vida sexual no sería la misma sin los Yankees, bromean entre ellos. En señal de su fidelidad a los Bombarderos del Bronx, cuando se juegan los partidos cruciales de la temporada, suspenden las incursiones callejeras para coquetear con la señora Morris, la solterona dueña de la pensión, rogarle que cambie la estación de radio donde ella escucha a todo volumen las aventuras de *El Llanero Solitario* o lacrimosos episodios de *The Right to Happiness* y los deje seguir la transmisión desde el Yankee Stadium, donde el bate de DiMaggio está siempre por marcar un hito o ridiculizar una estadística.

Inspirado por el relato de esos días desenfrenados que ya le hubiera gustado vivir en su juventud, Gordon Clifford apaga la pipa que ha encendido y le pide a Matías ponerse la chaqueta y acompañarlo fuera de casa. Al cerrar la puerta le entrega las llaves del Pontiac y, una vez en el auto, le indica que irán al Flushing Meadows Park a visitar la exposición de moda, la que todo Nueva York ha visto o desea ver, *The world of tomorrow*. Que a Matías aún no le entreguen la licencia de conducir no es un inconveniente para Clifford, que se reclina en el asiento del copiloto, confiando en las habilidades y pálpitos del muchacho para poner la máquina en marcha. Matías orquesta sus movimientos con los pedales, el volante, la palanca de cambios, y entonces los neumáticos de banda blanca del Pontiac se deslizan sobre esas calles anchas como ríos, despejadas de transeúntes, bordeadas de viviendas de dos pisos donde los niños tienen prohibido trasponer la verja de los jardines delanteros, y en cuyas esquinas, cada cinco o diez cuadras, se ven remozadas estaciones de policía vigiladas por soñolientos oficiales.

La exposición es asombrosa. A lo largo de una docena de pabellones aerodinámicos de estructuras metálicas, arquitectura futurista e iluminación fluorescente se exhiben artefactos tridimensionales, calculadoras mecánicas y avances tecnológicos, como un androide que habla, atiende pedidos y enciende cigarros. Pero el plato de fondo, el que acapara la atención de grandes y chicos, es el descomunal diorama de una metrópoli con rascacielos de cien pisos, atravesada por autopistas con radares, bosques, ríos y montañas hechas de cartón cuarteado. Matías queda maravillado con ese mundo de miniatura y por largos minutos observa los autos pequeñísimos que van y vuelven con aparente algarabía, los primorosos arbolitos inanimados cuyas copas parecen mecerse con un viento ilusorio, y ve cómo los microscópicos habitantes de esos edificios alternan en salas y cocinas, bajan y suben escaleras, miran la televisión, se acomodan detrás de escritorios, llevando una vida artificial que por unos instantes es sobrecogedoramente real. La última pieza que ven es la afamada cápsula del tiempo, un recipiente indestructible de dos metros, con forma de torpedo, enterrado en una cripta subterránea, en cuyo interior se resguardan objetos representativos del siglo veinte con la esperanza de que se vuelvan imperecederos, un teléfono, una bombilla incandescente, una maquinilla de afeitar eléctrica, revistas microfilmadas, partituras musicales, obras de arte, un rollo de película con noticieros cinematográficos y hasta mensajes de Albert Einstein y Thomas Mann que algún ser vivo leerá dentro de cinco mil años y encontrará caducos, estrambóticos o fascinantes.

Al salir, Matías sugiere ir por unas copas. Gordon Clifford aduce que es tarde, pero se deja inducir. Llegan a un bar de la calle Baxter. Un bar confundible con un sótano en el que, más allá de unos focos distantes que emiten una luz cobriza, lo demás es penumbra. Un vaho cargado envuelve a los parroquianos. Unos se carcajean como si llevaran horas embriagándose, otros lloran de lo embriagados que están. De la cocina proviene el crepitar de unas frituras cociéndose en la sartén. Acostumbrado al fasto de los bares ingleses y la exclusividad de los salones para fumadores, el banquero mira las instalaciones con desconfianza, pero el primer sorbo de martini y la música de fondo, temas de Tommy Dorsey y Freddy Martin, aplacan sumariamente sus recelos.

—Tengo que contarle algo —dice Matías, tímidamente, doblando una servilleta sin darle forma.

Clifford aprecia que haya usado la expresión *tengo que*, vislumbra en ella algo cercano a la deuda o la lealtad.

—¿Debo preocuparme? —consulta.

—Nada de eso, ¿recuerda que en el barco me preguntó cuántas novias había tenido?

—No, te pregunté de cuántas mujeres te habías enamorado, no es lo mismo.

—Y le respondí de ninguna, ¿lo recuerda?

—Sabía que me habías mentido.

—No le mentí.

—Ah, ¿no?, pues no comprendo.

—Es que ahora sí hay alguien.

—¿A qué te refieres con *alguien*?

—Una mujer, obviamente.

—Sí, pero cuéntame más, ¿cómo se llama?

—Charlotte. Charlotte Harris.

—*Harris*, eh, apellido inglés.

—Sí, el padre es inglés, la madre húngara, pero ella nació en Georgia.

—¿Y dónde conociste a la señorita Harris?

—En la tienda, es la supervisora de ventas, tiene un año más que yo.

—¿Te gusta mucho?

—Pienso en ella cada minuto del día, señor Gordon.

—¿Es guapa?

—Guapa no, hermosa, la más hermosa del planeta.

Clifford sonríe al notar que su amigo mantiene intactas la propensión al uso de la hipérbole, así como la manía de rascarse los codos intercaladamente.

—Por la emoción con que hablas deduzco que te corresponde.

—Mucho.

—¿Ya andan juntos?

—Aún no.

—¿Y eso por qué?

—Porque hay, a ver, cómo decirlo... hay una barrera que se interpone.

—¿Barrera?, ¿cuál barrera?

—No, perdón, más que barrera es un escollo, eso es.

—¿Qué clase de escollo?

Matías bebe un sorbo dándose valor.

—¡Vamos, dilo sin miedo!

—Es que... Charlotte tiene novio.

Gordon Clifford casi escupe la aceituna del martini.

—No puedes estar hablando en serio, Matías, eso no traerá nada bueno para ninguno de los tres.

—Déjeme terminar, señor Gordon: el novio lleva un año postrado en la cama, un coche lo atropelló, le arruinó las piernas, difícilmente volverá a caminar, el impacto además le dejó severas secuelas neurológicas, ha perdido el habla, Charlotte acude a verlo a casa de sus padres cada vez que puede, le da de comer, coopera en su rehabilitación, se compadece, pero lleva un año sintiéndose una enfermera más que una pareja, sus sentimientos hacia él ahora mismo no están nada definidos.

—¿Qué significa *nada definidos*?

—Dice que lo quiere, pero ya no lo ama.

—¿Y tú le crees?

—¿Tendría que dudar?

—No lo sé. ¿Llevaban mucho juntos?

—Se habían comprometido el mes anterior al accidente.

—Caramba, eso lo hace aún más engorroso.

—¿Qué puedo hacer, señor Gordon?

—Nada.

—¿Nada?

—Te toca esperar.

—¿Esperar a qué?, ¿a ver si el novio se recupera?

—No, chico, a que ella tome una decisión, entretanto pueden ser amigos.

—¡Eso es imposible! Nos gustamos, nos queremos, no podemos retroceder a ser solo *amigos*, ¿entiende lo que quiero decirle?

—Respóndeme esto, Matías: ¿la quieres?

—Sí, la quiero.

—Pues si ella siente lo mismo, va a encontrar la forma de hacer lo correcto, lo peor que puedes hacer es presionarla, pedirle una respuesta, a veces la estrategia más atinada es simplemente estarse quieto hasta que las cosas encuentren su justa medida o caigan por su propio peso.

Matías resopla con gratitud: extrañaba escuchar las palabras reconfortantes de su buen amigo, sentirse bajo el influjo de su sabiduría. Elevan sus copas, se miran y echan todo el martini de un trago a la garganta.

—¿Nos cambiamos a unos ginebras, señor Gordon?

Ríen con ganas.

—Solo si me dejas invitar— propone Clifford. Saca una cajetilla de Chesterfield del interior del abrigo y, casi en simultáneo, Matías extrae del bolsillo izquierdo del pantalón su mechero Wieden para encendérselo.

—¿Y su pipa de madera, señor Gordon?

—La olvidé en casa.

—No la habrá dejado junto al cartapacio, ¿o sí?

Ríen otra vez. Ajenos al avance de las horas en el reloj y a la rotación de ocupantes en las mesas contiguas, la medianoche los sorprende charlando de la exposición que han visto en el Flushing Meadows Park, de los avances tecnológicos, del mañana, del futuro, en concreto, del futuro de Matías.

—Vender o alquilar autos no está mal, pero deberías pensar en estudiar algo —dice Clifford, cuidándose de no sonar del todo paternalista, una precaución ineficaz o más bien desatinada tratándose del padre adoptivo del muchacho. Un padre adoptivo a distancia, remarca él en su interior, como si quisiera hacer explícito (¿ante quién?, ¿con qué propósito?) que es solo el garante de Matías ante la ley de los Estados Unidos y no le compete asumir otra posición ni tutelaje. Sin embargo, allí está, con plenos modales de progenitor, preguntándole «¿qué carreras te interesan?».

Matías se muestra renuente a la idea de tener que elegir una profesión; su plan a mediano plazo sigue siendo viajar a Hamburgo, conocer a su familia materna, tal vez establecerse allí, sabe que para eso es menester ganar más dinero, y sobre todo ahorrarlo, sabe que necesita restringir o privarse de la vida vertiginosa que ha llevado hasta el momento. Clifford le plantea alternativas de carreras cortas que Matías escucha sin interés o más bien con suspicacia. Le menciona otra posibilidad: llevar cursos por correo, pero Matías infiere que tendría que posponer su viaje indefinidamente si se dedica a estudiar de manera formal. Por fin en la tercera ronda de ginebras, fumando el cuarto cigarro de su cuenta, Clifford le dice sin tapujos lo que siempre ha pensado acerca de ese famoso viaje a Alemania.

—Es un disparate, Matías, ¿es que no lees los periódicos?, los alemanes ya han invadido Holanda, Polonia, Noruega, Francia, Hitler tiene a más de la mitad de Europa en zozobra. ¡Imagínate si decidiera invadir la Unión Soviética! Los ingleses no podrán detenerlo por sí solos, la gente ecuánime quiere escapar de allí como sea, y tú ¡quieres meterte a las fauces del lobo!

Matías escucha atentamente las disquisiciones de Clifford, sabe que está en lo cierto, tan en lo cierto como su abuelo, el viejo Karsten, que en su última carta, fechada en mayo de 1939, a pocas semanas de que él zarpara de Trujillo rumbo a Nueva York, al enterarse de que su nieto iba a tomar un barco a Estados Unidos con miras a trasladarse desde allí a Hamburgo, depuso el tono ponderado de sus misivas anteriores y, sabiendo que Matías era ya un hombre de diecinueve años, le pidió que desistiera de ir:

Los nazis van a llevar este país a la hecatombe, es inminente. Los alemanes de bien no somos proclives al combate, incluso quienes secundan al abyecto dictador, esos lambiscones que hoy le rinden pleitesía, incluso ellos ponen en entredicho la utilidad de la guerra. Pero me temo que no faltará quienes decidan plegarse a ella. Nada hay por hacer. Geográficamente, Hamburgo es altamente vulnerable por mar, por tierra y por aire. No vengas aún, adorado Matías. En nuestra mente todavía están frescos los dolorosos recuerdos de las penurias que nos dejó la gran guerra. De solo pensar que algo así podría volver a suceder contigo entre nosotros, tu abuela y yo nos hundimos en la desesperación absoluta.

La lucha personal que Matías libraba contra su padre, y su empecinamiento en abandonar su casa, Trujillo, para convertirse en otra persona, lo llevaron a subirse al barco y omitir las advertencias del viejo Karsten, quien le imploró no comentar con su madre la existencia de esa última carta. Aquella mañana de junio de 1939, Edith Roeder acompañó a Matías al puerto de Salaverry creyendo que su hijo viajaría hasta Nueva York para quedarse solo unos meses, un año como máximo, con el tío Enrico Giurato y volvería a Perú a estudiar leyes o ciencias económicas. Las verdaderas intenciones de Matías eran otras. Y seguían siendo otras ahora, pasados dos años, a pesar de todo lo que Gordon Clifford le dice en este bar de la calle Baxter donde el vaho se ha desvanecido y las mesas empiezan a mostrarse vacías.

—¿Has pensado en lo que te gustaría, en cómo te visualizas de aquí a cinco años? —sondea el banquero.

—Solo sé que quiero volar, viajar por el mundo.

—¿No le habías prometido a tu madre volver y estudiar para ser abogado?

—No fue una promesa, fue *un convenio sujeto a revisión*.

—Vamos, Matías, fue una promesa.

—Si no se lo prometía, me hubiese puesto mil trabas para dejar el Perú.

—O sea, le mentiste.

—Digamos que vi una oportunidad y no la malgasté.

—Si no piensas regresar, ¿no crees que tus padres merecen saberlo?

—Aún no sé lo que pienso hacer, señor Gordon, solo sé que tengo veintiún años, que vivo o sobrevivo en Nueva York, que quiero visitar otros países y, solo cuando sea apropiado, es decir, cuando la guerra culmine en Alemania, viajar a Hamburgo, conocer a mi familia materna, ver si me acostumbro a ellos y ellos a mí, eso es todo lo que sé.

—¡Estás obcecado con Hamburgo!, ¡primero tendrías que encaminarte, trabajar!

—Lo sé, ¿por qué cree que estoy aquí pidiéndole que me oriente?

Beben en silencio. El mesero deja de abrillantar la barra con un trapo, se acerca a reponer las últimas ginebras y comunicarles que en veinte minutos cerrarán las puertas. Clifford consulta por los baños. «Bajando las escaleras», indica el tipo. Una vez dentro de uno de los compartimentos, delante del único urinario, el banquero se entretiene con las inscripciones de la pared y el batiburrillo de afiches colocados unos sobre otros. «¿Ese tío es del barrio?», pregunta el camarero al recoger los ceniceros colmados de montañas plomizas. «No», reacciona Matías, «¿algún problema con eso?». «Ninguno, chico, es solo que se nota que viene del otro lado del Hudson, lo digo por cómo viste, ¿es tu padre?». «Es un amigo». El mesero sonríe con malevolencia. Clifford sale del baño, sube las escaleras con apuro y, sin sentarse a la mesa, se dirige a Matías:

118

—¡Lo tengo!

—¿Qué tiene?

—¡La solución!

—¿Cuál solución?

—La solución a tu dilema.

—¿Mi dilema?

—Sí, sí, creo que es una gran idea.

—¿Qué ha pasado en el baño, señor Gordon?, ¿ha tenido una revelación?

—Más o menos.

—¿Podría decirme de qué rayos está hablando?

—He visto en la pared del baño la tapa de un cómic del *Uncle Sam*, ¿sabes lo que quiero decir?

—No, no lo sigo.

—¿Qué hace el *Uncle Sam*?

—Odio las charadas, señor Gordon.

—¡Matías, el servicio militar!

—¿Qué pasa con el servicio militar?

—¡Podrías alistarte!, tengo contactos en la fuerza aérea.

—Suena bien, señor Gordon, pero ¿desde cuándo Estados Unidos está en guerra?

—¡Por Dios, Matías, es que no te enteras de nada!, estamos en guerra desde que enviamos soldados y comida a Inglaterra, y desde que le facilitamos a China armamento producido por la General Motors; muy pronto estaremos metidos en la guerra hasta el cuello, acuérdate de lo que digo, he leído a múltiples articulistas del *Times* vaticinar una disputa con Japón, solo hay que interpretar el escenario, fíjate en la secuencia progresiva de los hechos: los japones entran en alianza con Alemania e Italia, Roosevelt los bloquea económicamente, les quita el petróleo, prohíbe las exportaciones a Tokio, los conmina, ingenuamente creo yo, a replegar sus destacamentos de Indochina, ¿lo ves?, la tensión no da para más, pero si vamos a la guerra, oye bien lo que voy a decirte, si vamos a la guerra doy por descontado que Estados Unidos pulveriza a los japoneses en dos tardes, cuatro como mucho, podrías enrolarte, ser piloto, cumplir un año y medio de servicio con beneficios sociales, darte de baja y seguir aviación comercial, el futuro está allá arriba, ¿no es eso lo que quieres: volar?

Varios segundos antes de que Clifford redondee su idea, Matías ya está decidido a emprenderla. Después de todo, es un ciudadano norteamericano, y ha desarrollado con Estados Unidos un sentido de pertenencia que no llegó a experimentar con el Perú. Ahora siente estar *dentro* del mundo, en el torbellino de la historia, inserto en los grandes párrafos de la humanidad, no al margen, no convertido en una humilde nota a pie de página como cuando vivía en la hacienda de Chiclín, con el apremio de ensanchar unas fronteras que a diario encontraba opresivas. Además, y esto es fundamental, los dos años que lleva en Estados Unidos están signados por vivencias inaugurales: por primera vez ha ganado un salario, ha dilapidado su dinero, ha conocido la amistad, el amor, se ha estrenado en el sexo, ha aprendido a fumar y beber sin moderación, ha obtenido la licencia de conducir, se ha saltado ciertas normas. Por primera vez ha sido libre y esa libertad le ha permitido descubrir que con ciertos lugares ocurre lo mismo que con ciertos seres humanos: en solo unos meses pueden volverse todo lo queridos e indispensables que otros, en el doble o triple de tiempo, jamás consiguieron ser. Aún es pronto para asumirse *patriota*, pero se emociona o dice emocionarse o quiere emocionarse al pensar en retribuir a Estados Unidos el haberle dado la chance de convertirse en otra persona, de no verse a sí mismo como forastero. Claro que cuando dice *Estados Unidos* piensa en Nueva York, la única ciudad que conoce, y ni siquiera piensa en la ciudad en sí, sino en aquellos individuos que la encarnan. De modo que la imagen que tiene del país es una en la que confluyen los rostros de Gordon Clifford, Steve Dávila, Billy Garnier, Charlotte Harris, los rostros de cada uno de los patrones que lo contrataron para ocupaciones esporádicas, e incluso el rostro de la recatada señora Morris, la dueña de la pensión, que todas las semanas le pregunta si se encuentra a gusto en esa habitación y en ese barrio que, ahora que lo piensa, tal vez no sean tan calamitosos.

—Di algo, muchacho, ¿no es una buena idea? —lo apura el banquero, restregándose las manos con satisfacción.

Matías se pone de pie y lo abraza dándole enérgicas palmadas. Una vez más, Gordon Clifford lo ha salvado marcándole el derrotero.

Tan solo cinco días más tarde, a las siete y cuarenticinco de la mañana del 7 de diciembre de 1941, se cumplen a rajatabla los atroces presagios de Clifford. Una formación de aparatos metálicos se desplaza raudamente por el cielo de Pearl Harbor. En su fuselaje se distingue un disco rojo. Son más de trescientos cincuenta aviones de la armada imperial japonesa dispuestos a infestar el puerto estadounidense con su voluminosa carga de bombas y metralla. Bajo las aguas del Pacífico, treinta submarinos nipones arremeten contra los buques del ejército norteamericano, pero sus torpedos logran a duras penas el hundimiento de un arcaico transporte blindado. Serán los aviones los que castiguen la bahía con dureza; les llevará noventa minutos hundir cuatro acorazados, catorce embarcaciones, inutilizar más de cien unidades de la flota aérea, matar a más de dos mil hombres de servicio y dejar heridos a otros mil cien. Las portadas de los diarios de Estados Unidos amanecen con un solo titular en letras de gran puntaje: «JAPS BOMB HAWAII». Al mediodía, el presidente Roosevelt declara la guerra al imperio japonés. Miles de norteamericanos que hasta hace una semana se oponían a que el país participara de un conflicto que consideraban ajeno, y enarbolaban el principio de neutralidad que les garantizaba una vida pacífica, ahora exigen sancionar ejemplarmente a los agresores. Durante los meses siguientes, a raíz de la beligerante ola de racismo y estigmatización desatada contra los inmigrantes japoneses y los japoneses americanos, el Gobierno dispondrá la evacuación y reubicación de más de ciento veinte mil de ellos en campos acondicionados para aislarlos de la sociedad a la que legalmente pertenecen.

El fervor bélico en el que está sumido el país no es repentino, precede al ataque a Pearl Harbor. Una vez que Roosevelt activara el programa de Servicio Selectivo —una lotería de reclutamientos—, varios jóvenes fueron llamados a servir. Actores como James Stewart o beisbolistas como Hank Greenberg, de los Tigres de Detroit, no dudaron en ponerse a disposición de las fuerzas armadas, generando sentimientos contrapuestos entre sus fanáticos, unos complacidos de verlos defender a la nación, otros temerosos de que volvieran de la guerra en ataúd. En la televisión, Abbott & Costello incitan diariamente a sus compatriotas a comprar sellos postales y bonos de guerra para financiar operaciones logísticas. Los anuncios se multiplican en calles, supermercados, estaciones de tren. El entusiasmo es tal que cuando Matías les cuenta a Steve Dávila y Billy Garnier que va a enrolarse a la fuerza aérea no tiene que aplicarse mucho para convencerlos de seguirle los pasos: ellos también quieren alistarse, fusilar japoneses, requisar sus sables, capturar sus banderas, volver convertidos en aclamados ídolos nacionales y ser parte indisoluble de la pomposa parafernalia militar. Una tarde, atendiendo otro consejo de Clifford, Matías se sienta a escribir tres cartas: a su madre, a su abuelo y a Charlotte Harris. A su madre le pide no angustiarse por él, estará bien, saldrá airoso, obtendrá medallas; no dedica una sola línea a su padre. Al viejo Karsten le confiesa que quiere enfrentar a los japoneses en el Pacífico, aprender a pilotear aviones y un día, después de que los británicos y los rusos derroquen a los nazis, volar hasta Hamburgo; «ya lo sabes, *Opa*, el plan de visitarte sigue en pie». A Charlotte le escribe espérame, serán dos años largos, estaremos comunicados, podrás resolver los asuntos que hoy te intranquilizan y a mi regreso empezaremos una vida juntos. Matías deposita las dos primeras cartas en un buzón del correo tradicional, la última decide entregarla personalmente. Un día antes de renunciar al concesionario de autos de Brooklyn, se acerca al escritorio de Charlotte.

—Necesito hablar contigo a solas, ¿puede ser esta noche?

—Lo siento, tengo que cuidar a Paul en casa de sus padres, tienen una cena.

—Te busco allí. Será solo un momento.

—Mejor mañana, en otro sitio.

—Es importante.

Ella lo cita a las ocho, los padres de Paul no volverán hasta las once. Matías llega a la hora exacta, se siente raro entre esas paredes, inspecciona las fotografías colgadas, viajes, Navidades, graduaciones, en una de ellas Paul aparece feliz, sano, abrazando a Charlotte. Era guapo, piensa Matías, en pretérito, como si el chico estuviera muerto o como si inconscientemente deseara que lo estuviera.

Charlotte sale de uno de los dormitorios, cierra la puerta, se acomoda en el salón frente a Matías. «Está dormido», dice, «de qué querías hablarme». Sin ningún preámbulo, él le informa que dentro de dos semanas se alistará en la base aérea de Mitchel Field para servir en la guerra. Charlotte no sabe cómo reaccionar, baja la cabeza, se cubre la cara, llora. Matías frota sus hombros con suavidad, seca el rastro de sus lágrimas, musita en su oído palabras de consuelo, frases que ha escrito en la carta que lleva dentro uno de los bolsillos de la chaqueta y que a último minuto no entregará; de buenas a primeras varía la modulación de sus palabras, los besos en la mejilla son más pronunciados y, sin mediar ninguna propuesta ni visaje, como si la sombría noticia de la guerra hubiese desencadenado en ambos un arrebato vital, comienzan a besarse y tocarse con ansiedad, con una premura surgida de donde surgen las reacciones primitivas; ahora están de pie, cada vez más cerca, lo suficiente para adaptarse a las formas del otro y sentir la turbación en sus cuerpos, no precisan otro lenguaje que una seguidilla de caricias impacientes y gemidos sincopados, Charlotte se descalza los tacones ayudándose con los pies, las lenguas siguen unidas por instinto, Matías retrocede, se deja llevar y constata velozmente, de reojo, que se dirigen al segundo dormitorio de la casa, el de los padres, lo cautiva la audacia con que actúa Charlotte, que ahora entrega el cuello sin reservas, Matías avanza por ese territorio delimitado por la barbilla y las clavículas con la ciega osadía de un animal callejero que no ha visto la calle en semanas, no hagas ruido, dice Charlotte, que estira mecánicamente una mano para girar el pomo de la puerta, al cruzar el umbral trastabillan sin perder el equilibrio, se tienden en la cama, él debajo, ahora encima, así es más sencillo apartar las almohadas, deshacerse de la chaqueta, arrancarse el cinturón, despojarse de los pantalones, subir la falda acampanada de Charlotte, quitar con impericia sus medias de nailon, aventarlas al suelo; aún con las luces apagadas la muchacha no se anima a abrir los ojos, opta por imaginar la ceremonia, quizá sea el pudor, quizá la culpa, quizá la convicción de que su imprudencia no sería la misma bajo el resplandor amarillo de la lámpara, se desabrocha el sujetador pero no permite a Matías desabotonar su blusa, él piensa que a lo mejor ella oculta un defecto en la piel y se resigna a no verla del todo desnuda, a no besar ni morder sus pechos, se contenta con tocarlos superficial aunque no mansamente, luego desciende, su nariz roza el vientre de la chica e inicia un trayecto en línea recta, como siguiendo la huella invisible de una larga cicatriz, aprisiona sus caderas y, sin pedir ningún consentimiento, retira ágilmente la ropa interior de Charlotte, soba sus muslos impetuosamente dos, tres veces, separa las piernas tomándolas a la altura de las rodillas, advierte cómo tiemblan, cómo ofrecen resistencia, cómo ceden por completo, entonces hunde la cabeza entre los vellos del pubis, percibe un humor agridulce, lame febril, viciosamente el sexo de Charlotte, ella se retuerce, emite un bufido ronco y nuevo, se muerde el labio inferior hasta hacerlo sangrar, sabe que sus defensas han sido arrasadas, entierra las uñas en la cabeza de su hombre, enmaraña su pelo con unas manos azoradas que suplican continuidad, Matías humedece dos de sus dedos con saliva, Charlotte intuye la maniobra, lo coge de las axilas, tira hacia arriba, le susurra «por favor, sé delicado», Matías la besa con ardor como queriendo decirle *te amo*, pensando que se lo dice, acaso diciéndoselo, y se cierne sobre ella, la muchacha se estremece, lo mira y aguarda la penetración con una especie de sonrisa. En eso, un estruendo de cristales quebrados la desconcierta. «¿Escuchaste?», pregunta Charlotte, con las pupilas exaltadas. «No», responde ahogadamente Matías, que continúa meneándose allá abajo. «Espera», creo que es Paul. «Te ha parecido», balbucea él, excitado, sin contención, buscándole la lengua. «¡Te digo que esperes!», reacciona Charlotte alzando la voz, se sienta violentamente sobre el colchón y recoge las piernas contra el pecho en un movimiento impulsivo pero coordinado. De pronto se oye claramente un gruñido desde la habitación contigua: el ruido bronco de un animal que ha caído en una trampa. Desmelenada, Charlotte se pone de pie de un salto, cubre su cuerpo por entero con la sábana, deja el dormitorio en puntas de pie, pega tres zancadas de mujer joven, abre la puerta con una garra temblorosa y frena de golpe al notar en el piso una volcadura de agua que no ha terminado de expandirse y un vaso de vidrio hecho pedazos. Desde la cama, mirándola férreamente, Paul da un alarido de energúmeno echando espumarajos de rabia o frustración. Sus piernas siguen tiesas como mástiles fundidos en hierro. Dentro de la pantaloneta la mano derecha no deja de sacudirse.

TRES

El jueves 8 de enero, en la víspera del alistamiento, Gordon Clifford telefonea a Matías y le proporciona indicaciones puntuales sobre el rango, nombre y aspecto de la persona por quien debe preguntar al presentarse en la base de Mitchel Field. Antes de colgar, el banquero se esmera en darle una arenga en la que se cuela un indefectible matiz de aflicción: teme no volver a ver a Matías, teme que su vida corra peligro y él no pueda hacer nada por evitarlo. En previsión de eso le ha encomendado a su amigo de la juventud, el hoy teniente coronel Robert Ellsworth, uno de los jefes al mando en Mitchel Field, poner al chico a buen recaudo y, de ser factible, no exponerlo en misiones de alto riesgo, una petición que Ellsworth muy pronto incumplirá.

—Una última cosa— dice Clifford al otro lado del pesado auricular negro, dándole a sus palabras el énfasis adecuado para que Matías entienda la relevancia de lo que dirá a continuación—. Mientras dure tu servicio, no le escribas a tu abuelo.

—¿Por qué, señor Gordon? —recela Matías.

—Nuestra batalla a corto plazo es contra los japoneses, pero no olvides que el enemigo número uno de esta guerra es Alemania, Churchill lo ha dicho en Washington hace dos noches, cualquier asociación con los alemanes despertará sospechas.

Para Matías es un argumento deplorable, pero promete no contravenirlo.

—Por esa razón... —acota Clifford, con la inflexión de quien quiere hacer notar que la última palabra está por decirse y será incómoda— ... si en el barco te recomendé cambiar el apellido de tu padre, creo que ahora debes hacer lo propio con el de tu madre.

Matías niega con la cabeza, como si Clifford pudiera verlo rechazar esa sugerencia que le sabe a intromisión.

—En Estados Unidos nadie repara en el segundo apellido, señor Gordon —aduce.

—Desde mañana el Ejército se interesará por tu pasado, por tu familia, podrían investigarte, tacharte de espía, quién sabe, hasta llevarte delante de un tribunal —retruca Clifford.

Matías cuelga sin sentirse persuadido del todo.

Por el día, después de pasarse la noche evaluando opciones —y derribando pinos y bebiendo cervezas junto a Billy y Steve en el club de bolos de White Plains—, al encarar el formulario de reclutamiento, procura distorsionar lo menos posible su apellido materno y se registra como Matías Clifford Ryder. Ese será en adelante su nombre, su nueva identidad de soldado norteamericano presto a irse a una guerra a la que la fortuna o la fatalidad, aún es temprano para averiguarlo, lo ha lanzado de bruces. Su madre, Edith, a quien solo le preocupa que las cartas de su hijo lleguen, sin ahondar en el cómo ni el cuándo, pasa por alto estas argucias cuando Matías la pone al corriente. No así el abuelo Karsten, que protesta al enterarse de la estratégica supresión de su apellido, aunque no por ello deja de escribirle a su nieto. En su enrevesado camino a convertirse en alguien, las señas originales del joven trujillano siguen difuminándose como las volátiles palabras que ciertas aeronaves escriben con humo en el cielo y en pocos segundos se evaporan.

Los camiones repletos de jóvenes no paran de ingresar a la base de Mitchel Field. Conscriptos y voluntarios, todos se muestran deseosos de alistarse, de vestir el uniforme y salir a luchar cuanto antes. Son millares. Ninguno tiene más de veinticinco años, hay incluso chiquillos de diecisiete o dieciocho en cuyos rostros granulados aún pueden apreciarse las tenaces marcas de la pubertad. Proceden de todas las zonas del país. Se miran entre ellos, examinan sus facciones, oyen esos acentos variopintos que confunden con dialectos, acentos del norte, del sur, del noreste, de la región de los grandes lagos. Llegan desde modernas metrópolis, pueblos rurales, granjas remotas. Hay universitarios que recién dejaron la facultad, profesionales independientes, egresados del instituto, otros solo fueron a la escuela primaria y pasaron el resto de su adolescencia levantándose a las cuatro de la mañana para empuñar herramientas y manejar tractores cuyos motores y carburadores conocen hasta el último intersticio de tanto montar y desmontar.

Matías observa al grupo por la ventana de la antesala del despacho del teniente coronel Ellsworth. Se pregunta con cuáles de ellos trabará amistad, cuántos sobrevivirán, qué visos tendrán el día que acabe todo esto y vuelvan a ver a sus familias. Se pregunta si esto realmente acabará algún día. Al no recibir del teniente coronel Ellsworth nada más que instrucciones genéricas, Matías pasa las primeras pruebas médicas y psicológicas. A cientos de postulantes se les descarta por limitaciones físicas o neurológicas que ignoraban que traían de antemano: daltonismo, debilidad en la audición, afecciones pulmonares, enfermedades venéreas, asimetría en los huesos de los pies, fobia a los espacios cerrados. Cuando les dan a entender que están impedidos («no sirven para servir»), los chiquillos salen del cuartel rogando otra oportunidad. Pocos asimilan la exclusión. Unos caen en depresión, otros tantean suicidarse, alguno lo consigue.

Los jóvenes admitidos son reunidos en el gigantesco patio de la base bajo las órdenes de un oficial que repasa la lista en voz alta. Ahí escuchan por primera vez nombres y apellidos con los que se familiarizarán a un nivel que ahora no está a su alcance adivinar. Suben nuevamente a los camiones para ser trasladados en convoy a diversos centros, donde les rapan el pelo en la barbería, recogen sus implementos en intendencia, reciben la vacuna contra el tétanos, la viruela, la fiebre amarilla, les es asignado un barracón y, en última instancia, un código distintivo.

Tanto Matías como Billy y Steve permanecen en Mitchel Field y en cada entrevista, cada cual más exhaustiva, piden recibir adiestramiento de pilotos, en particular pilotos de caza. La mala noticia es que la gran mayoría de aspirantes ha solicitado lo mismo: solo se conciben dentro de un monoplano, un Airacobra, un Douglas, un Curtiss, maniobrándolos a una velocidad inaudita, rociando munición a mansalva, conquistando los cielos como el temerario Eddie Rickenbacker, el as de ases de Ohio, que en 1918 logró la hazaña de veintiséis derribos a bordo de su versátil Nieuport 28; o como el impredecible Billy Bishop, el cazador canadiense que no se arredraba ante nada, especialista en solitarias pero encomiables misiones que nadie más quería llevar a cabo; e incluso como el «Barón Rojo», ese alemán arriesgado y sanguinario del que Karsten Roeder le hablaba a Matías en sus cartas, y que una vez confesó con descaro: «Cuando he abatido a un inglés, mi pasión por matar decae solo un cuarto de hora». Los reclutas quieren emular a esas leyendas indomables, pero será el riguroso entrenamiento básico de los primeros días, junto con los test para medir reacciones nerviosas, concentración, celeridad en la toma de decisiones y autodisciplina, los que determinen en qué sector del cuerpo aéreo actuará cada uno.

Matías sobresale palmariamente en las pruebas de tiro con escopeta, la precisión con que derriba los platos de arcilla que salen volando desde una caseta tiene embobados a los oficiales; no obstante, deciden enviarlo no a una academia de artilleros, como se esperaría, ni a una de pilotos, como él ambicionaba, sino a una de bombarderos. Allí, convienen unánimemente los instructores, le sacarán mayores réditos al superlativo talento del muchacho para dar en el blanco, a su destreza para las matemáticas —aplaudida y fomentada en su día por los sacerdotes maristas del colegio Seminario— y a sus habilidades mecánicas, adquiridas en el concesionario de Brooklyn explorando hasta el hartazgo los motores de todas esas chatarras que no se alquilaban ni vendían. La opinión de los oficiales es tan tajante que el teniente coronel Robert Ellsworth firma sin dudar los papeles para transferir al cadete Matías Clifford Ryder, registrado con documento C-2808, a una de las bases principales, la de Westover, en Massachussets, a casi tres horas de distancia.

Llega a ese campo un viernes por la mañana, en camión, en compañía de otros cadetes, pero ya lejos de Steve Dávila y Billy Garnier, que acudirán a una academia de navegantes en Luisiana y a una de operadores de radio en San Francisco, respectivamente. El día anterior, los amigos se desearon suerte chocando sus frentes en varias ocasiones para desahogar el enojo mal digerido de la separación. Antes de los adioses y los abrazos cargados de significado, al evocar las exultantes noches de Nueva York vividas sin un centavo en los bolsillos, juraron reencontrarse en cuanto tuviesen la posibilidad. Cada cual se retiró a su barracón y se metió bajo las frazadas a esperar el amanecer. No volverían a verse.

En Westover, Matías conoce a los integrantes del que será su escuadrón por los siguientes tres meses, así como a su jefe, el sargento Clayton Lakeman, de treintaidós años, dueño de un tupido pero estilizado bigote que alisa con ínfulas intelectuales al impartir una orden y que armoniza con su cabellera tempranamente cana. Lakeman, además, es autor de las consignas perentorias que se leen en los muros de las aulas y el comedor de suboficiales: «No queremos mártires, sino hombres que luchen por la gloria», «No queremos soldados para la guerra, sino pilotos para la vida», «Aquí no hay tiempo para la blandura o la pereza», consignas que él pronuncia continuamente durante la instrucción terrestre y que, de tanto repetir, jactándose de haberlas ideado, calan poco a poco en el ánimo de los chiquillos. La mañana de su presentación, paseándose entre las hileras conformadas por los ciento ochenta subalternos a su mando, escudriñándolos uno a uno, tratando de advertir en ellos el menor atisbo de entereza o cobardía, el sargento Lakeman les recuerda que las mejores tripulaciones de bombarderos de esa sección intervendrán en el Pacífico y en Europa. Para estimularlos les muestra a lo lejos, alineados frente a los hangares, los aviones que dentro de algunos meses serán su hábitat. El pelotón de los imponentes B-17, fortalezas volantes de cuatro motores diseñadas para arrojar una ingente cantidad de bombas sobre las infraestructuras militares de los países del Eje, deja a los cadetes ensimismados, como si estuvieran delante de una recia manada de bestias prehistóricas. Matías ha oído hablar de los Mitchell y los Marauder, pero estos aviones, piensa, son de otra envergadura. Avizora la nariz de las naves, justo donde está el morro de cristal, ese cubículo cónico y transparente como una pecera o un invernadero desde el cual los oficiales de bombardeo identifican un objetivo por medio del visor y sueltan las bombas que lo destruirán. Ya quiere estar ahí dentro, ocupar su silla basculante, aprender el truco de cada dispositivo, escuchar el bramido de los motores al encenderse, despegar del suelo por primera vez, atravesar los cielos, ver cómo desde las alturas los autos, bosques y edificios van haciéndose indiscernibles. Quiere ya lanzar las bombas, cumplir el número de misiones estipuladas, o más si hiciese falta, convertirse en el bombardero más ducho no solo de Westover sino de todas las bases aéreas norteamericanas, ganarse un nombre propio, y volver, volver triunfante, por todo lo alto, aunque no sabe bien a dónde, ni quién podría estar esperándolo.

—¡Le estoy hablando, soldado!, ¡¿acaso es sordo?!, ¡¿cómo mierda pasó la prueba de audición?!

Las ensoñaciones de Matías se disuelven con el áspero vozarrón del sargento Lakeman.

—No, señor —responde agitado.

—¡¿No qué?!— increpa Lakeman, ahora a un palmo de su rostro.

—No... no soy sordo, señor —contesta Matías, propiciando involuntariamente un coro de risas amortiguadas.

—¡Silencio! —se desgañita el sargento, mirando desafiante a la derecha e izquierda, sopla su silbato con energía, se atusa el bigote—. ¡Diga su nombre completo!

—Matías Clifford Ryder.

—¡Más fuerte, soldado!

—¡Matías Clifford Ryder!

—¡No ponga esa vocecita de marica!

—¡¡Matías Clifford Ryder!!

—¿*Matías*?

—¡Sí, señor!

—¿¡Qué nombre es ese!?

—¡El nombre que me pusieron mis padres, señor!

Las risas se oyen otra vez.

—¡He dicho silencio! —rezonga Lakeman, acercándose—. ¡Me importa un bledo quién lo bautizó, es un nombre ridículo, impropio de un oficial de bombardeo de la fuerza aérea de los Estados Unidos!, ¿¡verdad!?

Matías titubea.

—¿¡Verdad, soldado!?

—¡Sí, señor! —farfulla.

—¿¡Cómo dice?!

—¡Que sí, señor!

—¿¡Qué tal le suena *Matthew*?, tiene más personalidad, ¿cierto?!

—¡Sí, señor! —reacciona Matías, sin comprender aún si está siendo víctima o no de una broma pesada.

—¡A partir de ahora se reportará a este escuadrón como Matthew Clifford Ryder, ¿entendido?!

—Entendido.

—¡No se le escucha, soldado!

—¡Entendido!

—¿¡Entendido qué?!

—¡Entendido, señor!

—¡Deje de decirme *señor*, mire mis insignias, hijo de puta!

—¡Entendido, sargento!

—¡¿Sargento qué más?, ¿acaso no sabe leer?!

El militar se lleva un dedo al parche del uniforme con su apellido bordado.

—¡¡¡Entendido, sargento Lakeman!!!

En el patio nadie mueve una pestaña. No se oye más que el chirrido de las botas de cuero bien lustradas del sargento. Matías espera a que el jefe del batallón se aleje y solo entonces exhala el aire que retiene en el diafragma. Los tintes de su cara vuelven a la normalidad: la normalidad es pálida. Tras un silbatazo de Lakeman, el grupo rompe filas, se funde en el barullo. De camino al comedor de la tropa, Matías piensa que no ha sido la forma más inteligente de darse a conocer, pero da por hecho que el sargento no olvidará su nombre, es decir, su nuevo nombre, el nombre que le ha sido implantado, Matthew Clifford Ryder, un doble, un suplantador de su antiguo yo, Matías Giurato Roeder, quien, para todo efecto práctico, al menos hasta el término de la guerra, ha dejado de ser, de valer, de existir.

Al cabo de cuatro semanas de intensas jornadas de entrenamiento que se inician a las cinco de la mañana y dejan exangües a los cadetes, Matías culmina su adiestramiento preliminar. Ha sido capacitado con especial hincapié en el funcionamiento del visor Norden: ahora ajusta de memoria los diales para dar con el ángulo correcto, y decodifica con éxito cada guarismo que ve en los cuadrantes de la mira. Ha leído volúmenes enteros sobre la caída libre de los cuerpos para reconocer qué variables adversas o fenómenos meteorológicos pueden incidir en la trayectoria de una bomba, y ya no se equivoca al especificar los valores del altímetro, la brújula o el termómetro de temperatura exterior. También manipula certeramente las cámaras aéreas, opera con prontitud los equipos de oxígeno, arma y desarma los paracaídas con una venda puesta. Además, diferencia niebla de neblina, nubes de nubarrones, tormentas simples de eléctricas, y distingue con exactitud los emblemas, virtudes y puntos débiles de los cazas más prestigiosos del bando contrario, como los Mitsubishi A6M Zero japoneses o los Messerschmitt BF-109 alemanes.

Durante una hora diaria, junto a un instructor, se sienta sobre un altísimo trípode rodante, un simulador donde practica la rutina a seguir en el avión. Ese avión es el AT-11, considerablemente más pequeño que un B-17 pero ideal para entrenamientos a baja altitud. La noche anterior al primer vuelo Matías no pega un ojo, se desvela sentado en la puerta del barracón oteando el cielo cuajado de estrellas. A las cuatro de la mañana ya está de pie, vestido con el mono gris y la gorra, listo para desayunar a pesar del hormigueo en el estómago y las piernas. A las seis se ubica en el morro de la nave, acompañado del instructor y de un piloto. Con los dedos repasa delicadamente la superficie de sus instrumentos. «Háblale al visor», le dice el instructor. «¿Perdón?», responde Matías, creyendo haber oído mal. «Háblale, como si fuera una mascota, los oficiales conversan con los aviones, hay que tener una relación física con ellos, ya lo verás». Matías solo atina a sonreír y compone un rictus expectante al oír el resuello de los motores en marcha y ver cómo las tres sólidas aspas metálicas de cada hélice empiezan a girar hasta desdibujarse producto de la velocidad. Nada más despegar, con la aeronave suspendida y el vértigo oprimiéndole el abdomen, finge escuchar las indicaciones, pero toda su atención está puesta en la inmensidad proyectada en la ventana de plexiglás. El AT-11 planea sobre la base, se aleja cruzando amplios parajes con dirección sur, hasta Springfield, bordeando esa rectilínea vena negra que es el río Connecticut, cuyo torrente, a dos mil metros de altura, se ve misteriosamente estancado. Las vistas cenitales desde el morro le recuerdan a Matías el diorama futurista que tanto lo había impactado en la exposición de Nueva York: una réplica a escala del mundo tan fidedigna que aquel día lo hizo cuestionarse si ese es el modo en que Dios orquesta o digita a su creación, y si acaso los seres humanos no somos más que insignificantes figuras decorativas dentro de una maqueta mayor, más compleja, cuyos sutiles engranajes otorgan cohesión a nuestra existencia, pero no alcanzan a esconder su trivialidad. La visión de todos esos parques kilométricos y áreas de conservación lo sumerge en otro recuerdo, un recuerdo de la infancia, y entonces se ve a sí mismo con diez u once años, anhelando volar en las agrestes plantaciones de la hacienda de Trujillo: bate los brazos, al inicio despacio, cada vez con más rapidez hasta que sus pies despegan del suelo y consigue levitar como los santos en la Biblia, como Ícaro antes de que el sol derritiese sus alas de cera, a una altura media, la altura idónea para volar sin ser visto, espiar a sus amigos en el patio del colegio, y vigilar las andanzas de su padre por el jirón Sosiego o las chinganas del centro. A esa edad Matías creía que, con un ápice de concentración, podía imitar a los pájaros y alternar con los aviones, un sueño o milagro que parece cumplirse a bordo del AT-11, donde ahora el instructor pide a los tripulantes alistarse para aterrizar.

Las siguientes siete semanas el escuadrón se consagra exclusivamente a los ejercicios aéreos, vuelos cada vez más prolongados, ensayos de formación, barridos matutinos, patrullajes rasantes sobre el golfo de México, la península de Yucatán, Cuba, Haití; vuelos en los que Matías divisa desde el morro no solo las playas y ensenadas de esas islas, sino las casas, en cuyas azoteas hombres, mujeres y niños miran pasar los aviones fascinados y saludan a sus tripulantes blandiendo banderitas de Estados Unidos, un indicio de admiración ante el cual se ve automáticamente investido de orgullo y abrumadora responsabilidad. «Debemos proteger a esa gente», se mentaliza. Pese a ello, todas las noches duerme o más bien dormita sintiendo la falta de fogueo. No hay instructor en la base que no haya escuchado sus continuas quejas acerca de lo rezagados que van los bombarderos en comparación con los pilotos, artilleros, navegantes, ingenieros y operadores de radio. «Cómo pueden decirnos *bombarderos* si hasta ahora no hemos soltado una sola bomba, cómo saber si nuestro pulso es firme y nuestro juicio conveniente si solo nos programan vuelos de reconocimiento», protesta Matías.

Los simulacros esperados se desarrollan durante las últimas cuatro semanas del entrenamiento. Allí Matías aprende a arrojar bombas de diferente potencia, de día y de noche, con todas las temperaturas imaginables y altitudes cambiantes, con bengalas para guiarse en la oscuridad, con el viento a favor y en contra. Cada vez que toma el control del avión luego de que el navegante posiciona la nave sobre el objetivo; y cada vez que apunta con la retícula del visor, abre las compuertas de las bombas, acciona el disparador, grita «¡bombas afuera!» en el micrófono de su equipo de radio; y cada vez que ve los proyectiles cilíndricos desocupar las entrañas de la nave y llover como píldoras, en racimos; y cada vez que gracias a ello hunde embarcaciones abandonadas en el mar de ese lado del Pacífico, Matías se siente iluminado, único, pletórico. Le asombra su eficacia, es como si la aptitud para absorber ese conocimiento técnico tan específico hubiese existido dentro de él desde siempre, dormida, a la espera de un estímulo preciso para manifestarse. Su rectitud le impide decirlo, pero en el fondo, aun sabiendo que la suerte de cada misión está supeditada al trabajo en equipo y que todos los tripulantes son igual de necesarios, piensa que allá arriba el verdadero artífice es él. El sargento Clayton Lakeman, impresionado con sus avances, propone que se le distinga el día de la graduación. Más de un oficial vaticina que el liderazgo y puntería de Matthew Clifford —ya todos lo llaman así— serán claves en las misiones venideras, las misiones *reales*, donde los soldados deberán soportar las inclemencias del clima y la furia del enemigo, misiones de las que volverán convertidos en próceres o bien en cadáveres.

Para fines de abril de 1942, los japoneses han invadido Hong Kong, Tailandia, Guam, Singapur. Han bombardeado salvajemente Port Darwin en Australia (usando más bombas que en Pearl Harbor), y se han enseñoreado en Nueva Guinea después de someterla por aire y por tierra. Han expulsado a los británicos de Birmania y vencido al general Douglas MacArthur en Filipinas. Estados Unidos contraatacó bombardeando Tokio y otras cinco ciudades japonesas, un revés psicológico para el imperio nipón, que se sentía intangible.

En cada una de las bases aéreas norteamericanas estas noticias se oyen en la radio, se leen en los periódicos y revistas que circulan por el comedor, o son transmitidas por los instructores y jefes de escuadrón, quienes las desfiguran lo bastante como para no distraer ni afligir a los oficiales.

CUATRO

El día que se reciben como oficiales de bombardeo, tras una escueta ceremonia a la que ni familiares ni amigos asisten debido a las prisas de la guerra, Matías y sus compañeros festejan la graduación en un club de Westfield. Entran al local luciendo las alas doradas de su nueva insignia que, colocada un centímetro más arriba de la costura superior del bolsillo izquierdo de la camisa mostaza, ejerce magnetismo entre los presentes, quienes mecánicamente voltean a mirar. Los oficiales se acodan en la barra, trasiegan whiskies con el alivio de no tener que reportarse a la base hasta dentro de una semana, abrazan a las muchachas que se acercan atraídas por el uniforme, cantan *Yankee Doodle* y *Blood on the risers* hasta la saciedad, y se juntan a especular a dónde serán enviados pasado el receso. El sargento Lakeman le ha asegurado a Matías que integrará la tripulación de uno de los B-17 de la base aliada de Australia, donde el general MacArthur ha sido destacado para frenar el avance japonés en el sudoeste del Pacífico. Pero a los siete días, el propio Lakeman, subrayando «su eximio desempeño de los últimos cuatro meses», le informa que, por decisión de la comandancia general, será incorporado al grupo de bombardeo 97 de la Octava Fuerza Aérea, que ha dejado su base en Florida para acantonarse en Polebrook, Reino Unido. La noticia no es de su agrado, o sí, no lo sabe, ni siquiera se lo plantea. Es una buena promoción, sin duda: Estados Unidos ha venido colocando maquinaria pesada en Inglaterra y ahora enviará a algunos de sus mejores soldados al sureste del territorio británico con el propósito de revitalizar el frente norte europeo, donde la Royal Air Force, pese a haber derramado cargamentos enteros de bombas sobre Lübeck, Colonia, Essen, Dortmund, Génova, Turín o Saint-Nazaire, y obtenido algunas victorias gravitantes, aún no consigue diezmar el poderío de la Luftwaffe.

Tres días más tarde, en un Beechcraft C-45, Matías se traslada a Polebrook junto a un nutrido contingente de soldados norteamericanos. Finalmente conoceré Europa, piensa, con la cabeza apoyada en la ventanilla, rastreando formas concretas en la silueta caprichosa de las nubes que se ciernen alrededor. Piensa en su abuelo Karsten, en sus parientes Roeder, visualiza a sus amigos Steve y Billy, se pregunta si recuperará la vida que llevaba en Estados Unidos cuando no había guerra. ¿Cuándo me tocará volver?, ¿Volveré? Les ha escrito a su madre y a Gordon Clifford contándoles las novedades, pero sin incurrir en detalles para eludir la censura de los agentes de inteligencia, que criban al milímetro la correspondencia del personal ante una posible filtración en clave que comprometa al Gobierno y al país. También sacó un papel en blanco para escribirle a Charlotte Harris, puso la fecha, completó dos párrafos, los releyó, le pareció que caían en redundancias cuando no en intrascendencias, quiso reescribirlos, pero lo detuvo el regusto amargo de la última vez: la escena sexual contenida, refrenada por los rugidos de Paul desde la otra habitación, la imagen de Charlotte corriendo por el pasillo atemorizada por la reacción de su novio y luego sus llantos pidiéndole que se vista y desaparezca. Desistió de escribirle por ese recuerdo, como si así la castigara por aquella noche poblada de fracasos.

Se presenta en la base de Polebrook y en solo un par de días toda la confianza ganada en su entrenamiento en Westover se diluye como la arena en el puño semiabierto. La preparación es extenuante; el clima, hostil; los oficiales, taimados, más competitivos. Contribuye a su desaliento el inflexible coronel Cornelius Cousland, líder del grupo, quien ingresa a los barracones a las cuatro de la mañana provisto de una cacerola y un cucharón de sopa para despertar a los tres escuadrones a su cargo, y se muestra sumamente severo e intransigente al pasar revista de vestuario. Ya van dos veces que hace marchar por tres horas, descalzos y con el paracaídas puesto, a subordinados a quienes sorprendió con el cinturón incorrectamente colocado o la camisa planchada sin pulcritud. En contraste con el sargento Lakeman, Cousland raramente eleva el timbre de voz, lo que intimida de él es lo contrario, su hermetismo, sus gestos imperturbables, el no saber qué diablos piensa. Para Matías esas minucias pasan a un segundo plano cuando toma posesión del morro del B-17 asignado a su tripulación, calibra el lente del visor hasta enfocar el objetivo y pulsa el botón que despliega las bombas fuera de sus bastidores. Aunque dista mucho de la infalibilidad de la que antes presumía, su promedio de aciertos sube con cada ensayo. Y como él, cada miembro de la tripulación afina sus capacidades hasta conseguir juntos el rendimiento de una máquina bien aceitada. Hasta el momento las misiones no han acarreado un enfrentamiento con el fuego antiaéreo ni los cazas enemigos. Salvo un despegue accidentado que complicó la formación de las naves e hizo que su B-17 casi colisionara con otro, no se han sentido en riesgo de morir. Si ha habido un obstáculo difícil de sortear, es el frío, no en tierra, donde las estufas a carbón permanecen encendidas a lo largo del día, sino en el aire, donde no hay calefacción y donde a más de siete mil metros, incluso en los días calurosos, se alcanzan los treinta grados bajo cero. La ropa interior térmica, el traje antiexplosivos hasta los tobillos, los guantes de lana, la chaqueta y botas forradas con piel de borrego ayudan en algo a conjurar la crudeza de esas corrientes que calan los huesos, también los termos de café hirviendo, pero nada de eso quita que las bajas temperaturas dejen a los hombres ateridos. En la primera semana al ingeniero de vuelo se le obstruyó la máscara de oxígeno por la solidificación de la saliva y perdió el conocimiento. El artillero de cola se quitó los guantes para desatascar su ametralladora y en un minuto tenía los dedos como témpanos, estuvo siete días sin volar. Otras tripulaciones han tenido apuros más graves; un copiloto tuvo que amputarse dos dedos con una sierra para liberar la mano congelada que se le había pegado a la ventana de la cabina de mando.

«Prefiero el frío de aquí al jodido clima del Pacífico», dice Dave Hillard, el piloto y capitán, antes de dormir, hojeando las páginas de una *Esquire*, «no tienes que andar matando escorpiones, garrapatas ni todos esos bichos». Hillard ha crecido habituado a las nevadas de Hurón, en Dakota del Sur; es el tipo de persona que jamás desconfía de sus intuiciones y, pese a debilidades menores, como su aversión a los insectos, todo en él emana autoridad. Charlie Dufresne, el navegante de Wyoming, añade quitándose las botas: «Según Cousland, el único antídoto probado contra el frío son los cazas: ni bien salen al acecho, el cuerpo entra inmediatamente en calor». «Lo único que hay que saber de los cazas es que son, primero, una mancha en el cielo; segundo, un relámpago, y después, dos mil trescientas balas por minuto; lo leí en el *Stars and Stripes*», comenta Hillard, rascándose por debajo de la camiseta la mata de vellos del pecho; una de las luces ambarinas del barracón se refleja en la cara visible de la medalla que cuelga de su cuello. «Hey, muchachos, si volamos con escoltas, solo tendremos que preocuparnos de llegar y, pum, pum, pum, darle al objetivo», opina Brandon Connolly, el copiloto, cruzado de piernas sobre el catre, un Pall Mall colgado de los labios resecos, mientras mezcla una baraja de cartas para una nueva partida de solitario. «Ja, ja, si tuvieras que estar abajo como Morty, no pensarías igual», se ríe Dufresne, aludiendo al menudo Morton Tooms, el artillero de la torreta ventral, la esfera traslúcida, giratoria, adosada al vientre de los B-17. «¡Nah! Los cazas me tienen sin cuidado», recalca Morty desde lo alto de una litera doble, chupando un mondadientes, «lo que me encoge las bolas es la posibilidad de que el tren de aterrizaje no descienda al volver; en el comedor escuché que a un avión de otra base se le trabó el tren y, apenas la nave tocó el suelo, la torreta ventral reventó aplastada». Eugene Moore, el rubio operador de radio, que vuelve del cuarto de las duchas con sus enseres de aseo bajo un brazo y la toalla colgada como pinza sobre los hombros, agrega impostando una voz truculenta: «Oí la misma historia, Morty, ¿sabías que las tripas del artillero quedaron desparramadas en la pista y que el personal de limpieza tardó tres días en quitar la suciedad?, tuvieron que lavar la torreta a manguerazos para sacar los últimos grumos de carne pegoteada». «¡Largo de aquí, no te creo nada!», se cabrea Morty Tooms y se da la vuelta para persignarse sin que lo vean; de la boca para afuera reniega de su educación religiosa en la secundaria de Prattville en Alabama, se reivindica agnóstico, dice tener fe solo en el horóscopo, pero a veces, cuando sus certezas tambaleaban, recurre con algo de vergüenza a una fugaz señal de la cruz. Los demás miembros de la tripulación, cuatro artilleros y el ingeniero de vuelo, llevan varios minutos vencidos por la modorra. «Connolly no podría estar en la torreta de abajo, ni siquiera sabe disparar», dice Hillard con una risotada, echando un vistazo perspicaz por encima de la revista. Connolly aparta el cigarro de su boca para defenderse: «En Kentucky, desde los ocho años les disparamos a los búfalos y los antílopes». «Ja, ja, con flechas de goma seguramente», se burla Dufresne. «Con escopetas, ignorante», rebate Connolly rechinando los dientes. «Un búfalo estático no es lo mismo que un Zero o un Stuka a diez mil pies», objeta Hillard. «Pues también les disparábamos a los apaches y a los sioux, y esos sí que sabían correr», fanfarronea Connolly. En el suelo, haciendo lagartijas para rebajar los cuatro kilos ganados desde su llegada a Polebrook, Matías intercede: «Brandon, qué tal si tocas la armónica en vez de discutir».

Aún con el disgusto del altercado, Conolly coloca el mazo de naipes bajo la almohada y extrae el instrumento plateado del baúl donde guarda en desorden calcetines, chocolates, fotos de su novia, preservativos, revistas para adultos, hojas de afeitar, medallas, herraduras, patas de conejo y demás cachivaches. Cada soldado tiene un baúl similar al pie de su litera. El de Matías, en cuya base se leen las iniciales *MCR* escritas a navajazos, contiene las cartas de su madre, una foto con Steve Dávila y Billy Garnier en el paseo marítimo de Coney Island, una pulsera de Charlotte Harris, el mechero Wieden que le obsequió su abuelo y una colección de maltratadas novelitas sentimentales y de ciencia ficción que la señora Morris le prestó al alistarse y que él ahora lee empedernidamente antes de irse a la cama. «Duerman bien, muchachos», dice Dufresne. La melodía de la armónica de Connolly remite a las planicies desérticas del oeste; la aprendió de su padre, el último eslabón de una estirpe de ganaderos de Montana. A los minutos, se oye un lánguido toque de corneta desde el patio. Los cuatro focos del techo, sostenidos por alambres pelados, se apagan a la vez. Alumbrados por una fracción de la luna cuya luz traspasa las ventanas laterales con el vigor de un faro sobre los acantilados, los hombres yacen, inconscientes de los infortunios que se avecinan. Mañana el cielo estará despejado. Será un estupendo día para bombardear.

Cuando no salen de misión, las tripulaciones juegan béisbol en el campo de la base, disputan partidas de billar en el club de oficiales, escriben cartas, o tan solo comentan los vaivenes de la guerra. En el comedor, Dave Hillard distribuye los ejemplares de *Yank, the Army Weekly* donde se describen los perjuicios ocasionados por la armada japonesa a los portaviones norteamericanos en la batalla del Mar de Coral, así como la victoria de Estados Unidos en el atolón de Midway, o el triunfo de las fuerzas del Eje, comandadas por Erwin Rommel, en el puerto aliado de Tobruk. Los muchachos se detienen en la crónica de la batalla de

Malta, no tanto por la batalla en sí, sino por la proeza de George Beurling, el desmandado piloto canadiense de veinte años que ha derribado cinco bombarderos italianos en un solo día disparándoles, a cada uno, en el compartimento de combustible, el motor anterior a la cabina y el ala de estribor. Beurling llegó a dibujar treintaiún cruces en los bordes metálicos de su Spitfire, como si fuese pan comido, cerrándoles el pico a quienes lo tachaban de indisciplinado por romper frecuentemente la formación del escuadrón e irse por su cuenta, zigzagueando, tras los cazas alemanes. Su fama de verdugo justificaba plenamente el sobrenombre que lo trascendería, el Halcón de Malta, pero lo que más deslumbra a los soldados son las declaraciones del canadiense al contar su destemplado método de práctica en los ratos libres: «Entreno disparando mi revólver en el entrecejo de los perros callejeros y de todo ser vivo que me imponga un grado de dificultad, desde conejos hasta escarabajos».

—Yo voto por *Return to glory* o *Homesick Thunder* —plantea Charlie Dufresne.

—¿Estás loco?, la idea es que sea un nombre de mujer, algo como *Little Eva*, *Mary Ruth* o *Pink Lady*, acompañado del dibujo de una de las modelos de *Esquire* —indica Dave Hillard.

Se han reunido en el patio para bautizar la nave por orden de Cousland. Además del número de serie, se necesitan apelativos vistosos para simplificar la identificación de cada unidad. Cousland no lo dice, pero sabe que en la próxima misión habrá bajas numerosas y es mejor prevenir la triste tarea del recuento de los aviones que no volverán.

—¿Qué tal *Lucy Bell*? —pregunta Phillip De Stefano, el artillero de la torreta superior.

—¿Y por qué Lucy?, ¿quién cuernos es Lucy? —consulta Brandon Connolly.

—Mi novia —admite De Stefano.

Chiflidos de desaprobación y una lluvia de chicles y colillas de cigarro acallan su iniciativa.

—En todo caso le ponemos el nombre de mi novia, Peggy, no por nada soy el capitán —dice Hillard.

—¿Y si mejor le ponemos el nombre de tu hermana? —lo provoca Dufresne.

Hillard amaga con darle una trompada.

—¿Qué tal *Lorelei*? —sugiere Morton Tooms, relamiéndose.

—No digas que es tu novia— advierte Dufresne.

—¡Qué va! —aclara Tooms—. Es una mujer mitológica que, según la leyenda, atrae a los hombres con su belleza y su canto.

—¡Me gusta! —declara Hillard.

—No tan deprisa —se interpone Eugene Moore—. Morty ha contado solo una parte del mito; *Lorelei* es una mujer despechada que toma venganza de los hombres causándoles desastres y naufragios, ¿es eso lo que queremos?

Todos voltean donde Tooms, que intenta una nueva propuesta.

—¿Y qué tal *Dame Satan* o *Hell's Angels*?

—Estás enfermo, Morty —reacciona Hillard.

—¿No les gusta *All Americans*? —indaga Eugene Moore.

—Suena bien, excepto que aquí, por lo visto, no todos somos americanos de nacimiento —dice Connolly, lanzando alrededor una mirada insidiosa, envenenada por sus prejuicios de chico de clase media criado en un floreciente barrio de Erlanger.

Matías siente la acuciante necesidad de esclarecer su procedencia, pero el ingeniero de vuelo, Agustín Ferreiro, fortuitamente se adelanta.

—Espera, Brandon, yo nací en Portugal, pero desde los seis años soy tan americano como tú o cualquier otro.

El dientudo Ludwik Sosnowski, artillero lateral izquierdo, toma la posta.

—Toda mi familia es polaca, pero soy de aquí, de la primera cuadra de Walton Street, en Noble Square, Chicago, Illinois.

—Aquí un americano-irlandés, nacido en Orleans, Vermont —informa concisamente el artillero derecho, Kenny Doods.

—A mí no me miren como piojoso, soy americano-mexicano, de Sugar Land, Texas, para mayores señas —dice Harold Medina, el artillero de cola.

Antes de que la pausa se haga demasiado larga, Matías habla.

—Yo soy americano por adopción, nací en Trujillo, Perú.

La presión grupal da resultados.

—Está bien, está bien, le pondremos *All Americans* —concede Hillard a regañadientes—. ¡Pero el dibujo lo hago yo!, eso no se negocia.

A las tres horas, adherida junto al morro del avión, una rubia en bikini, mitad mujer, mitad bomba, sonríe de perfil, como si fuera una tripulante más del B-17, mezcla de capitana, madre, amiga, amante y santa protectora de cada uno de los muchachos.

Al día siguiente, lunes 17 de agosto, los tres escuadrones se reúnen por la mañana en la sala de instrucciones. Durante el desayuno, Matías nota que los huevos fritos de costumbre han sido reemplazados por huevos cocidos (conforme pasaron los meses concluiría que cada vez que servían huevos cocidos, tocaba una misión difícil, y si venían acompañados de un par de salchichas y lonjas de tocino, ese desayuno bien podía ser el último). Cousland ingresa raudo, sube a la tarima, los soldados se ponen de pie, toman asiento enseguida. En la pared, una cortina negra oculta la pizarra donde figura la misión del día. El comando ha optado por develar las misiones a último minuto para evitar, como ha sucedido ya en otras bases, soplos o deserciones. Cousland descorre la cortina, deja ver un planisferio y con un apuntador informa: «Nuestro objetivo de hoy es la estación ferroviaria de Rouen, al noroeste de Francia; doce de nuestros B-17 sobrevolarán el Canal de la Mancha en formación cerrada, el bombardero líder estará al mando del mayor Paul Tibbets y el coronel Frank Armstrong. ¿Alguna pregunta?». La voz de un aviador resquebraja el clima de algidez: «¿Tendremos escolta?». Cousland responde con entonación imparcial: «Sí, oficial, cuatro escuadrillas de Spitfire británicos, pero no los acompañarán todo el viaje, porque no tienen autonomía para más de 280 kilómetros». Una oleada de rumores se propaga desde la primera fila hasta la última silla del auditorio. Otra voz se oye desde el fondo: «¿Se espera fuego antiaéreo, coronel?». Cousland, impertérrito, con su frialdad de mármol, absuelve la duda: «Afirmativo, caballeros, nos esperan unas cuantas baterías de Flak». Los hombres saben lo que eso acarrea. Han oído hablar de la efectividad devastadora de los Flak, la pieza más valiosa de la artillería alemana. Han oído que sus cañones de 88 milímetros son capaces de disparar quince proyectiles de once kilos por minuto, y que basta uno solo de esos proyectiles para hacer estallar un avión y reducirlo a partículas. Han oído que con los Flak las posibilidades de sobrevivir se recortan al veinticinco por ciento. Por eso los hombres permanecen callados mientras sincronizan sus relojes, toman nota de las previsiones atmosféricas y repasan las notas escritas en el mapa colgado de la pared. Por eso piden al capellán que los bendiga, les dé la comunión, les diga someramente a qué atenerse. Por eso algunos beben whisky a escondidas, encienden y apagan cigarros en compulsivos soliloquios, o devoran barras de chocolate y gomas de mascar dando vueltas entre los camiones cisterna, a la espera de que los operarios del aeródromo terminen de repostar el combustible de los aviones y los armeros refuercen las ametralladoras y ensamblen las bombas en los bastidores. O más bien deseando que no acaben. Por eso otros vomitan nada más abordar y toman sus posiciones aguantándose las lágrimas, seguros de ir rumbo al patíbulo.

«Si me lleva la parca, muchachos, les pido que me entierren con una de las hélices en la tumba», dice Agustín

Ferreiro por la radio. «¡Vamos a volver todos invictos, mierda!», dictamina Dave Hillard, «les rompemos el culo y regresamos, ¿de acuerdo?». «¡De acuerdo, capitán!», asienten al unísono, envalentonándose, contagiándose un improvisado pero genuino fervor. No bien se alejan de la costa inglesa, los artilleros prueban sus armas con una andanada de disparos al vacío. A solicitud de Hillard, Charlie Dufresne informa la altitud y distancia que los separan de Rouen: «En una hora y diez minutos estaremos sobre la estación». Eugene Moore pide permiso para poner algo de música en la radio. Se oye *I know why* de Glenn Miller cuando los ingrávidos Spitfire hacen su aparición uniéndose a la coreografía por la retaguardia. «Llegaron nuestros pequeños amigos», celebra Phillip De Stefano desde la torreta superior. «Atento con los cazas, Phillip, eres nuestros ojos allá arriba», se oye decir a Brandon Connolly. Los minutos pasan con una lentitud exasperante, el cielo es un páramo gris que por tramos deja ver los fulgores azulinos del Atlántico allá abajo. «Si no fuera por la guerra, ahora mismo estaría en Newport, en la iglesia del suburbio, tocando el piano con la banda», dice de pronto Kenny Doods, parapetado detrás de su Browning calibre 50. «Si no fuera por la guerra, estaría con Elsie y Lucas en el supermercado de Walton comprando almendras para preparar Mazurkas», sigue Ludwik Sosnowski, acercándose el micrófono a la máscara de oxígeno. «Si no fuera por la guerra, estaría haciéndolo con Peggy en la ducha del baño de sus padres», se ríe Hillard. «Lo envidio, capi; si no fuera por la guerra, yo estaría relatando las pruebas de rodeo de Galveston, pudriéndome como camote con el calor», acota Harold Medina, sentado en la cola, ambos índices acariciando los gatillos de las ametralladoras. El juego continúa por un lapso. «Si no fuera por la guerra», dice Matías, «estaría visitando a mi abuelo materno por primera vez». Nadie más prosigue. Un macizo velo de silencio recorre los habitáculos de la nave. La voz jadeante de Phillip De Stefano surge para

149

poner en guardia a la tripulación: «¡Alerta, escuadrilla de bandidos a las doce en punto, por el noroeste!».

Los cazas alemanes, cuatro Focke-Wulf FW 190, los conocidos Würger, irrumpen en el paisaje y pasan zumbando. Una descarga de electricidad remece la cabina de un extremo al otro. «¡Mierda!, Cousland tenía razón, se me ha ido el frío solo con verlos», comenta Sosnowski. Los Spitfire entran en acción persiguiéndolos, buscando la oportunidad de disparar. Las ráfagas se oyen de ida y vuelta. La cacería es implacable. Desde sus flancos, los artilleros aguzan el ojo, esforzándose por esquilmar los aparatos enemigos. Los impactos de la metralla de los Würger en el fuselaje del B-17 son constantes, un restallido metálico que desconcierta y asusta. «¿Cómo vamos, Dufresne?», pregunta Hillard. «¡A diez minutos del objetivo!», previene el navegante, trazando en el mapa, con un compás, rectas jeroglíficas por culpa de la inestabilidad. «En cualquier momento empieza el baile, muchachos», intuye Connolly. Los doce B-17 avanzan alineados, sin despegarse. En la cúpula del morro, Matías se desentiende de las ametralladoras, retira la tapa de la mira y saca un pañuelo blanquecino del bolsillo derecho de su pantalón para limpiar la lente. En ese instante se oyen los primeros cañonazos de los Flak, ¡bum!, ¡bum!, ¡bum!, un ruido ignoto, atronador, que en milésimas de segundo acelera las pulsaciones. Cada cañonazo produce densas vaharadas de humo negro, motas que ensucian el espacio intempestivamente, como goterones de tinta que alguien hubiera derramado con torpeza sobre una página inmaculada. Los estridentes disparos de los Flak no se ven venir, los hombres no saben si el siguiente mazazo acabará con ellos. A más detonaciones, los negros nubarrones se multiplican arriba, abajo, por doquier; Matías tiene la súbita impresión de atravesar un cementerio infestado de murciélagos. En mitad de ese trance, un grueso proyectil los toma desprevenidos por debajo, la nave zangolotea con violencia, una llamarada flamea en el motor número tres. «¡Oh, Dios!, ¡vamos a morir, vamos a morir!», aúlla Kenny Doods en el intercomunicador, sin dejar de disparar contra los endemoniados cazas alemanes, que continúan escabulléndose de los Spitfire. «¡Cállate, Kenny! ¡Si te vuelvo a escuchar lloriqueando, yo mismo te vuelo la cabeza!», decreta enérgicamente Hillard, «Ferreiro, ¿cómo ves ese puto motor?, ¿puedes arreglártelas solo?». «Lo tengo controlado, Dave, pero hemos perdido algo de combustible», indica el ingeniero de vuelo, los mitones embadurnados de aceite, después de apagar la deflagración y cerciorarse de que los otros motores siguen operativos, aunque ya recalentándose. «¡A un minuto!», notifica Dufresne. «Solo quedan sesenta segundos, solo sesenta», dice Medina, iniciando una cuenta regresiva mental. «¿Todo listo allá abajo, Matthew?», pregunta Connolly. El fragor de los Flak no da tregua, cada bombazo menoscaba la seguridad del grupo y agrieta un poco más la atmósfera de la operación. Matías pega el rostro al visor y la estación ferroviaria de Rouen no tarda en aparecer claramente bajo las líneas entrecruzadas de la retícula de la mira. «Ya casi», dice. «Bombardero, piloto automático conectado, el avión es todo tuyo», comunica Hillard, ojeando las manecillas del altímetro, los niveles de gasolina, ajustándose la gorra y reclinándose en el respaldar de su silla por primera vez desde el despegue. Remitiéndose al protocolo, Matías asume momentáneamente la conducción del aparato, que no deja de zarandearse. Los cazas orbitan como avispas a tal velocidad que a ratos se vuelven imperceptibles, aparecen y desaparecen ejecutando radicales maniobras de evasión. Ningún entrenamiento, ningún barrido ni patrullaje sobre el Golfo, ninguna de las misiones realizadas hasta hoy han contemplado una situación como esta. Matías sabe que no puede fallar, que la calma de sus compañeros depende de su buen pulso, que en el cuartel general el coronel Cousland está pendiente de cada uno de sus movimientos. En eso, venciendo la indecisión entre anticiparse o esperar, aprieta el interruptor que abre las compuertas y mueve la palanca: las bombas empiezan a caer una tras otra dando lúgubres silbidos. «¡Bombas afuera!», avisa Matías, y en unos segundos se aprecian varias explosiones en cadena. Los otros B-17 también sueltan su carga. La rugosa voz del mayor Tibbets, piloto del avión líder, se oye en las doce naves del escuadrón a través del circuito cerrado: «Bien hecho, muchachos, hora de regresar». Los aparatos recobran altitud, esquivan una última cortina de fuego antiaéreo, se establecen en el abierto cielo azul y pronto se hacen inhallables para los radares alemanes. Solo entonces, en medio aún de resoplidos, sin que la cadencia de sus revoluciones cardiacas disminuya, los hombres palpan su cuerpo en busca de contusiones o fracturas. Han salvado el pellejo de milagro.

Al aterrizar en Polebrook desocupan el avión por la escotilla del vientre. Algunos cantan, rezan, besan el suelo. Los operarios se arremolinan velozmente para revisar los equipos, y los altos mandos se congregan a dar las felicitaciones del caso, pues el personal ha vuelto ileso, y de las doce unidades enviadas solo tres han sufrido daños menores. Luego de pasar por la sala donde se evalúan los pormenores de la operación, los tripulantes visitan las duchas antes de cambiarse: cuentan con la venia de Cousland para festejar en Londres el éxito de la incursión en Francia.

—En los jeeps tardaremos menos de dos horas —estima Hillard, sentado en la litera, verificando que el elástico de sus medias concuerde con la curvatura de cada tibia.

—¿Cousland prestará vehículos para todos? —pregunta Eugene Moore, enfundándose el pantalón caqui.

—Hoy es capaz de prestarnos hasta los aviones —ironiza Morty Tooms, recortándose las puntas de los vellos que ensombrecen su labio superior frente a un espejo de bolsillo colocado en la pared.

—¿Alguno de ustedes conoce lugares en Londres? —consulta Kenny Doods, abrochándose con finura el botón del cuello de la camisa.

—¿A qué te refieres con *lugares,* Doods?, la idea es ir a un bar, embriagarnos, conocer chicas, ¿o es que el buen Kenny quiere irse de putas? —bromea Connolly, falsamente escandalizado. Los demás ríen.

—¿Qué pensarían los chicos de la iglesia de Orleans si supieran que el puritano pianista de la banda es un pervertido que no deja de hacerse la paja pensando en las putas que no puede pagar? —mete cizaña Dufresne haciendo muecas lascivas, frotándose los genitales encima del calzoncillo.

—No se hagan los tontos, saben a qué me refiero —reacciona Doods, ruborizado.

—He oído hablar del Star and Bottle —apunta Medina, cepillándose los crespos con una mano.

—Esa covacha es una basura —sentencia Hillard, anudándose la corbata—. No se compara al The Grapes del Limehouse, al Black Raven de Chelsea, al French House del Soho, o al Rainbow Corner de Piccadilly Circus.

Los demás se miran entre sí, impresionados con el bagaje noctámbulo de su capitán.

La caravana de *jeeps* sale de la base en estampida, levanta una polvareda rojo ladrillo, y deja los barracones, la torre central y los módulos prefabricados donde funcionan el comedor, el hospital y la intendencia inmersos en un reposo infrecuente. En los hangares, más allá de los sacos de arena que conforman la muralla de contención, los aviones pernoctan sumidos en las sombras vaporosas del verano; y en su fuselaje, como en un escaparate, enaltecidas por esos rutilantes nombres recién atribuidos, *Piccadilly Lily, Sho Sho Baby, Pete-Repeat, Fluzzy Fuzz, Reluctant Dragon,* las chicas dibujadas se mantienen vigilantes con sus pestañas recargadas, cinturas diminutas y sugerentes sonrisas.

Los hombres se instalan en tres mesas contiguas del Rainbow Corner. Se sienten extraños ante el escrutinio de tantos civiles: especímenes del mismo género, pero pertenecientes a distintas familias, como los gansos con los cuervos, o las tortugas con los caimanes. Algunos jefes de escuadrón, además de un puñado de coroneles y generales, han llegado más temprano, entre ellos Cornelius Cousland. Con sus modales pueblerinos, forjados en el mercado de granjeros de Nashville, Cousland ordena a un mesero servir una ronda de coñac. El ceremonioso general Carl Spaatz carraspea al tomar la palabra y se dirige a los hombres con una rimbombancia que no guarda congruencia con el sitio: «... en lo que atañe a la misión de hoy, no puedo sino aplaudir que, pese a las complejidades bélicas y al delicado escenario que tuvimos que afrontar, ustedes, caballeros, han honrado el uniforme portándose ante el adversario como auténticos patriotas, en aras de un...». Tomando nota de lo soporífero del discursito y temiendo que pudiera alargarse más allá de lo deseable, el coronel Armstrong interfiere efusivamente, «¡hemos destrozado Rouen!», y provoca una secuencia de vítores, aclamaciones y tintineos de copas a la que el general Spaatz se suma resignadamente. La música que botan los altavoces del Rainbow Corner incentiva a las parejas a bailar, el grupo se disgrega, oscila entre el gentío, cada quien va en busca de su cuota de diversión. Las horas aquí transcurren más rápido que allá arriba, piensa Matías. Desde su silla ve a Ferreiro dando acrobáticos contoneos en la pista frente a una muchacha pelirroja, y a Sosnowski remedándolo deslucidamente, con el estilo y la coordinación de una marioneta. Nunca un polaco ha tenido más ritmo ni bailado con más gracia que un portugués, piensa. Unos metros a la derecha, apostados en una barra, De Stefano y Dufresne beben una cerveza tras otra escoltados por cuatro señoritas que, bajo la luz engañosa del establecimiento, simulan tener veinte años cumplidos. Al girar la cabeza ve al copiloto, Connolly, transfigurado en conferencista, predicador o parlanchín, al centro de un círculo de civiles que lo oyen con intriga aduladora.

—¿No es exagerado todo esto? —se cuestiona el avinagrado Eugene Moore, que acaba de sentarse a su izquierda.

—¿Lo dices por la celebración? —contesta Matías, tamborileando la mesa con los dedos.

—Sí, quiero decir, no hemos hecho más que nuestro trabajo.

—A ver, Eugene, es normal tomarse un respiro, agradecer que seguimos con vida, ¿te parece poco?

—¿Pero tú dirías que estuvimos en riesgo allá arriba?

Matías lo mira con estupor.

—¿¡Cómo puedes siquiera preguntarlo?, ¿acaso no sentiste los Flak?, ¿no viste los cazas?

—Sí, Matthew, los vi, los sentí, pero teníamos escoltas, solo nos sacudieron el avión un par de veces.

—No entiendo qué quieres probar con esa actitud —objeta Matías.

Moore arrastra su silla, acercándose unos centímetros.

—Escúchame, he oído en el baño a Cousland decir a otro coronel que la misión de hoy ha sido una victoria política más que militar.

—¿En qué sentido? —inquiere Matías, mosqueado.

—Está clarísimo, Matthew: necesitaban que la primera misión compartida con los ingleses fuese un *éxito arrollador*; con lo hecho en Rouen el comando les ha demostrado a Churchill y Roosevelt que nosotros podemos encargarnos de los ataques diurnos, dejándoles a ellos los nocturnos.

—¿Y qué más da eso?

—¡Es que no nos conviene volar de día, los aviones son mucho más visibles, las posibilidades de morir son más altas, nos están utilizando de conejillos de Indias!

—¡Hablas así solo porque tienes boca! —alega Matías, presionando uno de los índices repetidamente sobre la superficie de la mesa— ¡... nos ocupamos de las misiones diurnas porque somos más precisos que los británicos, porque tenemos una tecnología superior, y porque a ellos les da lo mismo que las bombas caigan en cualquier lado, no les importa matar civiles, a nosotros sí!

—¡Espera a que salgamos en misiones de primera división, Matthew!, ¡espera a que volemos no doce sino cincuenta, cien, quinientos aviones!

—¡De qué hablas, Eugene!, no creo que vayamos a volar tantos B-17 juntos.

—¿¡Sabes cuántos bombarderos mandó la RAF a Colonia hace dos meses?, ¡más de mil, Matthew!, ¡mil aparatos en una sola noche!, ¿te haces una maldita idea de cuántos Flak estarán aguardándonos cuando salgamos en misiones diurnas más difíciles?, ¿cuántos cazas crees que van a enviar ellos para derribarnos y cuántos Spitfire irán en la escolta?, ¿se puede acertar una jodida bomba en medio de un infierno como ese?, ¡ninguna estadística nos favorece!, ¿es que soy el único que lo piensa?

—Mira, Eugene, solo voy a decirte esto: procura disfrutar esta noche y déjate de joder.

Matías vacía su copa de coñac, la hace sonar con fuerza al dejarla en su lugar, se pone de pie y da una larga vuelta por el local. Las palabras soliviantadas de Moore lo rondan un buen rato, luego se disuelven, pero a las dos de la mañana, en el apogeo del festejo, cuando ve a todos los *All Americans* rodear el piano, tomar de la cintura a jovencitas de faldas ceñidas y mofletes sonrosados, tararear desafinados pero eufóricos las baladas que toca el artillero Kenny Doods, *Don't fence me in*, de Gene Autry, *Deep in the heart of Texas*, de Perry Como, haciendo alarde de un aplomo contrastable con el desasosiego con que antes, en el aire, desgranaban los minutos y segundos para volver a tierra; cuando ve todo eso Matías piensa que tal vez lo dicho por el operador de radio tenga fundamento, tal vez tanto jolgorio sea un error.

Al despertar, el panorama del barracón es deplorable. Hillard, Medina y Doods, aún con ropa de dormir, aspiran oxígeno de un balón para curarse la resaca. «No debí dejar la base, no sé para qué fui», se arrepiente Doods, notoriamente estragado. «¡Corta el rollo, Kenny!», rechista entre sueños el polaco Sosnowski, «te vimos divertirte como un puerco, no te vengas a hacer el mosca muerta». Morty Tooms, achispado, con el pelo tieso, jura haberle propuesto matrimonio a una muchacha cuyo nombre no acierta a recordar: «¿Era Arleen, Arlette o Antuanette?». «Ni idea, solo sé que le pediste que se casara contigo mientras hacías equilibrio con un vaso de whisky en la frente, ¿recuerdas eso?», le dice Dufresne aventándole una almohada desde el catre. Acuclillado en el suelo y valiéndose de tuberías de cobre y una bombona de gas, Ferreiro se centra en la construcción de un destilador de alcohol para asegurar las provisiones nocturnas. Connolly da vueltas a una cuchara de palo dentro de una taza de acero inoxidable repleta de «limonada irlandesa», un repulsivo brebaje prescrito por el barman del Rainbow Corner que lleva tres dedos de agua oxigenada y diez gramos de polvo de limón. De Stefano duerme con la camisa vomitada, los pantalones meados, las botas puestas. Solo Matías y Eugene Moore, quien ha vuelto de trotar, se hallan en condiciones de asistir a la reunión convocada para el mediodía. Si Cousland realizara ahora mismo una de sus periódicas e inopinadas inspecciones, todos terminarían pelando cebollas en la cocina. El aguacero desatado fuera les es propicio. Por lo nublado del cielo podría pensarse que aún es de noche. Cousland ha decidido que, mientras el mal clima no escampe, nadie subirá a los aviones.

A lo largo de las semanas y meses subsecuentes las misiones continúan, y los B-17 demuestran cuán eficaces pueden ser en un cielo límpido. Destruyen buques, inutilizan el tendido eléctrico de instalaciones militares, pulverizan factorías. Sin embargo, tal como Moore había intuido aquella noche, las operaciones diurnas se vuelven cada vez más exigentes. En setiembre los bombarderos norteamericanos atacan una planta de bimotores en Meaulte, una comuna al norte de Francia, pero la escolta inglesa no les da el encuentro en las coordenadas previstas y son interceptados por cincuenta cazas alemanes imparables. Al verse desprotegidas, varias tripulaciones abandonan la misión aduciendo problemas mecánicos. Para los *All Americans* resulta espantoso ver cómo el avión vecino en la formación, el *Fancy Nancy*, con cuyos tripulantes habían compartido una larga partida de póker la noche anterior en el club de oficiales, se va en picada con las dos alas perforadas por los Flak. De sus once tripulantes, solo tres logran saltar en paracaídas. Otros dos B-17 son fulminados por los alemanes. En la siguiente misión, al atacar una fábrica de acero en Lille, en la frontera franco-belga, los Spitfire llegan a destiempo y los cazas de la Luftwaffe, centellantes, con una puntería infernal, dan cuenta de cinco bombarderos. Al ver a esos colosos desbarrancarse estrepitosamente en llamas y hundirse en las aguas, Matías, anonadado, se pregunta si el *All Americans* acabará así, sumergido en ese panteón de aviones herrumbrados que es el Canal de la Mancha. Nadie en la tripulación reacciona ni sabe cómo continuar. Espasmos musculares concentrados en la nuca y los omóplatos inmovilizan al capitán Dave Hillard. Por primera vez el miedo consume a los aviadores. Tienen miedo a ser despedazados por las ráfagas de los cazas o volatilizados por un solo bombazo de los Flak. Tienen miedo de sobrevivir y miedo a la culpa de sobrevivir. Miedo a quedar discapacitados. Miedo a que la nave sea derribada y verse en la emergencia de activar los paracaídas en menos de los treinta segundos que le toma a un bombardero pesado estrellarse y hacerse añicos. Miedo de ahogarse en las aguas congeladas o perderse en una región escarpada, vagar a la intemperie como fugitivos, tener que dosificar el contenido de sus cantimploras hasta quedar al borde de la inanición, escuchando los débiles gorgoteos estomacales del hambre, sintiéndose a merced de las indóciles criaturas de la noche. Miedo a las minas sin desactivar. Miedo a morir en medio de la vegetación, solos, sin testigos, sin nadie que avale o certifique su empeño por aferrarse a la vida. Pero también miedo a ser emboscados por las huestes enemigas, encontrárselas cara a cara y estar desprovistos de un rifle para defenderse y, a la vez, miedo a estar armados y no poder disparar, porque una cosa es querer rebanarles el pescuezo a los alemanes, y otra, muy distinta, tener las agallas de apretar el gatillo a quemarropa, o siquiera de rastrillar el arma frente a uno de esos uniformes plúmbeos con águilas bordadas en el pecho. Tienen miedo a fallar, pero también a no fallar. Tienen miedo a acostumbrarse a matar hombres sin misericordia y a sentarse sobre sus cadáveres a la espera de una brigada de rescate. Y desde luego tienen miedo a ser capturados, arropados a la mala con los abrigos que llevan cosidas las letras P.O.W., enviados al ostracismo, o conducidos a uno de esos campamentos clandestinos donde los nazis, violando los códigos de guerra, se ensañan con sus prisioneros arrancándoles las muelas con alicates, desollándoles el cuero cabelludo o cercenándoles con una sierra, uno por uno, los dedos de los pies.

En octubre, en el curso de una operación sobre los astilleros de Rotterdam, tres cazas alemanes atacan la formación que integra el *All Americans*, disparando frontalmente contra el morro de los B-17. Matías ve cómo las municiones de esas naves plateadas agujerean la ventana de plexiglás y pasan raspando sin rasguñarlo. Atrás, Charlie Dufresne, el navegante, no corre la misma suerte. Matías lo oye gemir, da dos trancos por el pasadizo para auxiliarlo y ve la rótula de su rodilla derecha quebrada por la metralla. «Me dieron, me dieron», balbucea Dufresne. «Vas a estar bien, Charlie, tranquilo», le dice Matías, colocando su pañuelo sobre la herida, removiendo las esquirlas y arrancando un jirón de tela de su uniforme para aplicarle un torniquete de dos nudos. Toma uno de los bolígrafos del navegante para ejecutar la torsión y se queda mirando las agujas del reloj. «Tengo mucho frío, Matthew», tirita el navegante, tomándolo con fuerza de la muñeca. «Ya estamos volviendo, resiste, estoy contigo, no voy a moverme de aquí». Matías pincha el hombro de su compañero con una jeringuilla de morfina, pero el rostro de Dufresne no devuelve signos alentadores. Al recostarlo para que respire mejor, descubre con pavor una hemorragia en el abdomen de su amigo. Abre la chaqueta y se encuentra con un oscuro, resbaladizo manojo de intestinos. En un acto reflejo le echa unos polvos de sulfamida para evitar la gangrena. «Quédatela», mascalla Dufresne con dificultad, extendiéndole la moneda que suele usar para hacer trucos de magia en el barracón. «Charlie, mírame, háblame, no dejes de hablarme, hermano, ya estamos cerca de la base, mírame», pide Matías, pero la mano blanduzca de Dufresne se suelta de la suya como si una suave corriente de agua se la llevara. «¿Cómo marchan las cosas allá abajo?», se oye decir a Connolly en el canal de radio abierto. «Charlie se ha ido», anuncia Matías. No sabe qué más añadir, tampoco ha sido entrenado para ver morir a un compañero y actuar como si nada. Piensa que es la primera vez que ve morir a alguien, pero enseguida recuerda al joven que se lanzó a las aguas desde el trasatlántico que lo llevó de Trujillo a Nueva York. Aquella vez divisó al cadáver a lo lejos, desde la proa, dando tumbos en el océano, ahora es diferente, ahora tiene al cadáver entre sus brazos y puede percibir el descenso abrupto de la temperatura corporal, y notar cómo la piel empieza a retraerse y decolorarse igual que los pastos recién cortados si pasan muchos días expuestos bajo el sol. Cuando más tarde desocupa el avión, con la moneda mágica de Dufresne en el bolsillo, y se abre paso sin detenerse entre operarios y compañeros que buscan consolarlo con fútiles muestras de adhesión, Matías ya no es el hombre que abordó el B-17 por la mañana, es otra persona, alguien lastimado, un oficial tempranamente harto de una guerra cuyo telón, no tiene manera de saberlo, está muy lejos de caer.

Pasadas unas semanas, el coronel Cousland comunica a sus escuadrones que serán trasladados al teatro del Mediterráneo para operar sobre la costa norte de África. Las bajas recientes, el clima borrascoso que impide llevar a cabo misiones clave, y el fiasco de los últimos bombardeos han generado malestar en el alto mando y minado la convicción de la tropa. Presas del desánimo o del hastío, varios soldados piden prórrogas, unos para casarse, otros porque sus mujeres están por dar a luz, y otros para acudir al hospital víctimas de indigestiones repentinas, paperas espontáneas, crisis asmáticas inéditas, resfriados sin mocos, y otras indisposiciones imaginarias. La batida en el Mediterráneo no produce la recuperación anímica esperada. Al menos no en la tripulación del *All Americans*, que desbarata casi todas las misiones reportando deficiencias técnicas: cuando no se estropean los generadores, los frenos o la presión hidráulica, lo hacen las bombas de gasolina, la válvula de transferencia, los latiguillos para la dotación de oxígeno. Una tarde, Cornelius Cousland se encierra en su despacho con el capitán, Dave Hillard, y Agustín Ferreiro, el ingeniero de vuelo, para someterlos a un avasallante interrogatorio.

—¿Qué vienen tramando ustedes dos?, ¿están conspirando contra mí? —pregunta Cousland, protestando con un puño sobre el escritorio, mordiéndose la lengua para no acusarlos directamente de sabotaje.

—No, señor —responden Hillard y Ferreiro al unísono, sin abandonar la posición de firmes.

—Quieren desbancarme, ¿es eso?

A Cousland le baila la mandíbula. Es la primera vez que lo ven perder los estribos.

—No, señor.

—¡¿Me están tomando por imbécil?!

—No diga eso, señor.

—¿Se han confabulado con otra tripulación para boicotear las misiones?

—Cómo se le ocurre, señor.

—Entonces, ¡¿qué diablos pasó con su efectividad?!

—No sabríamos precisarlo, señor.

—¡¿Por qué han abortado las últimas cuatro misiones?!

—Por falencias técnicas, señor.

—¡Fallas inexistentes, admítanlo de una maldita vez!

—Esas fallas existieron, señor.

—¡¿Insinúan que soy mentiroso?!

—De ninguna forma, señor.

—¡¿Saben que puedo llevarlos a un tribunal militar por faltarme el respeto?!

—Lo sabemos, señor.

—¡¿Están admitiendo su responsabilidad?!

—Parcialmente, señor.

—¡¡Por el amor de Dios!!, ¡¡¿qué es lo que pretenden?!!, ¡¡¿quieren ponerme a mear sangre?!!

—En lo más mínimo, señor.

Ante esas explicaciones lacónicas, quizá sarcásticas, pero aparentemente honestas, Cousland decreta que toda la tripulación pase por el consultorio del mayor Gregory Savage, el médico de la base. Tras auscultarlos individualmente, Savage concluye en su informe que los hombres están «peligrosamente desmoralizados». No solo los ha perjudicado la muerte de Dufresne, también ha influenciado en ellos lo ocurrido con Medina y Sosnowski: el primero perdió la vista y ambos oídos en Francia al explosionar la torreta de cola producto del fuego antiaéreo; el segundo pidió ser dado de baja tras la primera misión en África, donde sus ametralladoras se encasquillaron frente a una manada de cazas alemanes; no recibió ningún impacto, pero juró y perjuró no volver a pasar por algo así. El doctor Savage indica que ya son varias las tripulaciones que muestran un alto nivel de fatiga física y psicológica: «Los hombres señalan estar reventados, casi no duermen, dan cabezadas durante las sesiones de información; si no se sobreponen puede crearse un ambiente malsano en el que comiencen a proliferar enemistades, insidias, difamaciones, campañas de desprestigio». Cousland vacila entre mandarlos de vacaciones o rotarlos de base para romper en algo la monotonía. El doctor Savage recomienda descanso de diez días bajo observación, pero desde Washington llegan por escrito órdenes imperiosas e irrefutables: «Hay que intensificar los bombardeos diurnos en el norte de Europa y mermar la industria militar alemana sin reparar en el costo civil. Ese es nuestro severo deber».

A inicios de noviembre de 1942, Cousland opta por asignar la tripulación del B-17 *All Americans* al grupo de bombardeo 303, estacionado a tan solo treinta minutos, en la base de Molesworth. El día de su traslado, sentados en la tolva del camión, cubiertos por una lona, los muchachos se comprometen a reconquistar el brío, la diligencia, les urge volver a acoplarse, a «nuclearse» como le gusta decir a Kenny Doods, solo así podrán cumplir a cabalidad las veinticinco misiones de rigor y dibujar ese mismo número de bombas en el fuselaje de la nave.

Entre noviembre y diciembre bombardean Francia con tenacidad, en arduas misiones sobre Saint-Nazaire, Lorient, Lille y Romilly. Las conmociones, heridas y transfusiones en pleno vuelo se hacen rutinarias. Accidentes que antes causaban consternación ahora se asimilan como penosos pero ineluctables gajes del oficio. A uno de los copilotos del escuadrón, una bala de veinte milímetros le explota en un ojo, arrancándoselo por completo, dejando nervios y músculos fuera de la cavidad. A Scotty Larsen, el artillero que relevó al polaco Sosnowski, un chico de diecinueve años egresado de una academia en Wisconsin, una ráfaga de trazadoras le da justo en la frente: pese a tener el cerebro expuesto no pierde el conocimiento, es más, sigue actuando como si nada, pero dos minutos después se larga a vociferar como un demente, ingresa a la cabina chorreando espesos ríos de sangre y colapsa al exigirles a Hillard y Connolly que le cedan los mandos. En la operación sobre Romilly, un Heinkel le vuela el brazo derecho a De Stefano; el artillero entra en pánico por el dolor, recoge el brazo mutilado del suelo de la torreta y, abrazándolo como si fuera un fusil o una tabla de salvación, salta en paracaídas esperando aterrizar en las proximidades de un hospital francés donde puedan reimplantárselo, pero el paracaídas no abre y el vacío se lo traga como una piedra.

«Por los que ya no están», pide Morty Tooms con un aguachento hilo de voz al dirigir el brindis en el barracón, la medianoche del veinticuatro de diciembre. Hillard descorcha otro champán para subir los ánimos. Matías enciende con su mechero Wieden las velas colocadas al pie de las fotos de Dufresne, De Stefano y Scotty Larsen en el altar que Ferreiro ha improvisado con los baúles de los camaradas caídos. Los padres de ellos tres recibirán pronto, además del póstumo Corazón Púrpura, una carta oficial informándoles que sus hijos murieron en acción. «Feliz Navidad, señores», proclama Hillard, repartiendo condones y ejemplares de *Esquire* a todo el que quiera uno; el capitán suelta histriónicas risas de Santa Claus cuidándose de que la abultada barba blanca que ha fabricado con el algodón del botiquín no se le despegue del rostro. A las nuevas incorporaciones de la tripulación, un navegante y dos artilleros, se les ha encomendado adornar como árbol navideño el pino que horas atrás desenterraron de la nieve. A falta de bombillas, le cuelgan granadas. El intercambio de abrazos se detiene bruscamente con el sonido y los relámpagos de los fuegos artificiales en el cielo invernal. Más de uno cree que se trata del inicio de un fortuito bombardeo alemán. Pasado el susto, Connolly rescata su armónica del fondo del baúl y devuelve la serenidad tocando *Silent Night*. Eugene Moore es el primero en cantar, los demás lo secundan, menos Kenny Doods, que prefiere aislarse en un rincón con su cuartilla de oraciones y letanías. A las doce y treinta una sirena pone fin a toda celebración. Antes de que el promontorio de barracones quede a oscuras, hay minutos suficientes para un brindis final. «Por los que volveremos a casa», dice Morty empinando su copa, henchido de un optimismo muy emparentado con la fe de la que abjura. Todos suscriben sus palabras. Por momentos actúan con la solemnidad de los veteranos, en algún sentido lo son; el avión, sobre todo en las misiones más escabrosas, funciona como máquina del tiempo: salen de ahí sintiéndose mayores, más curtidos, como si en las últimas horas hubiesen acumulado precozmente las experiencias que un hombre promedio tendría a lo largo de una vida. Allá arriba la existencia da un vuelco, se aceleran las mutaciones, se ensanchan los límites del propio temperamento. Los que no fumaban aprenden a fumar, los abstemios aprenden a beber, los pragmáticos que nunca pensaron en su muerte aprenden a entreverla, y los ateos que no creían en Dios, ya por ímpetu o desesperación, aprenden a creer y —como el esmirriado Tooms— a santiguarse en estricto privado. También el cuerpo sufre variaciones, se altera. El contacto alienante con la muerte erosiona los rostros, endurece las facciones, distorsiona la forma de andar. Muchos de ellos jamás se han enamorado, ni conocido la prosperidad o la ruina, pero sin tener más de veinticinco años pueden considerarse hombres trajinados, vencidos y, en cierto modo, invencibles. A la vez, no dejan, no pueden dejar de ser chiquillos y, como cualquier joven, sienten la quemante necesidad de creer en el futuro. Una creencia que, sin embargo, reprimen, no verbalizan. Temen que al pronunciar la palabra *futuro* este se desvanezca por inercia, condenándolos al presente infinito de la guerra; por ende, solo hablan de las misiones *de hoy*, de las operaciones de *mañana*, de los planes para *la semana entrante*, esas son sus máximas categorías temporales, no piensan, no quieren pensar en lo que vendrá más adelante, porque están casi seguros de que más adelante no hay nada, tal vez solo un poco más de lo mismo, algo breve y finito en todo caso. Temen que el futuro sea esto, que la vejez los haya alcanzado antes de tiempo sin darles chance a comprender la fugacidad de lo vivido. Temen que su repertorio de recuerdos se restrinja a la guerra y no disponer, en épocas posteriores, de otros episodios que puedan evocar delante de terceros. Incluso los suboficiales recién anexados a la base, aun comportándose con las reservas propias de los novatos, no tardan en verse imbuidos de la mística de los más fogueados, experimentan esa misma instantánea maduración y aprenden a guardar una respetable prudencia ante el porvenir.

A inicios de 1942, la mayoría de ciudadanos norteamericanos temía un segundo ataque japonés igual de brutal que el de Pearl Harbor: en las escuelas se enseñaba a los niños a usar máscaras de gas, en las casas y edificios se cubría las ventanas con cinta adhesiva para que no volaran con la onda expansiva de las bombas niponas, en las principales ciudades se practicaba el *blackout*, apagones generales cuya finalidad era desorientar a los pilotos adversarios cuando surcaran el cielo. Pero como no se produjo embestida alguna, la gente retomó paulatinamente su vida ordinaria hecha de compras, bailes, *shows* de comedia en radio y televisión, enzarzándose en discusiones callejeras alrededor de la muerte en avión de Carole Lombard o el congelamiento de las cataratas del Niágara. No puede decirse que hubiera indolencia hacia la guerra, pero sí un escaso aquilatamiento de su magnitud. Al gran público únicamente le interesaba lo tocante a la campaña naval en Midway, las batallas en las islas del Pacífico contra los japoneses, la condecoración al mayor James Doolittle de manos del presidente Roosevelt a causa del primer bombardeo sobre Tokio, los nuevos roles adquiridos por las mujeres dentro del Ejército, la presencia de afroamericanos en las fuerzas armadas, la venta de bonos de guerra promocionada por Bugs Bunny, el regreso de Babe Ruth en exhibiciones destinadas a obtener fondos para movilizar pertrechos, o las campañas vecinales de recolección de mangueras, neumáticos, juguetes y todo aquello que pudiera ser reutilizado para la construcción de material bélico.

Por eso ahora, a miles de kilómetros de Molesworth, a esos mismos norteamericanos no les importa el devenir de sus compatriotas en el distante frente europeo. Solo los familiares, parejas y amigos de los soldados que se hallan peleando en Reino Unido, entre ellos el banquero Gordon Clifford, siguen con atención las exiguas noticias que llegan desde Inglaterra y se acercan a los quioscos para cotejar con ansiedad la lista de bajas publicadas en los diarios, esperando no encontrar nombres conocidos. Ni siquiera las cartas enviadas por los reclutas desde las bases británicas son medios del todo confiables, pues ninguno quiere transmitir angustias a sus parientes, novias o allegados, por lo que dan versiones discordantes, retocadas adrede con inexactitudes, alejadas de las atrocidades que ya han empezado a normalizarse entre las tripulaciones de la Octava Fuerza Aérea.

En Trujillo, Massimo Giurato mantiene un deliberado desinterés hacia la suerte de su hijo; en las contadas oportunidades que aborda el tema, casi siempre a instancias de algún colega que recuerda a Matías, lo hace contrariado, receloso, no le cabe en la cabeza cómo «ese inepto», «ese malagradecido», «ese bueno para nada» se ha enrolado al ejército norteamericano y convertido en «rival de Mussolini, de la Italia y de Alemania, es decir, ¡de su propia familia!», «¡la estúpida de su madre lo mal aconsejó para irse a Estados Unidos!», «debería estar aquí estudiando abogacía», «ya lo pondré en vereda cuando se quede sin dinero y pretenda poner un pie en esta casa».

Cada quince días, a espaldas de su marido, Edith Roeder acude a la redacción de *La Industria* y exige hablar con el director para averiguar qué viene sucediendo en Europa, pero el buen hombre no tiene para ofrecerle más que un diminuto cuaderno con notas plagadas de vaguedades. Un día le pide encarecidamente rastrear el paradero de Matías a cambio de una recompensa, incluso le da un adelanto para que inicie las investigaciones sin dilación, pero dos semanas más tarde queda confundida, con una punzante sensación de estafa, al oír al director decirle con voz entrecortada: «Mis fuentes, estimada señora, no han logrado acceder al registro de los aviadores estadounidenses que actúan en el frente europeo, pero al menos sabemos que su hijo no figura entre los caídos».

Edith Roeder dedica jornadas enteras a releer las últimas cartas de Matías, pero estas no se contrastan unas con otras y nada dicen sobre su ubicación ni estado de salud. Es con las misivas de su padre, el viejo Karsten, que ella consigue imaginar, desde la quietud de la hacienda, la tenebrosa vorágine que ha arrastrado a su hijo al otro borde del mundo. «En Hamburgo», le cuenta el viejo, «se han fortalecido los sótanos de los bloques de apartamentos para proteger a los civiles de las bombas explosivas de los británicos; antes de la guerra había tan solo ochentaiocho refugios antiaéreos públicos, eso para mí ya era una exageración, pero ahora hay más de dos mil búnkeres, así que estaremos a buen recaudo». A renglón seguido le informa que han sido engrosadas las cuadrillas de bomberos, pues las bombas son capaces de originar incendios y socavar áreas enteras: «A tu hermano Klaus lo han designado oficial y le han delegado el monitoreo de los incidentes en nuestra cuadra». En el puerto se ha redoblado la cantidad de guardianes especializados en sofocar incendios, son ellos quienes han levantado los muros cortafuego que pueden verse en varias esquinas. En las calles y plazas han sido colocados centenares de cajas de arena, y cada vecindario cuenta ahora con tanques que garantizan el suministro de agua por si fallara el abastecimiento central. También se ha puesto en marcha un programa de camuflaje urbanístico para despistar a los aviones de la RAF. «El más contento es Wolfgang, siempre quiso estudiar arquitectura; dice que desde el cielo las estaciones de tren se ven como edificios cualesquiera y que los depósitos de petróleo han sido escondidos para que los ingleses no logren divisarlos. Lo que hasta ahora no entiendo, hija, es ¡cómo han hecho para camuflar el lago Alster! Según Wolfgang, han superpuesto una falsa reconstrucción del centro de Hamburgo, ¿no es increíble?».

A contrapelo de Matías, Edith Roeder le envía cartas de seis y siete folios, escritas a mano por ambas carillas, que vienen acompañadas de estampas de la Virgen de Fátima y otros amuletos piadosos. Los paquetes llegan a Westover y de ahí son redirigidos a Reino Unido. En esas cartas, además de pedirle que se cuide, rece y vuelva pronto, Edith le detalla sus conversaciones con el reverendo Lizardo Carcelén en la parroquia de La Merced, así como el saldo de las actividades benéficas realizadas junto a las mojigatas señoras de la comunidad alemana, y los cuchicheos de las cenas con que continúa agasajando a los visitantes ilustres de Trujillo, tertulias típicamente rociadas con vinos del Rhin y coronadas con el infalible *Bratapfel*, las deliciosas manzanas rellenas de la bisabuela Helga. «¡Qué sola está mi madre por Dios!», se lamenta Matías al leer esas cartas trilladas en las que la vida de Edith parece haberse reducido a una reiteración de situaciones tragicómicas, fotogramas de un carrusel en el que ella, con su grácil aureola de mujer autosuficiente y su dulzura inquebrantable, sigue girando sin ton ni son, envuelta en un velo de rampante mediocridad, sin querer enfrentar las cada día más ruidosas complicaciones de su deteriorado matrimonio. A Matías todos esos personajes y referencias al Perú, que en los primeros días de Nueva York aún despertaban en él cierta añoranza, se le hacen ahora sumamente remotos, como si fueran desconocidos, personas que jamás trató, lugares donde nunca estuvo, lábiles siluetas de una ciudad y un país que hace mucho dejaron de ser suyos, si es que alguna vez lo habían sido verdaderamente. Matías no tiene ganas de escribirle a su madre, pero lo hace. Lo inverso sucede con Charlotte Harris: cuánto quisiera escribirle, pero no se atreve a tomar lápiz y papel, lo vence la soberbia y se escuda bajo razonamientos infantiles. Solo la correspondencia con Gordon Clifford es real, fluida y en esas misivas, a riesgo de que sean intervenidas por agentes de inteligencia, Matías relata las incidencias de la guerra con la escrupulosidad de quien llena las páginas de un diario. El 2 de enero de 1943, a poco de reemprender las operaciones aéreas, le escribe:

Estar allá arriba diez, once horas es una eternidad. Y no hay ninguna valentía en eso, en absoluto. Lo que pensábamos que era valor *es solo un vago entusiasmo lleno de altibajos, es la otra cara del miedo y desaparece en el acto cuando piensas que tu avión puede ser derribado y que no volverás a ver a la gente que quieres, ni conocerás a la que podrías llegar a querer. Creo que me he vuelto cínico, señor Gordon. No sé cómo explicarlo, pero ya nada me da pena ni asco. No hay semana en que no vea a mis hermanos quedar postrados o agonizar entre lágrimas preguntando por su madre —lo he constatado: casi todos los que van a morir piden hablar con su madre, y casi todos con el propósito de pedirles perdón—, pero ya ni siquiera eso me conmueve. A muchos de esos chicos los conozco solo por su apodo militar, algunos son llamados como las ciudades donde nacieron, Dakota, Idaho, Oklahoma, Texas, no sé casi nada de su pasado, pero aun así los considero mis hermanos, los hermanos que no tuve, hombres a quienes estaré unido incondicionalmente, de por vida, por el mero hecho de compartir esta experiencia que nos está robando la juventud y que día a día nos vuelve más recios, más descarnados... y quizá más insensibles. Es aberrante el modo en que uno se acostumbra a coexistir con la degradación: la ves a diario, te parece normal, a veces incluso la justificas. La guerra hace que lo repugnante se vuelva adecuado, ¿hay algo más inhumano que eso, señor Gordon?*

Las tres primeras semanas del nuevo año, por decisión del jefe de los escuadrones, el mayor general Peter Lewis Brown, el grupo 303 recrudece los bombardeos en Francia, sobre Saint-Nazaire, Lille, Lorient y Brest. Varios B-17 vuelven a Molesworth con averías, hay heridos en prácticamente todas las tripulaciones. Los *All Americans*, pese a integrar el escuadrón líder, salen indemnes, sin contar a Morty Tooms, que se fisuró tres vértebras y debió pasar una semana en el hospital antes de reincorporarse para el vuelo siguiente.

«La misión de hoy», dice el mayor general Peter Lewis al abrir la cortina negra de la pizarra del salón de conferencias la mañana del 27 de enero, «es destruir el puerto de Wilhelmshaven». Las arrugas prematuras de Lewis, en combinación con sus gafas ahumadas y su piel saludable, lo dotan de una prestancia proporcional a la cuota de poder que detenta. La sola mención de Wilhelmshaven petrifica al auditorio. Es la primera vez que la fuerza aérea norteamericana volará sobre territorio germano, la temida guarida del lobo. Los soldados lo saben, se miran unos a otros buscando en sus caras respuestas a preguntas que nadie ha formulado todavía. Esperaban continuar arrojando proyectiles sobre Francia, así que las novedades suponen una preocupación inocultable. «Si alguien tiene la menor duda de participar, este es el momento de pronunciarse», avisa, serísimo, el mayor general Lewis. En la sala se oyen murmullos que crujen como las chispas de un carbón encendido. «¡Silencio!», demanda Lewis, restituyendo el orden en un santiamén. Es notable el respeto que infunde, piensa Matías, sentado en la tercera hilera de la sala, aunque encuentra más notable la obediencia con que él reacciona ante cualquier mandato que salga de boca de sus superiores. Después de pasarse la infancia y adolescencia rebatiendo todo signo de autoridad por el modo en que su padre la ejercía, ha terminado por entender que hay formas admisibles de impartirla.

La misión sobre los almacenes industriales de Wilhelmshaven resulta todo lo trabajosa que se presumía, no solo por los cien aviones alemanes que esperan como un banco de pirañas a los noventaiún bombarderos estadounidenses, sino por el frío que, a cinco mil metros de altura, deja tiesas las articulaciones y hace inviable la manipulación de las ametralladoras. Solo cincuenta de las naves norteamericanas sueltan sus bombas, pero esa andanada basta para cumplir con el objetivo. Por desgracia, tres B-17 sucumben ante el fuego antiaéreo sin que sus ocupantes logren saltar a tiempo.

Las arremetidas contra otras ciudades alemanas en el transcurso del invierno y la primavera de 1943 —Osnabrück, Vegesack, Bremen, Essen, Kiel— traen consigo la pérdida de más vidas y aparatos. Para los tripulantes del *All Americans* es traumático ver morir a Agustín Ferreiro y Brandon Connolly en la misión sobre Vegesack: Ferreiro carbonizado al explotar la bomba de oxígeno que inspeccionaba, Connolly reventado por la metralla de un Heinkel que lo hizo volar literalmente en pedazos, tiñendo de rojo los paneles de cristal de la cabina de mando. Las ráfagas nazis también alcanzan a Jimmy Tucson, uno de los nuevos artilleros; cuando bajaron su cuerpo del avión, una foto de su esposa embarazada cayó de uno de los bolsillos de la chaqueta. Luego se supo que el primer hijo de ambos había nacido la noche anterior.

«¿Qué demonios hacemos aquí matando nazis, Matthew?», dice Eugene Moore una noche, en la barra del club de oficiales de Molesworth, «¿recuerdas cuando nos alistamos?, ¿acaso no lo hicimos para matar *japos* en el Pacífico?». Matías apenas le presta oídos. A diferencia de Eugene, quien dice que pedirá su baja *cualquier día de estos* ante el temor de que los altos mandos busquen deshacerse de él enviándolo al matadero sin ningún reparo, Matías atraviesa su momento de gloria. Ahora es teniente primero y ha recibido una felicitación escrita desde Washington por las acciones en Bremen, donde sus bombas fueron determinantes para destruir una factoría de aviones, una planta de transporte motorizado y una refinería de petróleo sintético. Tanto el general Carl Spaatz como el mayor general Lewis le han hecho saber que otra actuación así podría valerle la Cruz del Mérito, la más alta de todas las condecoraciones a las que puede aspirar un oficial. «¿Escuchaste anoche al cabronazo de Lord Haw-Haw?», le pregunta Eugene Moore, acodado en la barra. Matías niega con la cabeza. «Volvió a mofarse de nuestros aviones derribados regodeándose en que sabía hasta los apelativos de cada tripulación. Encima dijo que teníamos que entrenar más para la misión de mañana porque las pérdidas serán elevadísimas, está muy bien dateado ese bastardo, sabe más que nuestro propio comando». «No hay que creerse las patrañas de ese idiota», observa Matías, «lo que busca justamente es que mordamos el anzuelo». Lord Haw-Haw es el seudónimo de un locutor de radio de origen irlandés, nacido en Nueva York, que pertenece a las SS, la Schutzstaffel. Su nombre de pila es William Joyce, usa un mostacho idéntico al de Hitler y lleva una cicatriz que le atraviesa el hemisferio derecho del rostro, desde la comisura hasta el lóbulo de la oreja. Al ministro de propaganda, Joseph Goebbels, le gusta su estilo deslenguado. Por eso le ha confiado un espacio en Radio Berlín, donde se ocupa de traficar información, proferir bravatas, soltar mensajes crípticos, esparcir chismes incisivos e incordiar a los aliados, parodiándolos. «Buenas noches, mis descarriados amigos», se despide socarronamente, a sabiendas de que los estadounidenses están al pendiente de sus transmisiones.

La última carta que Matías le envía a Gordon Clifford está fechada el viernes 23 de julio de 1943.

La otra tarde me contaron lo sucedido con un muchacho, oficial de bombardeo igual que yo, que un día bajó a Londres a verse con una chica. Se había pasado la noche anterior conversando, bailando y besándose con ella en un club. Estaban encantados el uno con el otro. Él iba a proponerle matrimonio. Seguro usted pensará «demasiado pronto», pero, créame, señor Gordon, nada es demasiado pronto con una guerra entremedio. Dos años de guerra son como veinte sin ella, alguien tendría que consignarlo en una tabla de equivalencias. El hecho es que el oficial y su futura novia acordaron verse en un restaurante céntrico. Él iba en un taxi, con retraso, cuando las alarmas empezaron a resonar. Los aviones de la Luftwaffe se aproximaban.

La gente corrió a ponerse a salvo en cualquier tienda. El muchacho salió del taxi y logró cobijarse debajo de los frondosos árboles de un parque público. Ahí permaneció, cubriéndose la cabeza los largos minutos que duró el bombardeo. Casi dos horas después llegó al restaurante, mejor dicho, a lo que quedaba de él. Una bomba había caído justo allí. Logró ingresar atravesando el cerco de bomberos y policías, bajó las escaleras y localizó unos nueve cadáveres tendidos en el suelo, entre ellos el de la chica. Dicen que esa noche no durmió y por el día volvió a la base desganado, pidiendo que lo exoneraran de ocupar su puesto en el avión. Solicitó ser trasladado a la intendencia o a cualquier otra unidad, no quería volar, mucho menos bombardear. Según él, en Londres había despertado, había descubierto lo que pasa en cada operación y no estaba interesado en ser promovido para seguir matando civiles a los que ahora podía ponerles un rostro. Decía que allá arriba, en el aire, uno es capaz de matar a miles de anónimos invisibles que no osaría tocar de tenerlos enfrente. Comentaba que desde el suelo la compacta formación de los B-17 se veía primero como una difusa constelación de pequeños crucifijos, pero poco a poco, a medida que las naves se acercaban en oleadas sucesivas y el ruido de sus motores iba amplificándose, los aviones cobraban la apariencia de una plaga de inmensas, escandalosas luciérnagas de hierro. En pocos días su ánimo y hasta su percepción del mundo sufrieron una transición radical. Se volvió hosco, intratable. Me contaron que apostató de su religión, llamaba a Dios «el gran carnicero» y se deshizo de las imágenes de vírgenes, santos y beatos que tenía prendidas con alfileres en la cabecera de su cama. Cuando supe de su caso me sentí un poco identificado, pero sabe, señor Gordon, la disposición hacia la guerra se lleva dentro o no se lleva; cuando sí, se nota en cómo miras, hablas y caminas; cuando no, también. Ese muchacho no tenía la actitud correcta, no había internalizado el sentido del deber, no era consciente de que aquí no hay escapatoria: somos nosotros o son ellos, nos debatimos entre la supervivencia y la aniquilación, no hay más. Nuestra labor es compleja, y está más allá de las lágrimas, de las buenas intenciones, más allá de la fe, de la compasión o la indulgencia. Y, por supuesto, más allá del libre albedrío, que no existe, no aquí. Aquí tenemos que asumir la responsabilidad de lo que hacemos y soportar las dolorosas consecuencias de nuestros propios errores, así sean deslices involuntarios. No soy ningún tonto, hace mucho sé que las bombas matan civiles desguarnecidos. Es un precio colateral inevitable. A pocos metros de los talleres o edificios militares que debemos exterminar, muchas veces hay escuelas, hospitales, bancos, cárceles, establos, reformatorios, instalaciones científicas. No importa cuán precisos sean mis lanzamientos, incluso con la mira bien centrada y el avión completamente estabilizado, no es posible dar en el blanco y asegurar que no he matado inocentes. Al principio me negaba a reconocerlo, confiaba a ciegas en mi puntería y creía que los avances tecnológicos permitían bombardeos limpios, certeros. Ahora sé que no. Nadie está dispuesto a admitir que las máquinas son tan defectuosas e imperfectas como los hombres que las han inventado. La prensa tergiversa convenientemente lo que ocurre aquí, pero yo se lo digo con conocimiento de causa: en cada misión mueren hombres, mujeres y niños que no eligieron involucrarse en la guerra. ¿Soy un asesino por ello? No tengo respuesta. Es parte del infierno personal que llevaré conmigo el día que esto acabe. Pero sé algo. Sé que con la contundencia de las bombas podemos resolver esta guerra antes de lo planeado y si es así, señor Gordon, si logramos eso, millones de niños crecerán seguros en el mundo, menos rencorosos que nosotros, y me sentiré muy orgulloso de haber contribuido.

CINCO

La mañana del domingo 25 de julio, los miembros de los tres escuadrones del grupo 303 se dan cita a las siete para desayunar. Les sirven doble ración de huevos cocidos con salchichas. A las ocho ingresan a la sala de conferencias. Matías se percata por primera vez del afiche grapado de la puerta, donde se lee: *Por aquí los ángeles temen pasar*. Toma asiento al lado de Kenny Doods y Dave Hillard, detrás de Eugene Moore, delante de Morty Tooms, los sobrevivientes de la tripulación primigenia del *All Americans*. «¿Qué mierda le pasó a tu artillero de cola?», pregunta Hillard a Carson Baker, capitán del *Round Trip*, «oí que lo devolvieron a Estados Unidos de una patada». «No te lo vas a creer, Dave», contesta el otro, «tenía quince años». «¡No puede ser!», reacciona Moore. «El mamón nos engañó a todos», impreca Baker. «¿Cómo lo cogieron?», interviene Doods. «Alguien dio el soplo en secretaría general, y ayer nos remitieron el informe indicando que se había alistado falsificando sus datos», cuenta el capitán. «¿Y en cuántas misiones estuvo?», se interesa Matías. «¡Voló en nueve!», responde Baker, «era un tipo astuto, tenía la confianza inyectada en el culo, y disparaba como los dioses, derribó cuatro Messers». «¿Qué dijo el pendejo cuando lo pillaron?», curiosea Hillard. «Nada muy original: que lo hizo porque quería matar nazis», relata Baker, con un ademán de resignación, «pero antes de que lo repatriaran le pidió al doctor Savage unas muletas para que sus amigos creyeran que regresaba de la guerra diezmado. Es patético, pero genial». El estrépito de las risotadas inunda el salón. Por un buen lapso las conversaciones continúan sin que nadie interfiera. Matías consulta su reloj: son las ocho con treinta. Lewis ya debería estar aquí, piensa, y se fija en la cortina negra que no deja ver el mapa.

«¡Todos de pie!, ¡posición de firmes!», apunta un sargento. El mayor general Peter Lewis atraviesa el umbral flanqueado por dos oficiales de menor rango. El ambiente se carga como si un espíritu acudiera a la invocación de un médium. Se oye un alboroto sincronizado de sillas y botas afirmando con sus tacones. Desde la tarima, sin dejar de mirar a los hombres que tiene delante, Lewis le hace una señal al sargento para retirar la tela negra y develar el pizarrón. Matías se concentra en el mapa. En una fracción de segundos una cascada de imágenes se aglutina en su cabeza, la primera de todas, la imagen de las cartas de su abuelo, Karsten Roeder, en concreto aquellas donde el viejo adjuntó mapas de Hamburgo destacando con círculos de tinta roja los lugares que le mostraría a Matías cuando lo visitara. Ese mapa, que Matías podría dibujar de memoria, es el mismo que se muestra en el pizarrón. «La misión de hoy es golpear Hamburgo», dice el mayor general Lewis, haciendo chocar el puño derecho contra la palma de la mano izquierda, una y otra vez, en un martilleo persistente, y comienza a señalar las zonas que serán atacadas por los B-17. Matías oye sin oír, detecta en el estómago el repelús de la náusea, se niega a aceptar la realidad, lo burdo de la realidad, no puede ser, dice, nota su respiración agitarse, quiere salir del recinto, fumar un cigarro, o tres o cuatro, también hablar con Lewis, explicarle lo inexplicable, preguntarle a bocajarro por qué se ha elegido Hamburgo si no se hallaba entre los planes bosquejados en la víspera, o mejor confesarse con el capellán, aunque para qué, razona, ninguna oración, ninguna plegaria podría realmente trastocar el curso de las cosas ni contener la aprensión que siente expandirse en cada molécula de su cuerpo; no encuentra una sola mirada en la cual refugiarse o quizá las elude todas porque teme ser descubierto, si pudieron desenmascarar al quinceañero que adulteró documentos para subirse a una de las naves, piensa, también lo desenmascararán a él, sabrán de su ascendencia alemana, lo acusarán por ser *uno de ellos*, un «boche», un «jerry», un «huno», averiguarán todo sobre sus familiares, a los que ama sin haber visto, a los que un día juró visitar, algo que ahora se torna ya improbable dadas las circunstancias. Ve moverse los labios de Lewis, pero la voz del mayor general es un rumor monocorde, ilegible. «Lideramos, por fin», le dice Morty Tooms, el artillero ventral, palmoteándole un hombro, sacándolo de su entumecimiento. Ve ampulosos gestos de felicitación entre sus tripulantes y deduce que el *All Americans* ha sido designado como *insignia*, es decir, conducirá el ataque por delante del resto de los B-17, y entonces será él, el farsante Matías Giurato Roeder, convertido en Matthew Clifford Ryder, el encargado de iniciar el desalojo de unas bombas que probablemente segarán la vida de las únicas personas que desea conocer en el mundo, esos hombres y mujeres por los cuales un día, allá en Trujillo, en ese pasado que ya pertenece a otra dimensión, decidió emprender el viaje que lo ha llevado hasta donde está. Sin reacción, viéndose en un callejón sin salida, Matías oscila entre renunciar y proseguir. Piensa en las cartas de su abuelo o en su abuelo escribiéndolas; piensa en los hombres que ha visto morir; en la tenue sonrisa de su madre a través de las épocas; en Gordon Clifford diciendo adiós desde la ventana trasera del Pontiac; en la sombra de los perros negros que la luna describía sobre las hierbas altas de la hacienda de Chiclín; en los inseparables Steve Dávila y Billy Garnier tumbando bolos en las salas de White Plains; en la fallida, inconclusa última noche con la hermosa Charlotte Harris; en la codiciada Cruz del Mérito que podría embellecer su pechera dándole realce hasta la inmortalidad; en el chillido de las gaviotas del puerto de Salaverry; en las arenas de Coney Island al anochecer; en los ataúdes llevados por el huayco en torno a la plaza mayor de Trujillo; en los maderos apolillados de las ventanas de la pensión de la señora Morris; en las cuencas violetas de los ojos entornados de Dufresne al momento de expirar.

Finaliza la charla de instrucción y como un autómata cumple la inalterable rutina previa a cada vuelo sin omitir ninguna escala: recoge la mira de la intendencia, se coloca el paracaídas, cambia de botas, se entalla el chaleco antibalas, llena dos termos de café en el comedor. Solo atenúa su marcha cuando, de camino al aeródromo, oye las arengas azuzadoras de los cocineros, «¡duro con esos hijos de perra!», y se queda pensando en el odio detrás de esas invectivas que por primera vez le parecen censurables. Antes de trepar al avión, Eugene Moore lo intercepta y pone una pastilla en su mano enguantada. Matías lo mira sin emitir una sola palabra. «Es el cianuro, rápido, guárdalo», le dice Moore, chasqueando los dedos. Desde que empezaron las misiones sobre Alemania, los superiores suministran a sus hombres cápsulas de cianuro para acabar con sus vidas en caso el avión sea derribado y exista la más mínima posibilidad de ser aprehendidos por los nazis. Si algún soldado se negara a ingerir la cápsula, los demás están facultados para disparar contra él.

Recién al mediodía, veinticinco aparatos despegan de Molesworth. A los veinte minutos se les suman otros cinco grupos procedentes de distintas bases inglesas. Ciento veintitrés cajas de aluminio norteamericanas cruzan el océano en un día soleado. Toda una ópera flotante. En la silla de hierro del morro del avión líder, Matías no puede concentrarse. La máscara de oxígeno oculta su expresión afantasmada. En condiciones normales se habría acercado a calmar a Ryan Summers, el crispado navegante que arruga los mapas tratando de establecer la ubicación de la nave y despotrica contra sus instrumentos como si ellos le escamotearan las coordenadas premeditadamente. Pero estas no son condiciones normales. Una vez que penetran en cielo enemigo, los estentóreos cañonazos de los Flak empiezan

180

a retumbar, cúmulos de pólvora empañan la visión de los pilotos. Comienzan otra vez las turbulencias, los bandazos, la racha de cazas atizando sin piedad el fuselaje de las naves, los artilleros desplegando su munición en todas direcciones, las exasperadas indicaciones del capitán Hillard al escuadrón para mantener la formación cerrada, no perder la posición y aguantar juntos el embate alemán. Pero ahí nomás se producen los primeros derribos: los aviones dan coletazos, yéndose al mar en picada, se oyen gritos de horror entre los tripulantes, mareos, alaridos, blasfemias. A través de la radio los *All Americans* oyen a pilotos de otras unidades abortar la misión, y desde sus puestos avistan hombres que se desploman acribillados con sangrantes orificios de entrada y de salida. También en su B-17 hay heridos con coágulos, hay vísceras que se diseminan por la cabina o quedan pegoteadas en las ventanas. Ven a sus pies dientes, muelas, extremidades arrancadas de cuajo. Oyen jadeos, estertores, y lidian con el condenado presentimiento de que el próximo avión abatido será el suyo. Los remezones exigen a Hillard enderezar el timón varias veces y rectificar el rumbo. En eso, debajo de la bruma negra producida por los Flak, rebasado el último banco de nubes, el escenario de Hamburgo surge en el horizonte con su grisáceo esplendor: un majestuoso animal que empieza a despertar con el molesto zumbido de unos insectos voladores que muy pronto horadarán su carne y revelarán sus verdaderas dimensiones. Los aviones descienden a toda velocidad como una bandada de gansos salvajes, y Matías no da cabida a la cruel paradoja que implica haber llegado por fin a la ciudad donde nació su madre con la abominable tarea de destruirla. Entonces ruge, no de tristeza sino de rabia, o de lo que se supone que es la rabia en una situación inenarrable como esa. Desde su burbuja identifica la iglesia de San Nicolás, la estación Dammtor, la zona comercial de Altona, el zoológico de Tierpark Hagenbeck, los laberintos del Reeperbahn y a la derecha, en la costa, marcando la frontera con el mar, el Hamburger Hafen, el segundo puerto más grande de Europa. El rostro del viejo Karsten se apodera de sus elucubraciones. Recuerda el avión de madera que su abuelo le envió de regalo a Trujillo y que él armó e hizo volar por los cañaverales durante tantas tardes, y cree o más bien siente estar dentro de esa nave de juguete que se balanceaba siguiendo los trágicos designios de su imaginación. También recuerda el mechero Wieden, con la cruz roja de Santiago, cuya lengua de fuego atravesaba con el dedo índice probando su resistencia al calor. Eso fue lo que el viejo puso en su poder: el avión, el mechero, los mapas. El aire, el fuego, la tierra. ¿Estará el abuelo escondido en el sótano del edificio de la calle Bernhard-Nocht o en alguna trinchera del astillero de Blohm? ¿Y los demás? ¿Estarán juntos en un búnker, agazapados, encogidos, tapándose los oídos, la cabeza metida entre rodillas que no dejan de flaquear? Las preguntas de Matías son el preludio de un llanto que no hará más que acentuar la confusión que lo aturde. Evalúa desacatar la orden, alegar restricciones de visibilidad, abandonar el puesto, pedir su baja, desertar, saltar en paracaídas, fingir un desmayo, tragarse el comprimido de cianuro que lleva en el bolsillo. Ahora piensa que todo lo que le escribió a Gordon Clifford sobre la muerte de los civiles inocentes no es cierto, que esto no tendría que estar ocurriendo, que no está preparado para este desenlace, que no se precia de nada de lo hecho a bordo de ese avión desde que lo montó por primera vez.

«¿Estás listo, Matthew?», la voz de Hillard lo hace recobrar la conciencia. «¿Matthew?, ¿todo anda bien?», consulta otra vez el capitán. «Sí», miente Matías. «¡A dos minutos del punto!», da cuenta Ryan Summers. Los artilleros se vuelven locos allá atrás, el ruido de los cañones de las baterías alemanas destroza sus tímpanos y arruina sus nervios. «Dependemos de usted, teniente», dice Morty Tooms en la radio. El objetivo prioritario son las fábricas de gas, los depósitos de combustible, los atracaderos, los astilleros, las siderurgias, las conexiones ferroviarias, pero Matías sabe que las bombas asolarán el barrio pesquero, justo ahí donde viven los Roeder. Coloca una pupila vidriosa en la mira, ve nítidamente las plataformas de cemento del puerto bajo la cruz del visor, sabe que hay muchos civiles allá abajo corriendo por su vida, coloca el dedo debajo de la palanca que libera las bombas. Observa su reloj: cuatro de la tarde con veinticinco minutos. Tiene menos de sesenta segundos para meditar su siguiente movimiento. Lo hace mirándose las botas, el arnés del paracaídas, los guantes de lana, como si de repente se sintiera embutido en un disfraz ridículo. Y llega a la conclusión, si cabe catalogar así al fárrago de ideas primarias que brota desde lo más hondo de su desesperanza, de que nada puede hacer contra la fuerza de los acontecimientos. «El avión es todo tuyo», indica Hillard. Matías frunce los párpados, expulsa dos chorros de aire por la nariz dilatando sus fosas, aprieta las muelas para darse valor, y nota a la altura de la garganta la formación de un grueso nudo que, intuye, jamás se desatará del todo. Acciona la palanca, se abren las compuertas. «Bombas afuera», dice, con la rotunda amargura de quien dicta un epitafio, y desde su pecera transparente ve caer el tren de bombas explosivas, seguido del tren de bombas incendiarias y, menos de un minuto después, observa aterrado los destellos de las primeras detonaciones, las humaredas en forma de hongos o coliflores, los cráteres en la superficie del puerto que, vistos desde el morro, proyectan la silueta y el calado de unos ojos cavernosos que parecen mirar hacia todos lados y también a ninguna parte. De pronto, sin saber por qué, recuerda las palabras del presbítero que enseñaba religión en el colegio Seminario, su lección acerca de la corrupción de los cuerpos carentes de espíritu, y siente ser nada más que eso: un cuerpo carente de espíritu que disimula su putridez llevando a cuestas los emblemas de un país que no es el suyo. Súbitamente vuelve a su mente la figura del ángel flamígero que tanto le impresionó de niño en la plaza de Trujillo, la escultura de Edmund Moeller, el mancebo con un pie colocado en el centro del mundo y una antorcha lista para someterlo a las leyes de la combustión. Mientras el avión repasa la ciudad con bombas escalonadas, cebándose en los barrios aledaños al puerto, Matías presiente aflorar en su rostro las enigmáticas facciones de ese ángel perverso. Tal vez por ese motivo el monumento se le hizo tan incómodo y desagradable cuando lo tuvo enfrente: le había revelado una profecía que en ese momento no estaba en capacidad de descifrar. Quien estaba ciego, piensa, no era el ángel, sino él. Cree haberse convertido en un emisario alado como los enviados por Dios para arrasar los pueblos de Sodoma y Gomorra, y tiembla al recordar que esa misma mañana el mayor general Peter Lewis bautizó la operación sobre Hamburgo con uno de esos nombres. «Esta será la *Operación Gomorra*», anunció Lewis, y a continuación, queriendo irradiar coraje entre los aviadores, leyó el fragmento del libro del Génesis con el que Matías se había obsesionado en la prehistoria de su adolescencia:

Entonces Jehová hizo llover sobre Sodoma y sobre Gomorra azufre y fuego desde los cielos; y destruyó las ciudades, y toda aquella llanura, con todos los moradores de aquellas ciudades, y el fruto de la tierra. Entonces la mujer de Lot miró atrás, a espaldas de él, y se volvió estatua de sal. Y subió Abraham por la mañana al lugar donde había estado delante de Jehová. Y miró hacia Sodoma y Gomorra, y hacia toda la tierra de aquella llanura; y el humo subía de la tierra como el humo de un horno.

Bajo sus pies, Hamburgo es eso, un horno o, más bien, un crematorio, el inefable resultado de un nuevo estallido de la cólera de Dios. ¿Contra quién es la represalia esta vez?, reniega en silencio Matías, para inferir a los segundos que es en contra suya. Ahora se maldice por haberse marchado de casa de sus padres, por abordar aquel trasatlántico a Nueva York, por detenerse a recoger los objetos perdidos de Gordon Clifford, por habérselos entregado. Desajustar tuercas que no debían moverse tiene un precio alto. Se aborrece por haber pretendido escapar de una fatalidad que, tarde o temprano, ahora lo comprobaba, iba a darle alcance. A veces huir solo agrava las cosas, el gesto heroico de marcharse no tiene el efecto duradero deseado. Irse es desobedecer, dimitir, y toda dimisión es penalizada con una suerte mil veces más nefasta que demora en materializarse, pero se materializa. Irse no cura ninguna herida, solo retarda su infección. ¿De dónde salen esas voces?, ¿son suyas?, ¿qué abismo las devuelve?, ¿de qué reino emergen para instalarse fugaz pero férreamente en el territorio endeble de la vida? Matías siente cómo ciertas escenas del pasado se corporeizan, cobran sentido, generan repulsión. Entonces capta a destiempo que no se ha transformado en el traidor ángel de granito que vomita fuego sobre el mundo, sino en un monstruo aún más desdeñable. Él mismo. O el revés de él mismo. El heredero legítimo de Massimo Giurato, ese homicida italiano que lo entrenó para dañar criaturas indefensas, que le inculcó su clarividencia para provocar el mal, un legado que por años el hijo ha intentado negar o silenciar en su cabeza, pero que ha venido manifestándose progresivamente a lo largo de la guerra y que ahora, en Hamburgo, ha llegado a su cúspide. Matías no ha contado nunca a nadie cómo su padre vejaba, y quizá sigue vejando a Edith Roeder, cómo la buscaba por las noches, alcoholizado, embrutecido, para martirizarla a puño limpio, con saña, llamándola puta, puta alemana, puta alemana de mierda, jurándole que un día la mataría, y dejándole unas laceraciones que ella luego camuflaba con maquillaje. Matías rememora esas frases violentas o el crepitar incesante de esas frases violentas y cree entender lo que acaba de suceder: ha dado tácito cumplimiento a la orden paterna, ha seguido inconscientemente el mandato de la familia que odia para liquidar a la familia que conscientemente ama. Ha aprobado con honores la prueba de su linaje criminal, y solo haciendo trizas su sueño más acariciado ha logrado encontrar su destino inapelable. Al acabar con los Roeder, sin embargo, ha acabado también consigo mismo, o con la persona que creía ser y ya no será nunca. Ahora se pregunta si todos sus familiares han perecido en la hecatombe de las bombas, de sus bombas. Piensa si acaso quedará algún sobreviviente, tan solo uno que, en el futuro, vaya a recordar el fatídico verano de 1943: recuerdos que no podrá enmendar, que no querrá desmenuzar, que buscará extirpar como cálculos o tumores. ¿Y él? ¿También recordará esto? ¿Recordará sin lagunas lo que ha hecho, lo que ha cometido, la sensación de sacrilegio que lo devora? Con suerte, piensa, un buen día olvidará todo. Algunas tragedias suelen depredar la memoria de sus víctimas, la desmantelan imponiendo un punto cero a partir del cual todo empieza a contarse otra vez. El error, el único error garrafal e imperdonable es volver la vista atrás, pues al escarbar en pasajes sombríos se corre el riesgo de no poder cerrar las grietas de nuevo y quedar a expensas de la oscuridad remanente. Matías piensa en la mujer de Lot y hunde su rostro entre las manos. El avión remonta las nubes negras y vira para regresar a la base inglesa. Ahora están fuera de peligro, por encima de los cañones nazis y los residuos de Hamburgo. La operación, concuerdan todos en la radio, ha sido un éxito categórico.

16

—Va a ser interesante volver a vivir solo en esta ciudad —le dije a Antonio.

—Yo nunca he vivido solo. A estas alturas no me acostumbraría.

—Uno se acostumbra a todo —dije, sin estar muy convencido de la línea.

—Dígaselo a mi viejita, que no quiere vivir sola. Ahora que mi papá murió, ella está tramitando su pasaporte por primera vez.

—¿Vive sola?, pensé que tenías hermanos en Perú.

—No... bueno, sí...

La ambivalencia de sus palabras fue tan clamorosa que Antonio se sintió en la necesidad de abundar en precisiones sin que yo dijera nada.

—Tengo un hermano mayor... pero vive en Estados Unidos...

—Ah, qué bien. ¿Y en qué trabaja? —hurgué.

—Es concertista de chelo.

—¿En serio? Por el tono misterioso con que venías hablando pensé que dirías que era traficante de drogas o, peor, policía de Migraciones.

No se rio. Su incomodidad no tardó en esclarecerse.

—Hace poco me enteré de que mi hermano es adoptado.

Me quedé de una pieza. Antonio encendió el motor, avanzó a trompicones los pocos metros que el atasco le permitía, y continuó el relato.

—Mi mamá cuenta que una noche, allá en Lima, le tocó la puerta la empleada de los vecinos, una chiquilla de provincia que a veces la ayudaba sin cobrarle un centavo. Se llamaba Anita. Yo llegué a conocerla, era trigueña, menuda. Esa noche estaba llorando, temblando, llena de moretones. Se había rodado por unas escaleras. Estaba embarazada de ocho meses, era su sexto intento de aborto.

—¿Qué hizo tu mamá? —reaccioné.

—La llevó al toque al hospital de la policía. En el camino le dijo que, si no quería a ese niño, ella se lo quedaría.

—¿Y el padre del bebé? ¿Apareció?

—Ese era el problema. Anita había sido violada, creo que más de una vez, por un amigo del hijo de los vecinos, un malparido, disculpando la expresión. Su papá era político, no recuerdo bien de qué grupo. Por eso Anita quería quitarse al niño de adentro. Si ese hombre llegaba a enterarse de que su hijo la había dejado en bola, el maldito era capaz de matarla.

—Qué miserable ese sujeto y qué generosa tu madre. Otra persona tal vez ni la llevaba al hospital.

—Mi mamá le tenía cariño, pero, además, ella misma había sufrido una pérdida un par de meses atrás. Andaba muy sensible con el tema del embarazo. Llegó a un acuerdo con Anita, sin decirle nada a mi viejo. Él se enteró cuando ya la decisión estaba tomada.

—¿Y los papeles? ¿Cómo hizo tu mamá para que el niño figurara como hijo suyo?

—Mi primo, el policía, habló con los médicos y solucionó todo. Usted sabe cómo es allá, en esa época era más fácil todavía. Yo nací dos años después, nunca supe nada, crecí creyendo que él era mi hermano mayor. Se llama Félix.

—¿Y él sabe de su adopción?

—Se lo contaron hace unos meses. Dice mi madre que reaccionó bien. Lo único que le dijo fue: «Ok, mamita, te dejo que tengo un concierto».

—¿Y por qué tardaron tanto en decirles la verdad? —pregunté sintiéndome un predecible conductor de programa de entrevistas.

—Mi padre se oponía. Tenía miedo de que la gente del barrio se enterara y jodieran a mi hermano. Menos mal que

Félix salió recontra estudioso. Le paraban dando becas en el colegio por sus notas, y apenas pudo se fue a California con una beca. Salió del Perú antes que yo.

—¿Tú también tocas algún instrumento?

Antonio se rio.

—Ni el timbre, maestro. A Félix, en cambio, la música le gustó desde chibolito. Y no solo la salsa que escuchábamos en la casa, sino rock, baladas, hasta música clásica. Se pasaba todas las tardes oyendo sus casetes en la radio de la cocina. No salía a la calle a pelotear con los demás, había que rogarle para que al menos se parara debajo del arco; al final salía, pero con su *walkman* en el bolsillo del *short*. ¡Jugaba fulbito con audífonos el desgraciado! Una vez casi lo atropella una camioneta porque no escuchó el claxon. Y cuando éramos más grandes, no tomaba, no le gustaba el trago. La verdad es que cuando mi viejita me contó lo de su adopción se aclararon muchas cosas. Félix toda la vida fue una rareza, un milagro en ese barrio de fumones y malandros. Fíjese hasta dónde llegó. Mi viejo siempre lo decía: Félix va a ser el orgullo de los Barracones. Espero que la vena artística le haya venido por Anita y no por el malnacido de su viejo.

17

La mañana que siguió al divorcio, al dejar el departamento de la calle de Ferraz para irme a Lima por dos meses, salí con suficiente antelación para despedirme del viejo Miguel antes de dirigirme al aeropuerto. Aquel barrio se había vuelto más entrañable gracias a ese hombre de memoria prodigiosa o dañada al que muchos miraban como si se le hubiese zafado un tornillo. Al salir del portal, la silla roja estaba vacía. Entré a la pastelería a tomar un café y aproveché para preguntarle al dueño si sabía algo de nuestro amigo. Me informó que hacía cuatro días no asomaba la cabeza por allí.

—Nunca ha dejado de venir tanto tiempo —observó, alcanzándome la taza caliente sobre un plato con diseño minimalista en cuyo borde desportillado descansaba un bizcocho de cortesía.

—¿Usted sabe dónde vive Miguel? —pregunté.

—En el edificio de la esquina —indicó—. Se ha mudado muchas veces, pero siempre alrededor de estas manzanas.

—Pensé que había vivido en Leganitos, siempre menciona esa calle cuando habla de la guerra civil.

—Sí, es por lo que le sucedió a su padre, ¿no se lo contó?

—No, ¿qué ocurrió?

—Su padre fue bombero en los años de la guerra y estuvo de servicio durante los bombardeos a Madrid. En Leganitos varios edificios se vinieron abajo. Al padre le tocó ir y recuperar una veintena de cadáveres. En uno de los edificios siniestrados atendía un ginecólogo, la paciente que se hallaba en su consultorio cuando empezaron a caer las bombas era la novia del padre de Miguel, la primera novia.

—Estaba embarazada —me adelanté.

—Así es, pero el padre no lo sabía, así que ya imaginará usted el impacto que sufrió, primero, al descubrirla muerta; segundo, al enterarse de que estaba encinta.

—¿Y cómo supo del embarazo?

—El médico sobrevivió, él se lo dijo. También le dijo que ese día, en cuanto sonaron las alarmas, él y la chica buscaron las escaleras para guarecerse en el sótano, ahí los sorprendieron las primeras bombas, se remeció todo el armazón del edificio, los cristales estallaron, y entre el humo y el vendaval de personas que evacuaban sus viviendas, la perdió de vista.

—Qué tremendo para el padre —acoté, bebiendo los últimos sorbos de la taza.

—Sí, bueno, luego se casó con la otra mujer y tuvieron a Miguel, pero, claro, la madre y el niño no se llevaban bien.

—¿Por qué razón?

—Pues se me hace que la madre odiaba al niño por su enfermedad.

—¿Cuál enfermedad?

—No sé si es un trastorno o un síndrome congénito, pero, vamos, Miguel es raro, basta verle y oírle un rato para darse cuenta de que ha tenido algo toda la vida; no digo que sea mala persona, eh, al contrario, es un tío bonachón, amable, franco, pero tiene algo un poco disfuncional, igual no justifico lo que le hacía la madre.

—¿Qué le hacía?

—Pues dice Miguel que de niño le pegaba casi por cualquier tontería, lo bañaba en agua congelada, lo tildaba de *anormal*, lo dejaba solo por horas, le embutía la comida cruda, él me lo ha dicho allí donde está usted parado, y no una ni dos veces, por lo menos diez. Me decía que su madre era una mujer malvada, que ojalá la primera novia de su padre no hubiera muerto en Leganitos, y que, si el niño que ella llevaba en el vientre hubiera nacido, su padre, así me lo decía, habría sido un hombre más feliz.

192

Tomé un taxi al aeropuerto y al dejar atrás las calles del barrio recordé algo que Miguel contó en uno de nuestros encuentros. Él conservaba un registro intacto de las intervenciones de los bomberos de Madrid en la tanda de bombardeos de noviembre del 36. En ese cuaderno podía leerse la fecha, hora y sitio en que empezó cada incendio, así como las causas que los produjeron. Los bomberos anotaban si los proyectiles habían sido propulsados por la artillería enemiga desde un baluarte militar o mediante un *bombardeo de aviación*. Sin hablar de su padre, contó que los bomberos podían tardarse horas, incluso días y hasta semanas extrayendo no cuerpos sino trozos de cuerpos fritos, faena a la que daban prioridad, renunciando a combatir las otras emergencias por sentir que no salvarían la vida de nadie. La impotencia los abrumaba al ver las fincas desmoronarse como si fuesen de galleta, o al pensar en la miríada de muertos sin identificar que quedarían debajo, cubiertos de escombros y de hollín.

Escuchando a Miguel fue inevitable recordar lo que yo había visto en Lima el 29 de diciembre de 2001, tras el incendio de Mesa Redonda, un céntrico mercado compuesto por una seguidilla de galerías tugurizadas que en época navideña se vuelve intransitable. Días antes había hecho un trueque de turnos con un colega del periódico para tomarme libre el día 31 y festejar el año nuevo en la playa. En la redacción, la del 29 venía siendo una noche periodísticamente desangelada, las primicias brillaban por su ausencia, teníamos que echar mano de notas insustanciales y aplicarles el consabido «inflador» para que adquiriesen una relevancia que no tenían. A las siete con veinte un vendedor ambulante de Mesa Redonda activó unos cuantos artefactos pirotécnicos con el propósito de hacer una demostración al público. El número se le fue de las manos. Los cohetes salieron disparados y les tomó décimas de segundo trasladar las chispas y prender fuego a los polvorines de las inmediaciones. Las llamas comenzaron a arañar los muros de las galerías y para cuando los comerciantes y clientes entendieron lo que sucedía, los visos naranjas de la candela habían cercado casi todo el perímetro. Minutos antes, un vigilante activó el pitido que solía emplearse ante el peligro de un saqueo, de modo que muchos vendedores, creyendo que podían sufrir el robo masivo de sus mercaderías, en vez de desalojar el recinto, bajaron la persiana metálica de sus puestos colocándole el candado, sin saber que así se condenaban a una muerte segura. Casi trescientas personas perdieron la vida esa noche, muchos eran jóvenes y niños que se vieron atrapados en esas ratoneras o fueron arrollados por la horrorizada muchedumbre.

El edificio del periódico estaba cerca, así que desde uno de sus balcones pudimos seguir los fogonazos de las bombardas artificiales por encima de una fumarada que empezó a envolver lentamente los jirones limítrofes. Cuando nos percatamos, la magnitud del siniestro era brutal. El jefe a cargo de la edición nos ordenó ir de inmediato, sin exponernos en demasía, y recabar la máxima información que pudiésemos del que sería el incendio más demoledor de la historia del país. Llegué junto a dos fotógrafos, una redactora y un practicante. Los bomberos ya se habían hecho presentes, pero estaban lejos de poder controlar la situación. A dos cuadras del mercado, lo primero que nos paralizó fue el hedor a carne quemada y descompuesta. Lo peor, sin embargo, nos aguardaba más adelante. Un policía nos franqueó el acceso a una zona donde el fuego ya había sido extinguido, pero aún revoloteaba el humo y los restos de las víctimas permanecían tal cual habían sido encontrados. Ahí la pestilencia era insoportable. Al practicante le sobrevinieron arcadas al ver dentro de una de las tiendas una maraña de personas calcinadas, la mayoría aferradas a vigas y columnas con unos bracitos esqueléticos que parecían estalactitas negras; y se puso a vomitar cuando un bombero nos advirtió que anduviéramos con precaución porque el suelo estaba impregnado de una cera pegajosa desprendida de los cuerpos fermentados. Con el *flash* de uno de los fotógrafos notamos que las persianas de hierro de los negocios presentaban por dentro zarpazos y abolladuras de gente acorralada que no había logrado escapar. Tras cuarenta minutos, al dar la vuelta para retornar al periódico, en medio de una desolación sin precedentes para nosotros, nos topamos con la última escena macabra: un cerro de cadáveres despellejados que serían llevados en camiones a la morgue. A algunos no se les notaba los miembros superiores ni inferiores. Los bomberos los arrojaban ahí como sacos de arena y al caer uno sobre otro podía oírse el crujido de los huesos quebrantándose.

Aprendí muchísimo con Miguel. Cuando Erika lo conoció se quedó prendada de sus historias de la guerra civil, hasta lo invitó a cenar a casa un par de veces, invitaciones que él declinó gentilmente dando excusas inverosímiles. En los años sucesivos, los años que duró mi matrimonio, las charlas se hicieron más esporádicas, pero nunca dejé de verle. Cada vez que lo escuchaba presentía que su vida estaba regida por fuerzas azarosas comparables a las que yo mismo había experimentado, no solo desde mi salida del Perú, sino acaso a lo largo de toda mi existencia. No había, por supuesto, equivalencia alguna entre las catástrofes que él había visto de cerca y mis particulares descalabros, pero me gustó —y asustó un poco— advertir secretas correspondencias entre ambos.

Meses después de mi regreso a Madrid, ya divorciado, me enteré de que Miguel estaba internado en el hospital. Me lo contó por teléfono el dueño de la pastelería. No lo pensé y fui a visitarlo. Nada más entrar al cuarto y ver cuánto había adelgazado supe que estaba muy mal. Él decía sentirse estupendo, listo para volver a casa. No era cierto. Tenía leucemia. Con ese diagnóstico inequívoco el doctor no quiso darle falsas esperanzas y le vaticinó de tres a seis meses de vida. Era chocante verlo en cama o, mejor dicho, fuera de su silla. Las tardes que lo acompañé nos entreteníamos resolviendo juntos las preguntas sobre cultura, historia y sociedad que vendrían en el examen de conocimientos obligatorio para solicitar la nacionalidad española. Yo las formulaba en voz alta y él las contestaba debidamente, no sin sarcasmo.

—¿Dónde se celebra la fiesta de La Tomatina?

—En Buñol, dónde más.

—¿Cuál es el principal río que desemboca en el Mediterráneo?

—Cuál va a ser, jolín, el Ebro.

—¿Cuál es la capital de la Comunidad Autónoma de Galicia?

—Santiago de Compostela, donde el vino resucita al peregrino.

—¿Cuántas veces ha sido reformada la constitución?

—Dos veces, la primera y la segunda.

—¿Dónde están los picos de Europa?

—En la *tierrina* de Asturias.

—¿Qué hecho primordial ocurrió en el año 1704?

—Perdimos el Peñón de Gibraltar a manos del almirante Rooke. Pero eso no fue ningún hecho primordial, ¡fue una cabronada olímpica!

—¿Qué ocurrió en España en el año 1868?

—¡La Gloriosa!, la revolución que acabó en el destronamiento de Isabel II, la de los tristes destinos, como decía Pérez Galdós.

Miguel se quejaba de que no hubiese en el balotario nada relativo a los bombardeos de la guerra civil. «¡En este país la gente se olvida de todo!», refunfuñaba, calándose los anteojos, exigiéndome que les escribiera una esquela de protesta a los autores de la prueba por no incluir siquiera una pregunta sobre esos acontecimientos: «¡Cómo puede alguien ser español si no sabe lo que pasó en España!», dicho lo cual apagaba uno de los puros que fumaba solapadamente y volvía a colocarse en actitud de moribundo para dar trabajo al personal que lo cuidaba. Hasta el final mantuvo esa chispa conmovedora. Conozco muchos casos de pacientes terminales que lograron vencer dolencias en teoría incurables y sobreponerse; desafortunadamente no fue el caso de Miguel. Al mes de su internamiento, al cabo de dos semanas en que la leucemia redujo agresivamente su energía a la mínima expresión, mi buen amigo expiró. Ningún familiar se acercó, así que no me quedó otra que reunir las escasas posesiones de Miguel, encargarme de suscribir los certificados y lidiar con el solícito agente de la funeraria que, como el buitre que huele al muerto, se presentó a pocas horas del deceso. Fui a darle las malas noticias al pastelero de la calle de Ferraz y decidimos acudir juntos al entierro al día siguiente. Me estaba retirando cuando me dijo «llévatela» y señaló la calle. Se refería a la destartalada silla roja de la vereda, que había acogido el cuerpo de Miguel quién sabe por cuánto tiempo, y que ahora, desde un recodo de la casa, parece vigilarme mientras escribo estas palabras.

18

Un buen día, al poco tiempo de la muerte de Miguel, desperté resuelto a desocupar el piso de la calle de Ferraz y devolverle las llaves al casero. Me sentí anímicamente habilitado, pero además financieramente urgido, pues los gastos que acarreaba el alquiler de los dos departamentos venían mermando mis ahorros de forma galopante. En el buzón de correo, debajo de una pila de avisos del ayuntamiento y prospectos publicitarios de agencias inmobiliarias, restaurantes de comida taiwanesa, salones de masajes descontracturantes y clínicas especializadas en ortodoncia invisible, había una carta a mi nombre. Me fijé en la fecha: llevaba más de una semana depositada ahí. Era de Erika. Lo supe sin abrir el sobre, y no por los datos del remitente, que no figuraban, sino por los sellos postales de Berlín. Mi primera intención fue tirarla a la papelera, pero desistí. Si hubiese sido un correo electrónico, habría bastado hacer un clic en el ratón para deshacerme del mensaje, pero al tener el sobre en la mano se me hizo difícil no ceder a la tentación de averiguar su contenido.

Al entrar al departamento, me sorprendió lo ordenado que se hallaba. Sin las pertenencias de Erika había reconquistado su antigua amplitud; también su grisura y frialdad. Eché de menos la presencia, en una pared del pasillo, del *Retrato de un artista* que compramos en el Pompidou al salir de una retrospectiva de David Hockney; recién me daba cuenta de que Erika consideraba suya la reproducción pese a que fui yo quien pagó por ella. Me acomodé en un mueble del salón y rasgué el sobre por un costado. No bien desplegué los dos folios escritos a mano, tres fotografías se deslizaron cayendo al suelo. Las recogí.

En la primera, Erika y yo estamos tendidos sobre la cama de sábanas marrones de una cabaña que alquilamos por mi cumpleaños en la sierra de Madrid. Fue en el primer año de la relación. No recordaba esa foto, pero al verla mi memoria restituyó el momento con nitidez. Acabábamos de hacer el amor con una fogosidad que nos dejó exhaustos. Nos duchamos juntos y ella me obsequió unos lentes de sol (que me puse para la foto, haciendo el tonto). Suspendí el recuerdo y me detuve a observar ciertos detalles: la provocativa abertura lateral del vestido de Erika, mi descuidada barba de apóstol, las sonrisas extasiadas que ofrecemos a la cámara, evidencia de una felicidad que entonces no era posible imaginar deshecha. En la otra foto, captada dos años más tarde, se nos ve con trajes de baño, de pie, en la cubierta de un yate en el transcurso de un viaje a Ibiza. Es un día tórrido. Erika se empina para abrazarme. Yo llevo las mismas gafas oscuras. Ese día disputamos a bordo varias partidas de un juego de dados llamado *quispe* y apostamos, con el capitán-conductor como notario, a que el perdedor debía meterse al mar y una vez allí desnudarse. Perdí yo, pero Erika, por solidaridad, o porque se le antojó después de secar cuatro vasos de vodka con jugo de naranja, se lanzó al agua, se quitó el bikini, tijereteó sus piernas para mantenerse a flote, las trenzó con las mías y me besó hasta que comenzamos a hundirnos. En la última foto aparecemos en la terraza de un restaurante de la calle de Orense, tomando cervezas junto a unos amigos peruanos que acababan de mudarse a Madrid. Es un día de invierno a juzgar por las tonalidades del cielo y los abrigos del grupo. Antes habíamos pasado el día en el parque del Oeste y, si la memoria no me traiciona, lo cual es altamente probable, por la noche fuimos al teatro a ver un musical multipremiado que a mí me pareció de una banalidad insultante al punto de quedarme dormido en el intermedio.

Tomé la carta y reparé en la letra manuscrita de Erika: cada palabra estaba separada proporcionalmente una de la otra, las líneas rectas respetaban los márgenes. No habían sido muchas las ocasiones en que había podido apreciar su meticulosa caligrafía, su castellano sin yerros ortográficos, sus frases disciplinadamente cortas. Acerqué las hojas a mi nariz deseando detectar un aroma indeterminado que me remitiera a ella. Enseguida comencé a leer.

Berlín, 30 de junio.

No sé si leerás esta carta. No estoy segura de si sigues viviendo en el piso de Ferraz. Ni siquiera sé si todavía estás en Madrid. Tampoco sé si tienes el mismo número de teléfono que antes. Ojalá esta carta tenga mejor suerte que los correos que envié y no respondiste. Probablemente ni siquiera los viste. Bueno, como sabes, no me gusta andar con rodeos, así que iré directo al grano. Estoy embarazada de ocho semanas. ¿Puedes creerlo? Me hice dos pruebas tan pronto como noté el retraso y ambas dieron positivo. Fui a una clínica para hacerme un análisis de sangre, también positivo. Esperé unos días para contárselo a mi madre. Me dijo que se había dado cuenta desde antes, porque me veía inquieta, muy nerviosa. Verdächtig nervös, *dijo. Obviamente, pensé que debía contártelo, pero como me eliminaste de tus redes sociales supuse que no querías saber nada de mí. Lo discutí con mi familia. Mi madre opinaba que tenía la obligación de decírtelo, mi papá creía que no. Como casi siempre, le hice caso a mi madre. Y, como casi siempre, mi padre resultó tener razón. «No te va a hacer caso», me advirtió.* Er wird dir nicht zuhören. *Te escribí dos mails para darte la noticia, pero también para desahogarme por todas las mentiras de los médicos de Madrid. Esos idiotas,* dümmliche!, *asumieron que tenía problemas casi sin evaluarme y descartaron que fuera un bloqueo temporal por ansiedad, como me ha dicho mi actual ginecóloga. Ese era el asunto: ¡un bloqueo temporal!, ¿te das cuenta? Durante todos esos años pensé que la falla estaba en mí, tú también lo pensaste, y cada mes, con cada sangrado, con cada una de esas manchas, sentía que mi cuerpo me recordaba el error. Yo sabía, por dentro, que era capaz de parir, y si me opuse a los métodos alternativos fue porque esos médicos me parecieron muy poco profesionales. Además, no quería forzar la maternidad. ¿Qué hiciste con esos correos? ¿Los leíste? ¿Los borraste? Como no recibí respuesta, me juré a mí misma que no volvería a comunicarme sin importar lo que sucediera.* Nie wieder. *Pero aquí estoy, contradiciéndome una vez más. Y lo hago por un asunto puntual y delicado. He decidido no continuar con el embarazo. Lo escribo y todavía no lo asimilo. No lo decidí sola, por si acaso. Lo medité mucho, hablé con mi familia, me informé, analicé el tema con una consejera psicológica. Tengo una cita concertada para el próximo lunes en la clínica privada de un médico amigo de mamá. Es un lugar discreto, limpio, y el médico trabaja con un equipo mínimo de asistentes.*

Esto no ha sido nada fácil, como supondrás. Eres testigo de cuánto soñaba con ser madre, pero créeme que así no puedo. So kann ich es nicht machen. *El embarazo llegó ahora que estoy sola y justo en el momento en que busco reinventarme en lo personal y lo profesional. Llevo trabajando un mes y medio en una empresa suizo-alemana que diseña mobiliario de oficina, con un sueldo cuatro veces mayor al que ganaba allá. Es una de las compañías más competitivas de aquí. Encima la oficina queda a cinco calles de Alexanderplatz. Todavía no he firmado el contrato, pero me han dicho que se renueva cada seis meses una vez alcanzados los objetivos del área. No puedo, no quiero, desperdiciar una oportunidad así. ¿Es egoísmo? Prefiero llamarlo honestidad.* Ehrlichkeit.

Pero no es solo eso. Hay dos razones fundamentales para no tener un niño ahora: primero, no le veo sentido al hecho de que crezca lejos de su papá. Yo no quería ser madre solamente, quería tener una familia, que viviéramos todos bajo el mismo techo, que mis hijos crecieran con sus dos padres, no con sus abuelos. ¿Te imaginas lo desgastante que sería para ti venirte a Berlín cada mes a ver al bebé si lo tuviese? No sé, no parece una buena idea. Y mejor no hablemos de las implicancias económicas... no estoy tan segura de que pudieras permitirte un desembolso tan fuerte.

La otra razón está relacionada con el embarazo en sí, en cómo se generó. Hablo de esa noche, sí. ¿Te has puesto a pensar si en serio queríamos que yo quedara encinta? ¿Lo hicimos con esa finalidad? La respuesta para mí está clara: no. Nos dejamos llevar por la emoción, por las ganas de recuperar algo que ya estaba perdido. No nos cuidamos, lo sé, pero hacía tanto que no nos cuidábamos, acuérdate, nos habían dicho que yo no podía concebir.

Necesito que sepas algo: aprecio mucho la etapa que estuvimos juntos. No me arrepiento del matrimonio ni de nada. Aprendí mucho de ti, crecimos, encajamos, creo que fuimos buenos aliados. Pero en los últimos dos años cambiamos. O yo cambié. No hubo una razón en concreto. Pasé a sentirme estancada. Sentía ahogarme en un mar de dudas. Esos altibajos me estaban volviendo, literalmente, loca. Verrückt! *Perdía la paciencia con suma facilidad. Yo no era así de histérica. El trabajo no ayudaba. Tú vivías en tu mundo, absorto en tus cosas, siempre en la computadora. Llegó un punto en que prácticamente no hablábamos. Ni siquiera te dabas cuenta de cuánto me afectaba el no poder quedarme embarazada, solo te ocupabas de lo tuyo. Recuerdo una vez en el teatro que te dije: me acaba de venir la regla. La obra estaba por empezar. Y tú, ¿qué hiciste? Te paraste y te fuiste con el pretexto de la claustrofobia. En otra ocasión similar, te quedaste dormido. No te lo digo para echártelo en cara. Es solo un ejemplo de lo desconectados que andábamos, y una prueba de que quizá nos habíamos precipitado al mudarnos juntos, al casarnos sin conocernos lo suficiente.* Wir kannten uns nicht gut.

¿Pudimos hacer terapia? Sí, pudimos, pero no iba a servir de nada. Todo aquel ambiente enrarecido, tenso, ya era para mí un claro indicador de que las cosas venían mal. Tal vez fui radical, pero necesitaba anteponer mi tranquilidad. Alguien tenía que cortar por lo sano y no ibas a ser tú.

No fue fácil. Nada ha sido fácil. Ni el divorcio, ni el embarazo, ni retomar mi profesión, ni vivir otra vez con mis padres a los treintaitrés años. Quería que mi regreso a Berlín marcara el inicio de un ciclo nuevo, ordenado. Quería empezar de cero, pero no así, no con ataduras, no con un embarazo que no me permite avanzar. Sé que suena duro, pero tengo que aceptarlo. Y no solo yo, los dos tenemos que aceptarlo. Wir müssen es akzeptieren.

Espero que esto no abra más heridas y nos permita cerrar las que ya existen. ¿Por qué no puedo tener un vínculo civilizado con mi exesposo? ¡Aunque sea por correo! La verdad, no sé si esta carta sea un acto de coherencia o una tontería. Da igual. Confío en que sabrás valorar mi sinceridad.

Un abrazo. Eine große Umarmung.

E.

PS: Las fotografías estaban dentro de un libro que me regalaste. Pensé que te gustaría conservarlas.

Bastan dos pastillas para interrumpir un embarazo de ocho semanas: una neutraliza la producción de progesterona frenando el avance de la gestación; la otra origina cólicos y sangrado hasta dejar el útero vacío. Eso me explicó un amigo ginecólogo. Telefonearlo fue lo primero que hice ni bien terminé de leer la carta. Lo segundo fue releerla deteniéndome en aquellas líneas que me habían irritado, que resultaron ser prácticamente todas. Lo del embarazo me dejó perplejo. En un parpadeo recapitulé las muchas veces que fuimos a la cama decididos a ser padres, esos polvos burocráticos, ejecutivos, carentes de toda sensualidad, y la vi a ella resaltando en el calendario su período de ovulación, hablando en el desayuno, almuerzo y cena de su «ventana de fertilidad», y nos visualicé a ambos rumbo al botiquín del baño, noche tras noche, para tomar píldoras de ácido fólico ella, y yo vitaminas para aumentar la calidad espermática. Y avizoré nuestras agotadoras visitas al hospital, al departamento de ginecología, las caras de las parejas en la sala de espera, unas maltrechas por la angustia, otras iluminadas por la dicha. Erika miraba de reojo a las madres primerizas acariciándose el vientre de meses y yo me comparaba mentalmente con sus parejas, preguntándome si acaso el impedimento para fecundar no fuese mío, pero luego los especialistas aseguraban lo contrario y Erika salía devastada de esos consultorios blancuzcos o celestes o amarillos mientras yo la abrazaba sintiéndome estúpidamente viril. También recordé la última vez que hicimos el amor, efectivamente sin protección, medio ebrios, llevados no por el deseo sino por una nostalgia anticipada que esa noche suplantó falazmente al deseo.

En cuanto a la noticia del aborto, qué puedo decir. No es común enterarte en una misma carta de que serás padre y después de que ya no. Al cotejar la fecha deduje que el procedimiento ya había tenido lugar, así que la paternidad me había durado tan solo un párrafo. Lo que más me dolió fue no haber sido tomado en cuenta. Entiendo que Erika tuviera motivos para sentirse asustada, pero era un exceso que se dirigiera a mí como si la concepción de esa criatura no fuera de mi incumbencia. Todo bien con que ella adoptara la resolución final, pero ¿no me asistía el derecho a, por lo menos, esgrimir una opinión, a manifestar si quería ser padre o no?, ¿no hubo un poco de imprudencia, si es que no malicia, en dejarme completamente al margen? Aun cuando ella tuviera nula confianza en mis posibilidades, tal vez sí hubiera podido arreglármelas para ir a Berlín una vez por mes; habría sido triste y laborioso criar un hijo a la distancia, verlo crecer por fotos, abrazarlo cada treinta días, pero podría haber hecho el esfuerzo, podría haberlo intentado. La Erika de antes me habría animado. La Erika de antes no hubiese renunciado al embarazo, al revés, habría dicho que se trataba de *una señal*, y que valía la pena continuar juntos pues *por algo pasan las cosas*, y yo le habría creído y habría asumido la paternidad con ilusión. Por lo leído en la carta, sin embargo, el esoterismo ya no era funcional a sus nuevas pretensiones. Por un momento pensé que era otra persona quien había escrito esas líneas. ¿A qué venían esas expresiones en alemán? Nunca las había empleado conmigo. ¿Eran mensajes cifrados?, ¿qué pretendía decirme a través de ellos?

Por todo eso la carta me dejó un sentimiento dominante de inquina que no pude y tal vez no quise pasar por alto. Me decepcionaba el pragmatismo de Erika, la condescendencia quizá involuntaria, aunque hiriente, que despedían muchas de sus reflexiones. Hasta podía entrever su mueca altiva mientras escribía eso de *creo que fuimos buenos aliados*. ¿Aliados? ¿De verdad no pudo encontrar una categoría más apropiada? ¿O era una ironía? Pero sobre todo me enojaba el hecho de que, a tan pocos meses del divorcio, ella estuviera tan restablecida, tan en control de sus emociones (aparentemente hasta de las mías), mientras que yo, aunque significativamente más repuesto, siguiera siendo de los dos el-que-no-lo-ha-superado. Reconsideré contestarle, pero retrocedí al ver que eso era exactamente lo que ella buscaba, una respuesta para finiquitar su historia conmigo, un broche, un epílogo, un colofón. Me desquité guardando silencio una vez más. ¿Fue inmadurez? Al igual que ella, prefiero llamarlo *honestidad*. A los dos días busqué la carta en el cajón adonde la había desterrado e hice lo único digno que se me ocurrió: prenderle fuego. Activé el encendedor y vi con secreto deleite cómo la flama roía el papel, con una voracidad solo equiparable a la del mar espumoso sobre la arena a la hora imprecisa del ocaso. También me deshice de las fotos, no quería arriesgarme a reencontrarlas en el futuro y padecer un autodestructivo impulso melancólico que me llevara a cometer alguna insensatez. Además, no se me da por conservar fotos, al menos no esas fotos anacrónicas que eternizan o pretenden eternizar los instantes de plenitud vividos por dos personas que, al cabo de un tiempo, atravesadas ya todas las fases del duelo, acaban comportándose como desconocidos que fingen ignorar el pasado en común.

19

«Si te vas, vuelves», me exhortó mi papá el día que le conté que quería estudiar en España. No me atreví a decirle que lo que realmente deseaba era vivir allá por un tiempo indefinido. Irme sin pasaje de vuelta.

—Anda —me dijo—. Pero regresas y pones en práctica aquí lo que aprendas afuera.

Debió sospechar de mis intenciones, porque enseguida, buscando hacerme titubear, sacó a relucir el nombre de mi abuelo, que había muerto un año atrás.

—Eso querría él, que volvieras. Eso te hubiera dicho.

Fue un manotazo de ahogado de lo más burdo. Él sabía cuánto quería yo a mi abuelo, cuánto lo admiraba y respetaba. Había sido un brioso piloto militar. En 1941 fue movilizado al norte para combatir en la guerra contra Ecuador e intervino en el definitorio bombardeo de Quebrada Seca piloteando uno de los aviones norteamericanos denominados *Toritos*, desde el cual vio inmolarse al célebre José Abelardo Quiñones, héroe de la aviación peruana. «¡Macho era Quiñones!, solito mató como a veinte patrullas de monos», contaba el abuelo, dando cifras que diferían notoriamente de las consignadas por los tomos de historia, pero con un convencimiento que las hacía verosímiles. No recuerdo un solo almuerzo en su casa que no estuviera aderezado por las anécdotas del conflicto con los ecuatorianos. Fue por intervenir en esa guerra que le rindieron honores oficiales durante su funeral.

—Tu abuelo era un patriota a carta cabal, tienes que seguir su ejemplo —reiteró mi papá.

Jugar la carta del patriotismo era otro chantaje previsible. Mi padre siempre se ha ufanado de jamás haber vivido fuera del Perú. Si viaja al extranjero, es solo en calidad de turista. Ni en los periodos más deprimentes, ni durante el primer Gobierno de Alan García, ni en la dictadura de Fujimori, se planteó migrar. A pesar de haber vivido algunos episodios de discriminación en el pasado, ama el Perú, o dice amarlo entretejiendo convicción y fetichismo. A mis hermanas y a mí nos inculcó desde chicos ese amor insondable, repitiendo hasta el cansancio que «al país se le trata con respeto y sacrificio» y otras máximas de su propia cosecha. Más que una monserga chauvinista, era la prédica, algo ingenua, es verdad, de un idealista inclaudicable. Sus sermones no hacían tanto hincapié en los símbolos patrios —hasta hoy iza la bandera cada 28 de julio solo porque es obligatorio—, pero hablaban continuamente de la retribución. Esa era la lección a interiorizar: había que devolverle al Perú lo *mucho* que nos había dado. Una lección un tanto controversial, pues, por poner solo un ejemplo, fue mi padre —gracias a la supervisión de mi madre— quien costeó nuestra educación escolar y universitaria en instituciones privadas nada baratas, y lo hizo sin escatimar, con un dinero que no salía precisamente de las arcas del Estado. Pero entiendo o solía entender el sentido de sus palabras cuando nos aleccionaba:

—Al país hay que sacarlo adelante, hijo. Hay que contribuir con su progreso. Son muchos los que se enriquecen a costa suya. Nosotros no. Nosotros tenemos que hacer patria.

El día que le anuncié mi viaje volvió a echar mano de esa figura abstracta que parecía resumir su filosofía de la prosperidad nacional. *Hacer patria.* Mi mamá se sumó al cargamontón. Le gustaba la idea de un hijo que estudiara en Madrid, pero no tanto la de un hijo que se quedara eternamente por allá. Para ella vivir fuera no era un síntoma de curiosidad, sino de alienación.

—Te conviene regresar —me acicateó—. Este es tu país, aquí mucha gente te conoce, te aprecia. Aquí eres alguien, tienes un nombre. Sería una huachafería irte a morir de hambre a otro país cuando aquí dispones de todo lo necesario para vivir bien.

En los ojos de ambos, no obstante, esas órdenes tan incuestionables se sentían más bien como súplicas, lo cual representaba una carga doblemente pesada de sobrellevar, porque las órdenes paternas, en fin, están hechas para desobedecerse, hay cierta épica en no acatarlas. En cambio, qué puede hacerse con las súplicas de los padres sino atenderlas en la medida de lo posible.

Mis hermanas tampoco me lo pusieron fácil cuando les informé de mis proyectos.

—Pero piensas volver, ¿no? —me interpeló la menor.

—Mira, a lo mejor no me adapto a España y estoy de vuelta antes de lo pensado —dije, sabiendo que era mentira. Estaba decidido a que el plan funcionara.

—No le ruegues —arremetió la mayor—. No vaya a creer que queremos obligarlo a vivir con nosotras —estiró el brazo para cambiar los canales del televisor con el control remoto. Hablaba sin dejar de mirar la pantalla. Era el tipo de chica capaz de enrostrarte su indiferencia hasta hacerte dudar de estar vivo. Detuvo su búsqueda en una telenovela turca, y habría subido el volumen si no fuera porque el botón del mando llevaba varias temporadas inutilizable por haberlo machacado tantos años.

—Me voy por un tiempo, no para toda la vida —dije, procurando atenuar una posible confrontación con ambas.

—¿Acaso te va mal en el trabajo? —preguntó la menor.

—Nada que ver, me va muy bien. Es solo que... quiero cambiar de aires —dije.

—¡Ay, por favor! —rezongó la mayor, mortificada, pero estoica—. No le mientas. Si uno quiere «cambiar de aires» se va a Cieneguilla, no a Madrid.

—No le estoy mintiendo...

—¡Entonces dile la verdad! Dile que te apesta el Perú, que estás harto de la casa, que prefieres gastar tus ahorros bien guardados viajando por Europa.

—¿Viajando? ¡Me voy a estudiar!

—¿En verdad estás harto de la casa? —preguntó la menor, a punto de quebrarse.

—Ja. *Estudiar* —metió la cizaña la otra.

—Te arde que sea yo quien se vaya, ¿no? Te encantaría estar en mi lugar, darías lo que sea, por eso te molestas tanto.

—Mira, hijito, aquí el único que no sabe qué mierda quiere hacer con su vida eres tú, a mí no me metas en tu confusión.

—¿Te acuerdas cuando estuviste a punto de irte a Australia con una beca y lo dejaste pasar porque «quedaba muy lejos»?

—¡No me fui porque ya había decidido estudiar aquí!

—¡Mentira!, te echaste para atrás por maricona.

—¡Ya! ¡Cállense! —terció la menor.

La novela turca ahora parecía desarrollarse del otro lado de la pantalla.

A pesar de las desavenencias, la mañana que me embarqué a España, mi hermana mayor fue quien me dio el abrazo más sentido de todos. La menor me regaló una caja con cartas, fotos, golosinas peruanas y un USB con canciones que me había grabado «para el avión». Mis papás se despidieron de mí tal y como se siguen despidiendo hasta hoy cada vez que regreso a Madrid después de visitarlos: con desengaño antes que pena. Los abrazos de mi padre, en particular, nunca han sabido disimular su desazón.

Mis razones jamás los convencieron. Cuando les hablo por enésima vez de la seguridad del barrio donde vivo, del seguro médico gratuito o del funcionamiento envidiable del transporte público madrileño, permanecen callados, como esperando argumentos más convincentes que justifiquen mi apuesta de establecerme lejos. Nunca me lo dirán, pero sé que los he defraudado. Para ellos y mis hermanas haberme ido del Perú equivale a desertar, a traicionar su confianza, a desaprovechar la educación que recibí. Sienten que les fallé, que no estuve a la altura del plan o que lo eché a perder. Hasta cierto punto lo entiendo; mis abuelos migraron a la capital, mis padres se asentaron en Lima, a mis hermanas y a mí nos tocaba asumir el reto de las terceras generaciones: honrar el patrimonio heredado, acrecentándolo. Nos tocaba unirnos, no separarnos. Todos dimos por sentado que así sería. Hasta que me fui.

La última vez que nos vimos en Lima, pese a que mis hermanas se mostraron, en general, solidarias con mi naufragio sentimental, en algunos de sus comentarios Erika, de promotora del divorcio, pasaba a convertirse, como por arte de magia, en la principal damnificada de la separación.

—¡Fue ella quien terminó! —aclaré, como si hiciera falta.

—Solo he dicho que quizá la esté pasando tan mal como tú —se defendió la menor.

—No dijiste *quizá*, dijiste *seguramente* —apunté, dolido.

—Pero es natural que pensemos en ella también —arguyó la mayor—. Es nuestra cuñada. No esperarás que la odiemos de la noche a la mañana.

—Pero si no la han visto más de dos veces desde que nos casamos.

—Tres en total —dijo la menor.

—Ustedes deberían ponerse en mis zapatos, no en los suyos.

—Mejor no hables de deberes, sales mal parado —se impacientó la mayor.

—¿Podemos cambiar de tema? —sugerí. Ahora era yo quien miraba la pantalla y cambiaba los canales. Era casi mediodía, pero seguía en pijama. Seleccioné un noticiero; la conductora daba información alusiva a los recientes comicios. Las imágenes mostraban al presidente electo, metido debajo de su sombrero, saludando a sus seguidores desde un balcón. El jurado de elecciones acababa de declararlo oficialmente ganador.

—¡Estos comunistas van a llevarnos a la ruina! —comentó mi hermana mayor, enervada. Parecía haberse olvidado fácilmente de cuando marchaba contra la dictadura de

Fujimori en sus años universitarios y se hincaba a lavar banderas blanquirrojas en la plaza de armas junto a sus barbudos amigotes de la facultad de Derecho de la Católica.

—Mis papás dicen que vamos a convertirnos en Venezuela —comunicó tímidamente la menor—. Y que el dólar se va a disparar.

—Ha sido tu primera elección, ¿no?, ¿por quién votaste? —me interesé.

—Por Keiko —dijo, con cara de haber probado un alimento vencido.

—¿Y tú? —indagó la mayor—. ¿Votaste allá?

—Sí, voté.

—Conociéndote, eres capaz de haber votado por estos izquierdistas.

—Se ve que no me conoces. No voté por ninguno, dejé la cédula en blanco.

—¡Qué irresponsable! Esos votos son los que han terminado por favorecer a este muerto de hambre. No te entiendo. ¿Acaso quieres que el país se convierta en Cuba o Nicaragua?

—No sabía que estuvieras tan empapada de la política internacional.

—Sí, oye, qué irresponsable —secundó la menor.

—¡Por favor, escuchen al sujeto un minuto! —elevé la voz, señalando la pantalla con el mando—. ¿Ustedes creen seriamente que este tipo puede hacer una revolución?

Me reí con la nariz.

—Bueno, es muy fácil hablar de lo que pasa aquí viviendo cómodamente en España —la mayor lanzó el dardo que venía guardándose.

—¿Qué piensas? —reaccioné, ahora sí mirándola—. Que me la paso tomando cañas y comiendo tortillas en El Retiro mañana, tarde y noche...

—No, me refiero a que...

—¿... o sea que para ti vivir en Europa es sinónimo de comodidad?, ¿no lees las noticias?, ¿no te enteras de lo que pasa más allá de tus narices?, ¿crees que en España nadie tiene angustias ni problemas personales?, ¿sabes acaso cuánto gano al mes?, ¿o asumes sencillamente que la gente, por «vivir en Europa», no la pasa mal?

—Lo que yo creo —persistió la mayor, implacable— es que vives otra realidad. Tú te regresas a Madrid en unas semanas, pero nosotros cuatro nos quedamos aquí sufriendo a estos ineptos, viendo cómo el Perú se va al carajo. Puestas las cosas así, hermanito, me parece que sí, que tú estás muchísimo más cómodo.

Quise recalcarles a las dos que cuando vivía en Lima disponía de mayores *comodidades*, pero tiré la toalla. No hubiese servido de nada. No saben de lo que hablo. Tendrían que vivir fuera para entenderlo. Ningún inmigrante, por más que haya dejado su país por decisión propia, está del todo cómodo. Puedes sentirte admitido, valorado, puedes tener recursos, puedes incluso ser feliz, más feliz de lo que eras en tu país de origen, puedes sentir todo eso y, a la vez, percibir la incomodidad del desarraigo como una astilla incrustada en un resquicio de la piel, un sedimento que no termina de retirarse por mucho empeño que pongas en removerlo.

—Para colmo, en Facebook te la pasas criticando a los peruanos que aquí solo defienden la democracia —dijo la mayor. Me tenía cogido del cuello.

—¿Ahora resulta que las críticas tampoco son válidas?, ¿a esa intolerancia le llamas democracia?

—Escribir desde allá me parece una imprudencia. Además, te expones a que te digan de todo. Varios de mis amigos me han preguntado: ¿qué le ha pasado a tu hermano?

—Me tienen sin cuidado esos comentarios. No escribo para gustarle a todo el mundo.

—¿Entonces por qué lo haces? —retrucó la menor.

Me quedé sin respuesta.

Quizá la verdadera pregunta era, y sigue siendo, por qué no puedo dejar de hacerlo, por qué me siento impelido a poner por escrito mis opiniones sobre un país al que ya no estoy tan seguro de pertenecer. A lo mejor escribir sobre el Perú sea la única manera que tengo de aferrarme a él, aunque ese acto venga acompañado de una paradoja intrínseca, una insoslayable ambigüedad, pues en el fondo, por muy juiciosa que pudiera ser mi interpretación de lo que allí ocurre, el país del que hablo cuando escribo es el país donde transcurrieron mi infancia, mi juventud, el comienzo de mi adultez, es decir, el país de un hombre que ya no soy, que ha venido desdibujándose a pasos agigantados. Un país que dejé hace casi diez años y tal vez ya solo exista en mi memoria.

—A veces da cierta culpa vivir fuera —dije.

—Tú te fuiste solito, nadie te botó —me refregó la menor, encogiéndose de hombros.

—Para colmo, te comunicas con las justas —añadió la otra—. Pueden pasar semanas sin que sepamos nada de ti. Si esta vez no te llamábamos, tal vez ni nos enterábamos de tu separación con Erika.

—Igual a cuando éramos chicos. Nosotras teníamos que insistirte para que vinieras a jugar.

En algún libro leí una teoría según la cual el hermano del medio tiende a fugarse, a alejarse del redil, a diluirse y complicarse la vida más que los otros integrantes del elenco: es el hijo autónomo, desapegado, conflictivo, el claustrofóbico que pugna por salir al aire libre, el solitario que demarca su parcela, el neurótico que se siente aprisionado entre dos hermanos (o entre dos países). Desde que vine a España mi relación con ellas cambió, se enfrió. Sin cotidianidad, ahora solo nos queda el pasado, ese es el único lazo que tenemos en común. Lo comprobé en Lima: nuestras acaloradas discusiones, por política o por lo que fuese, se tornaban cada vez más agrias, y la única posibilidad de zanjarlas era recurriendo a los recuerdos de la época en que dependíamos de nuestros padres: los opíparos desayunos dominicales, los cuentos y canciones que nos enseñaron los abuelos, los carnavales con talco en un balneario del Sur, nuestras ventas de garaje en las que ofrecíamos cualquier adefesio a los peatones a cambio de monedas que gastábamos en unos trozos de hielo bañados en colorante llamados «marcianos», los juegos donde yo sufría muertes tempranas y sanguinolentas, las indecorosas actuaciones del colegio, los viajes e, indudablemente, las míticas vacaciones en Paucarbamba en casa de los Trinidad. Esos recuerdos bien cimentados aún hoy consiguen contrarrestar los sinsabores. Sin ellos, el nexo con mis hermanas sería insostenible. Con mis padres es igual: la mejor etapa juntos ya pasó, ya la vivimos, sería necio negarlo, todo lo que antes nos parecía irrompible se ha marchitado. Y si hay algo que decir sobre el tejido familiar, es que no se regenera cuando sufre lesiones, solo se deteriora.

—Esto te va a hacer madurar, vas a ver —sentenció la mayor, y se sentó más cerca para darme unas benevolentes palmadas en la espalda.

—A lo mejor y hasta te dan ganas de volver —supuso la otra con un simulacro de sonrisa.

Les seguí la corriente un rato, pero me invadieron unas ganas irrefrenables de confesar ahí mismo que, a despecho de todos los remordimientos que me carcomían la cabeza, cada día que pasaba se anidaba en mí con más firmeza la terca voluntad de no vivir nunca más en el Perú. Me pregunté cómo reaccionarían.

—¿Ya puedes cambiar de canal? —pidió la menor—. Me pudren las noticias.

20

Antonio era un compendio de historias, propias y ajenas. Ciertas o no, una era más atrapante que la otra. Nada que ver con esos taxistas verborreicos que te atosigan con un monólogo insufrible, arrastrándote a una charla que no quieres sostener y que suele derivar en debates poco fructíferos acerca del porvenir de la humanidad o cargantes asuntos por el estilo. Antonio era el caso opuesto. Como una rocola que surte canciones al hacer ingresar una moneda en su mecanismo, él repartía historias a medida que la conversación lo demandaba. Me contó que un día subió a su auto un ecuatoriano bajito que años atrás había viajado a Japón a buscar fortuna e incursionó en diferentes negocios. Un día recaló en una agencia de empleos en la ciudad de Nara, cuyo dueño, hombre hermético, de perfil bajo, que no se dejaba ver en público, le confió el local y se mudó a otra provincia. El ecuatoriano administraba la agencia de lo más campante, ignorando que las muchachas latinoamericanas que él asignaba a distintas casas para dar servicio doméstico en realidad cobraban subrepticiamente por prestaciones sexuales. Algunos de los mandos medios de la *Yakuza*, la mafia japonesa, eran parte de su clientela. El ecuatoriano les contestaba el teléfono sin tener la más peregrina noción de que estaba dialogando con cruentos sicarios, destemplados narcotraficantes, en fin, criminales de la peor laya. Un vecino alertó a la policía de la presencia de «un sudamericano que trafica con mujeres y anda coludido con mafiosos». Los agentes le cayeron encima, lo esposaron sin siquiera averiguar su nombre, y a los tres días un tribunal sumario lo condenó a pasar doce años en prisión por proxenetismo y trata de blancas. Todo sucedió tan rápido que cuando el ecuatoriano quiso protestar, ya estaba sentado en una celda, con un mono azul por toda vestimenta, ni más ni menos que en la cárcel de Nagoya, famosa por concentrar a lo más graneado del hampa oriental y por la hostilidad bestial con que los presos más avezados reciben a los primarios. Una noche vio cómo un reo le abría la cara a otro con un destornillador, sin ningún motivo. «Era el bautizo», le comentó a Antonio. El drama no concluía ahí. El mismo día en que cayó en desgracia, su esposa era ingresada al quirófano de un hospital de Nara para dar a luz al único hijo de ambos. A los seis años, tras merecer beneficios carcelarios por buena conducta, el ecuatoriano recobró su libertad bajo la condición de salir inmediatamente de Japón y no volver a pisar ese suelo. Ni tiempo tuvo de despedirse de su familia. Se mudó a España, empezó otra vida. Cuando le relató a Antonio estos incidentes, su hijo ya tenía trece años. Nunca lo había visto en persona.

En otra ocasión, un pasajero colombiano que rengueaba de una pierna le contó cómo había sobrevivido a un disparo por la espalda. Era el menor de los siete hijos de un acaudalado empresario bogotano, cuya esposa había fallecido años atrás. El día de los hechos, el muchacho y su padre estaban solos en casa, una mansión que ocupaba media cuadra en el barrio de la Macarena. Una camarilla de seis hombres encapuchados violentó la puerta y los condujo a empujones al sótano, donde se escondía la caja fuerte. El empresario, maniatado en una silla, se negó a darles la clave y lo masacraron a culatazos. Pasados unos minutos, ante la frustración de no consumar el robo, los delincuentes cayeron en discordia: tres de ellos eran partidarios de matar a los dos rehenes y abandonar el inmueble cuanto antes, mientras los otros optaban por seguir torturando al millonario hasta que les diera la combinación. De un momento a otro el hijo logró soltarse de las cuerdas, se puso de pie y, ante la desatención general, empezó a correr hacia la puerta. Uno de los asaltantes, el que hacía las veces de jefe o líder, le ordenó a su lugarteniente dispararle, pero este lo desafió preguntando «¿por qué no lo hace usted?». Fue entonces cuando el chiquillo, el hijo menor, frenó al reconocer la voz quejumbrosa del mayor de sus hermanos, quien llevaba meses distanciado de la familia porque el padre se negaba a facilitarle una cuantiosa suma de dinero, temeroso de que anduviera en líos de drogas. El chiquillo volteó, acertó a adivinar los ojos de su hermano mayor a través del pasamontañas y gritó su nombre, poniéndolo al descubierto. El padre empalideció. «¡¿Eres tú, infeliz?, ¿eres tú?!», vociferaba, sin terminar de creer o de aceptar que su propio hijo fuera uno de sus verdugos. El jefe sacó su arma del cinto, descerrajó un primer tiro en la cabeza del hermano encapuchado y otro en el corazón del empresario. Los dos murieron en el acto. Cuando el hijo menor quiso apretar el paso para escaparse, dos balazos lo tumbaron al suelo. El primer proyectil perforó uno de sus pulmones por la retaguardia, y salió por la axila; el segundo, le magulló gravemente la pierna izquierda. Los delincuentes lo creyeron muerto y desalojaron la casa en estampida antes de que llegaran los vecinos, seguramente alarmados por el tiroteo. Segundos antes, uno de los ladrones había logrado abrir la caja fuerte: estaba vacía. Para no ser desvalijado, el viejo ocultaba precavidamente sus fajos de dólares dentro del relleno de las sillas tapizadas de la sala y del comedor. La noticia tuvo un gran despliegue en las crónicas rojas de los diarios y la televisión. El muchacho nunca se recompuso del todo y fue enviado a España por su familia ante el riesgo de represalias. Tomó pocos años descubrir que los asaltantes eran miembros de una división de la policía federal. Para entonces, el hijo ya se había cambiado de identidad.

SEIS

Gordon Clifford y Matías se encontraron por tercera vez el 4 de noviembre de 1943, a casi tres meses de los eventos de la Operación Gomorra. Postrado en una litera del pabellón psiquiátrico del hospital de Lake Placid en Nueva York, bajo los efectos de fármacos que lo inducían prolongadamente al sueño, Matías no notó la presencia de su amigo en un primer momento. El teniente coronel Robert Ellsworth fue quien contactó a Clifford para ponerlo al tanto del paradero del muchacho. Tuvo suerte. Antes, en los últimos días de julio, lo había telefoneado sin éxito cuando Matías volvió de Hamburgo en aquel estado de conmoción que tanto preocupó a sus compañeros y superiores en la base de Molesworth. Tampoco logró comunicarse con el banquero cuando quiso informarle que Matías, supuestamente ya restablecido del estado de shock, había solicitado su baja ante el mayor general Peter Lewis Brown alegando «incapacidad moral» para continuar en el servicio. En ambas ocasiones el teléfono de Gordon Clifford sonó como si estuviese descolgado. De hecho, lo estaba. Manuela Altamirano había contraído una meningitis bacteriana en el hospital de Long Island donde llevaba años internada, y él se desentendió de todo lo que no tuviese relación con la recuperación de su mujer. En la madrugada del octavo día de la enfermedad, al término de una larga noche de vómitos, convulsiones e insoportables dolores de nuca que ni los más potentes antibióticos lograron remitir, Manuela murió en los brazos de su esposo. A las dos noches del deceso, pese a no querer conversar con nadie, por puro convencionalismo, Clifford devolvió el auricular del teléfono a su sitio. A los veinte minutos el aparató timbró. Era Ellsworth.

La mañana siguiente, al ingresar a la habitación de Matías, Clifford lo encontró aún dormido por la sedación. Pasó diez, doce minutos contemplando su semblante cadavérico, la frente atravesada por surcos que parecían tallados con un objeto punzante y rudimentario, los pómulos huesudos, los labios atrofiados. Cuando a la media hora Matías por fin levantó los párpados, reconoció el brazalete negro en la manga derecha de la chaqueta de Gordon Clifford y eso le bastó para comprender su reciente condición de viudo. No dijo nada al respecto, el banquero tampoco esperaba que lo hiciese, en realidad, no sabía qué esperar de ese joven enfermo cuyo aspecto no guardaba vinculación alguna con el Matías saludable al que dos años atrás él había persuadido de alistarse para la guerra. Se acomodó en la orilla de la cama buscando un claro entre las sábanas blancas y recogió la cabeza del muchacho como en una escena renacentista. Al rodearlo con los brazos sintió como si abrazara a un pájaro malherido. Malherido y enjaulado. Había llorado tanto la muerte de Manuela Altamirano que ahora solo podía reaccionar a la transformación física de Matías con una tristeza árida.

El médico tratante, el doctor Bernard Larkin, hizo su aparición y se presentó con una leve reverencia, pero Clifford solo fue capaz de encañonarlo con una mirada incriminatoria, como preguntándole qué habían hecho con Matías, y asegurándole que ningún argumento, por muy científico que fuera, conseguiría apaciguar su indignación. El doctor Larkin, quien seguía la evolución del aviador desde su arribo a Lake Placid, le pidió acompañarlo al pasillo «para comentar en privado el estado del paciente». Con una seña, Clifford le hizo saber a Matías que volvería enseguida; el chico le sonrió con dos hileras de dientes corroídos. Clifford habló con Larkin cerca de cuarenta minutos. Ese sería el primero de los testimonios que recabó para reconstruir lo sucedido y así entender cómo su querido amigo, su hijo adoptivo, se había convertido en aquel estropajo.

La tarde del 25 de julio, al descender del B-17 en el que bombardeó Hamburgo, Matías fue llevado de inmediato al hospital de Molesworth por orden del capitán del *All Americans*, Dave Hillard. Más allá de los temblores y la sudoración excesiva, fueron las alucinaciones del teniente lo que tuvo en vilo a los enfermeros que lo trasladaron: por un lado, se recriminaba con dureza llamándose «asesino, asesino»; por otro, balbuceaba la excusa artificiosa de que «solo cumplía órdenes». Las voces que batallaban en su interior le quitaban oxígeno. Al desnudarlo, los enfermeros notaron que tenía la piel gris, como si su cuerpo estuviese revestido por una resistente capa de polvo. El doctor de la base, Gregory Savage, coligió que se trataba de un cuadro de síndrome traumático patológico y lo sometió a una cura de sueño. Despertar le tomó una semana y media, cuando la Operación Gomorra recién concluía. Tres cuartas partes de Hamburgo habían sido devastadas por la Octava Fuerza Aérea de Estados Unidos y la Royal Air Force, matando a cuarentaicinco mil personas (aunque los rumores iniciales hablaban de más de doscientas mil). Matías no recordaba nada. De a pocos los *flashbacks* fueron proyectándose como láminas, primero de manera segmentada, luego con mayor ilación, hasta componer una pesadilla inmutable que, al mejor estilo de una película continua, se reiniciaba no bien llegaba a su final. No solo lo martirizaban los recuerdos esperpénticos de los treintaisiete minutos que duró su participación en la misión, sino el terrible presagio de lo que sucedió a continuación, lo que no logró ver. En la academia de bombardeo le habían enseñado cuál era el máximo grado de destrucción que podía obtenerse con aquellas bombas juntas, pero el pálpito le decía que en Hamburgo ese grado había alcanzado límites pavorosos. No se equivocaba.

Para el verano de 1943, los habitantes de Hamburgo se habían acostumbrado a ver pasar aviones enemigos, pero también a que siguieran de largo, rumbo a Lübeck, Kiel o Rostock. La mayoría seguía cumpliendo los protocolos de seguridad, pero muchos ya no corrían a buscar búnkeres públicos al oír las alarmas, como al principio, sino que permanecían en su perímetro, sin interrumpir del todo sus labores. Las autoridades habían previsto que, de ocurrir un bombardeo, este se produciría de noche y estaría a cargo de los Lancaster británicos, no calculaban la posibilidad de una ofensiva diurna a manos de los estadounidenses. Es más, creyendo que la ciudad se volvería infranqueable sumiéndola en la oscuridad, se dispuso un *blackout* obligatorio pasadas las siete de la noche. En las carreteras, los conductores manejaban entre sombras, pues los faros delanteros de los autos debían llevar una capucha que solo dejaba pasar la luz mediante una minúscula abertura central. Los residentes tenían que apagar las luces al sonar las alarmas. Ni siquiera se permitía fumar en las calles: la lumbre de un cigarro, a mil quinientos metros de altura, podía convertir a un fumador inocuo en un farol imprudente. La penumbra, sin embargo, en vez de funcionar como escudo o camuflaje, resultaría una invitación al bombardeo indiscriminado.

Durante nueve días y nueve noches, entre el 25 de julio y el 3 de agosto, los norteamericanos e ingleses dejaron caer sobre Hamburgo miles de bombas de fósforo y magnesio, provocando un incendio que, al entremezclarse con los vientos propios de un verano insospechadamente seco, adquirió tal fuerza que dio pie a una tormenta de fuego jamás imaginada. El centro de la tormenta llegó a concentrar hasta mil cuatrocientos grados centígrados y las llamas cobraron una altura tal que hasta los pilotos podían sentir la temperatura dentro de sus aparatos metálicos al sobrevolar los edificios. Los bomberos no tuvieron ninguna oportunidad de contener los siniestros producidos en simultáneo, pues la central de agua que alimentaba la red de tuberías local fue la primera instalación en ser desmantelada; además, las vías de acceso a las zonas más castigadas se hicieron inasequibles debido a los boquetes abiertos por la cascada de bombas. Para cuando los camiones y mangueras entraron en acción, ya era tarde: una voraz marea roja avanzaba descontroladamente, a doscientos setenta kilómetros por hora, a lo largo de las calles, nutriéndose del material inflamable apilado en los techos de las viviendas. Al chocar contra los inmuebles, el tornado de fuego cambiaba de curso en tromba, propagándose sin cesar hacia otros distritos y a su paso arrancaba árboles de raíz, fundía vallas publicitarias, despedazaba cornisas como si fuesen de cartón-piedra, hacía estallar autos desintegrándolos, y a las personas que, en su desesperación por buscar a sus familiares, resbalaban o tropezaban entre sí, las convertía en antorchas humanas que se movían a ciegas dando escalofriantes alaridos. En tan solo quince minutos los barrios de Hammerbrook, Hamm, Billwerder Ausschlag, Sankt Georg, Borgfelde y Rothenburgsort fueron arrasados, así como varias zonas residenciales de Eilbek, Barmbek y Wandsbek. En las mansiones de los dos o tres barrios retirados donde las llamas no causaron estragos, los dueños de casa sintonizaban óperas wagnerianas en la radio, y forzaban a sus niños a leer *Alicia en el país de las maravillas* o *El príncipe feliz* para distraerlos del ulular de las sirenas, la vibración de los cristales y el sobrecogedor silbido de los aviones aliados, mientras ellos bebían café en el balcón estival, con la mirada clavada en ese rincón del horizonte del cual provenían terroríficos resplandores, sin tener cómo figurarse que, de más grandes, sus hijos serían los primeros interesados en rastrear el porqué de esos sucesos.

La segunda tanda de bombas, más que demoler los edificios, remeció sus cimientos: volaron puertas, arrancó las ventanas de sus marcos, lo que permitió que las corrientes de aire invadiesen las moradas y avivaran las llamas. Una vez dentro de los edificios la marea roja pulverizaba los muros de ladrillo, quebraba las botellas de vidrio, devoraba muebles de madera y, si lograba penetrar hasta los sótanos que servían de refugio, algo que fatídicamente ocurrió en casi todas las construcciones afectadas, bastaba que el fuego entrara en contacto con los sacos de carbón que las familias solían almacenar allí, para cocinar en el acto a los veinte o treinta hombres, mujeres y niños acurrucados con sus mantas en el piso.

En el puerto, el viejo Karsten se aventuró a dejar el astillero a pesar de las exhortaciones de sus compañeros. Se había encerrado con ellos, dando por descontado que el bombardeo duraría quince o veinte minutos, pero al ver que el hostigamiento era continuo, no lo pensó: abrió la puerta, se quitó la arcilla blanca de la cabeza y se marchó diciendo que debía proteger a su familia. Una vez fuera le impactó ver el cielo copado por nubes rojas y negras de palmo a palmo, sin una sola rendija de luz. Vio atónito cómo ardían los almacenes y cobertizos, cómo los puentes se partían por la mitad, cómo los trenes se hundían en las dársenas como si una criatura submarina los tragara pausadamente. Tuvo miedo, dudó, casi retrocede, pero se escabulló por una estrecha salida de la zona de carga. Una vez en el paseo marítimo oyó el monótono estruendo de las baterías antiaéreas disparando contra los aviones y avistó una nave precipitándose al mar con la velocidad de un cometa, dejando atrás una estela curvada que tardó en evaporarse. Racimos de bombas sibilantes empezaron a explotar cerca de su posición, transmitiendo la sensación de una cadena de sismos de corta duración, aunque de gran intensidad. El viejo Karsten daba una zancada y se colocaba en el primer cráter formado, guiado por la corazonada de que era mínima la probabilidad de que el siguiente proyectil cayera en el mismo lugar. Usó esa táctica hasta cruzar la frontera del erosionado barrio de Sankt Pauli, donde buscó cobijo en lo alto de un montículo de restos cuya procedencia no se detuvo a investigar. Cuando pudo, se irguió y obtuvo una visión panorámica que le heló la sangre. El abuelo no daba crédito a lo que veía. Había creído que el bombardeo se circunscribía al área del puerto, pero ahora descubría que no, que toda la ciudad se encontraba bajo el imperio de las llamas. Ahí donde volteaba el espectáculo infernal lo dejaba petrificado. Por todos lados caían copos de ceniza. En los huecos de las ventanas de los poquísimos edificios en pie las cortinas ardían mecidas por ventarrones que no dejaban de gemir. Entonces el viejo Karsten vio hombres o siluetas de hombres rompiendo puertas para huir de sus casas llevando en las manos una o dos maletas de cuero: algunos eran engullidos instantáneamente por la marea roja; otros, envueltos en toallas empapadas, conseguían llegar hasta la calle, pero a continuación se quedaban pegados en el asfalto que borboteaba de calor y comenzaban a revolcarse y derretirse en medio de unos chillidos que no eran de este mundo. Vio gente enardecida correr bajo el polvo con la cabellera chamuscada, la ropa arrancada por los vientos termales, negándose a soltar los baldes de aluminio donde llevaban provisiones, y en segundos sucumbir a merced de la tormenta. Vio a hombres mutilados, absortos, cubiertos de fósforo, clamando por agua. Vio a mujeres enloquecidas tomar a sus hijos de los cabellos y lanzarlos a los estanques, aunque no supieran nadar, pues eso era preferible a verlos abrasados por remolinos de fuego. Vio a un grupo de hombres y mujeres andar erráticos antes de saltar a un canal creyendo que así se salvarían, y contorsionarse mientras eran cocidos por el agua hervida. Vio a hombres vivos que parecían muertos toparse con hombres muertos que parecían vivos. Vio a dos caballos salir de un negocio de transporte desbocados, encendidos, relinchando de dolor o de locura en medio de las tinieblas. Vio tres coches de bebés volar por los aires achicharrándose. Vio un piano Bösendorfer surcar el cielo y estrellarse contra el pedestal de un monumento a Adolfo III. Vio fragmentos de lápidas del cementerio de Ohlsdorf y alcanzó a divisar el camposanto íntegramente profanado por las bombas. Vio discurrir a gente con los brazos tostados y la cabeza en carne viva, destapada, con partículas de cerebro goteándoles por las ranuras de las sienes partidas. Oyó los ruegos exasperados de personas atrapadas en búnkeres que, bloqueados por piedras voluminosas, eran ya mazmorras ardientes. Algunos individuos lograron escapar de esos recintos, pero al pisar las aceras hirvientes literalmente se fundían en ellas, y en pocos minutos se convertían en charcos de grasa humana. Las escenas del cataclismo eran tan atroces, tan grotescas, que el viejo Karsten, desorientado como estaba, sintió sus fuerzas aminorar de golpe. No se dio cuenta cuando las bombas dejaron de agitar el pavimento, pero sí notó que las explosiones se oían cada vez más lejos y que el fuego, como la variante de un vasto mar anaranjado o un río de lava incandescente, enfilaba surreal hacia Altona después de consumir por entero las pobladas manzanas de Sankt Pauli. Descendió del montículo a rastras y caminó un largo trecho entre vericuetos, cuidándose de las llamas, esmerándose por distinguir entre las columnas de humo la antigua división de las calles ferozmente azotadas. Sobre el dintel de un par de portales que aún no se habían venido abajo vio unas placas con una numeración correlativa que ahora carecía de completo sentido. De tanto moverse entre las ruinas, de pronto se le hicieron invisibles. A su alrededor el suelo ardía, a una distancia media se escuchaban llantos, súplicas, crujidos, objetos, acaso letreros, que se desprendían de sus estructuras y caían con violencia. Pateó sin querer una lata de manteca de cerdo y solo ahí recordó que llevaba dos días sin comer, pues no había alcanzado a hacer efectiva la cartilla de racionamiento semanal. No tenía hambre, sin embargo. Ni hambre ni sed. Se concentró en respirar, pero inhaló un profuso olor a brea quemada que le hizo fruncir la nariz. Un conjunto de árboles arqueados y los contornos reconocibles de unas fachadas semiderruidas le sirvieron de referencia para saber que se hallaba en Bernhard-Nocht, su calle. Siguió por ahí, con un vacío entre el pecho y las entrañas que iba ensanchándose a medida que daba un nuevo tranco. Sus latidos se sucedían a un ritmo frenético, pero cuando desembocó en lo que, supuso, era la última cuadra y encontró una montaña de escombros donde hacía solo unas horas se erguía su edificio, en cuyo sótano su familia se había guarecido del bombardeo, su corazón dejó de palpitar, como si hubiese sido abruptamente reemplazado por un trozo de hielo seco a punto de cuartearse. Un bombero con máscara antigás de la Feuerschutzpolizei, la policía de protección del fuego, se le interpuso. El abuelo estaba dispuesto a forcejear con tal de internarse y buscar a los suyos. En eso vio a un segundo bombero salir de las profundidades ruinosas, tiznado de hollín, caminando cansinamente, como si llevara a cuestas un peso considerable. El viejo Karsten lo identificó y empezó a mover los brazos. «¡Hey, Walther, aquí, aquí!». Era Walther Berger, el hijo mayor de Alfred Berger, un colega del astillero que vivía en las afueras. El muchacho se acercó resoplando a través de la máscara, el casco de acero en el sobaco, los guantes embadurnados de mugre. El viejo avanzó a empellones entre los demás civiles que pugnaban titánicamente por traspasar el cerco de seguridad. «¿Los has visto?, ¿estaban en el sótano?», le inquirió a Walther Berger apenas lo tuvo enfrente. El otro bajó la cabeza, no quería entrar en contacto con los ojos trémulos del anciano. «¡Dime que los has visto!», le suplicó, «¡dime que están vivos!». El joven bombero alzó la vista, se limpió la boca con la manga del uniforme y escupió la única expresión que sintió apropiada: «Lo siento, señor Roeder, lo siento de verdad». Quiso abrazarlo, pero el abuelo retrocedió mientras su rostro boquiabierto se contraía en una mueca de estupefacción. «Tengo que verlos, déjame pasar, tengo que verlos», gruñó sin aliento. Walther Berger soltó su casco y lo atenazó con los brazos. El viejo Karsten intentó zafarse, por poco lo consigue, sus músculos entrenados en la reparación de

231

embarcaciones, aunque cansados, aún le respondían. Pronto acudieron dos agentes más, se le abalanzaron y solo entre los tres lograron reducirlo. Entonces se desplomó y comenzó a hacer infructuosos llamados a Ingeborg, su esposa; a sus hijas e hijos, Ilse, Christa, Elke, Klaus, Rainer, Helmut; a sus nietos, Günter, Angelika, Wolfgang; a Helga, su madre, de casi cien años. Sus aullidos eran ininteligibles. «¡Están muertos, señor!», le dijo Walther Berger, conmovido. En una época había visitado el apartamento de los Roeder como pretendiente de Elke, la tía más joven de Matías, y pese a que el noviazgo no cuajó se decía que Walther no la había olvidado. «¡Tengo que verlos!, ¿entiendes?», se desgañitaba el viejo, desmoronado en el suelo, aún sujetado por los bomberos, que ya no ejercían tanta presión en sus brazos. «¡Déjame verlos!», bramó, incrédulo, fuera de sí. Walther se contuvo de sopapearlo, a cambio, para que entrara en razón, lo zamaqueó como a un niño testarudo. «¡No hay nada que ver ahí!, ¿comprende? ¡están muertos!, ¡están carbonizados!», le espetó. El abuelo Karsten dio un respingo, dejó los gimoteos, sacudió los hombros enérgicamente para soltarse de sus celadores y lo miró con perplejidad. Walther Berger descifró sus pensamientos con exactitud y volvió a agachar la frente antes de rematar: «No murieron por el derrumbe, señor Roeder, fue por el fuego… sus cuerpos están… irreconocibles». La combinación de palabras del bombero, o la parquedad con que fueron dichas, desolaron al viejo. Durante lo que quedó del día permaneció en un extremo de la calle, varado sobre una colina de cascotes, viendo cómo trabajaban las brigadas de emergencia, esperando irracionalmente una señal que desmintiera la versión de los hechos que había recibido. Pensó en Edith, su única hija viva. Pensó en Matías, su nieto peruano, y tiritó al percatarse de que ya no tendría familiares que presentarle, ni casa donde acogerlo, ni ciudad que recorrer juntos el día que viniese, si es que acaso vendría. Ese pensamiento fue lo último que ocupó su mente antes de quedarse en blanco. El caos y las volutas de niebla caliente no hacían más que incrementarse en torno suyo. El cuadro era de un patetismo lúgubre. Nadie reparó en la ausencia del abuelo cuando se marchó tres horas después, silencioso e incompleto. Nadie se interesó por la identidad de su cuerpo cuando apareció flotando a los dos días en las aguas del Elba, muy cerca de los restos del astillero de Blohm, con los ojos carcomidos por los peces. Y desde luego no hubo nadie que lo echara en falta, nadie que indagara por él en hospitales, enfermerías o conventos, y nadie que moviera un solo dedo por darle cristiana sepultura.

Matías salió de la cura de sueño en el hospital de la base de Molesworth sin saber nada de eso, pero intuyéndolo de cierta manera, como si su abuelo, en un esfuerzo sobrehumano por desdoblarse y comunicarse con él antes de quitarse la vida, le hubiera transferido telepáticamente una borrosa síntesis de sus visiones. Lo que el viejo Karsten había atestiguado, sin embargo, era solo una fracción de los daños causados en Hamburgo. Culminada la Operación Gomorra era difícil saber cuándo amanecía y anochecía pues, por una semana o dos, una extensa porción del cielo estuvo cubierta por una espesa e inamovible nube negra de ocho kilómetros, lo que entorpecía aún más las tareas de rescate y agudizaba la odisea de los sobrevivientes que, a la par que intentaban en vano recuperar sus pertenencias, se preguntaban aturdidos si algún día volverían a ver el sol. El viejo Karsten ya no presenció aquello. Tampoco vio a los hombres y mujeres de rostros severamente hinchados por las quemaduras que atravesaban la calzada como espíritus, ahuyentando las chispas que pululaban en el aire, llamando a viva voz a sus parientes por nombre y apellido, queriendo convencerse de que aún los encontrarían vivos. No vio las numerosas rumas de cadáveres apiñados, desnudos, con las plantas de los pies renegridas, tan tiesos que parecían montañas de maniquís articulados. No vio cómo los muertos empezaban a descomponerse, cómo su fetidez atraía a

233

repugnantes jaurías de ratas gordas que chillaban escurriéndose entre los cuerpos tumefactos, y a lentos enjambres de moscas verdes de alas gruesas que copulaban sobre la piel podrida de esos seres sin vida, enjambres cuyo zumbido ensordecedor se volvió rutinario para los damnificados en sus diarias expediciones por la candente superficie lunar por la que ahora se sentían deambular. No vio a los chiquillos rostizados en sus bicicletas retorcidas. Ni a los hombres asfixiados dentro de los fierros de sus autos, con las manos rígidas, purpúreas, aún asidas al timón. Ni a la mujer decapitada que, sentada en un banco del Hammer Park, seguía amamantando al bebé que sobrevivió en sus brazos. No vio a los policías de chaleco azul pegándoles el tiro de gracia a los moribundos que agonizaban en las calles. No vio el reloj inservible en la desfigurada torre de la iglesia de San Miguel, ni las aparatosas campanas de bronce que rodaron hasta quedar amontonadas al pie de la iglesia de San Nicolás, convertida en una gigantesca pira humeante. Ambos templos se habían incendiado con la grandilocuencia con que arden los santuarios, como si con ellos también ardieran la fe, los rituales sagrados y el eco de las palabras pronunciadas o evocadas por los millones de fieles que a lo largo de siglos concurrieron allí buscando desahogo o alguna forma inmaterial de redención. El abuelo no vio los millares de barras de estaño y finas tiras de papel aluminio, ennegrecidas en el dorso, que cubrían los parques exterminados por la tormenta: los Lancaster ingleses los habían dejado caer junto con las bombas para neutralizar los radares nazis, creando campos magnéticos que impidieron a los alemanes interceptar las naves aliadas. Los sobrevivientes creían que esas tiras y barras podían ser tóxicas y se cuidaban de no tocarlas. Los aviones también habían soltado octavillas panfletarias en las que se demostraba con cifras por qué Alemania tenía que perder la guerra. Pero el viejo Karsten no llegó a ver nada de eso. No vio a esos niños desquiciados que tenían la edad de la guerra y limpiaban el interior de un edificio de tres pisos que, sin techo, paredes, ni ventanas, con las tuberías expuestas, parecía el esqueleto de una tétrica casa de muñecas. No vio las cruces negras que indicaban el punto donde se había logrado enterrar los despojos de unos cuantos. No vio las insólitas chimeneas que emergían de una metrópoli subterránea poblada por difuntos. No vio a las mujeres vendadas que hurgaban insaciablemente entre la maleza y los cerros de desperdicios en pos de cualquier elemento reutilizable para canjearlo en el mercado negro por patatas, un cuenco de sopa, un atado de leña, un manojo de verduras sucias o una pastilla de jabón. Para muchas de ellas no había más salida que prostituirse a cambio de una rebanada de pan rancio con margarina o un puñado de castañas tostadas que llevar a sus hijos. No vio el ajusticiamiento de los saqueadores de tiendas y de todos los forajidos que, buscando sacar réditos de la desgracia general, se adueñaban de abrigos, cajas de vino, aparatos de radio o enseres ajenos. No vio a sus vecinos de toda la vida, los Biermann y los Göring, unirse a la diáspora del millón de personas que en los meses consecutivos tuvo que desplazarse por una carretera desierta, entre campiñas infértiles, sin explicarse cómo su próspera ciudad se había convertido, en un abrir y cerrar de ojos, en inhóspita tierra de nadie. No solo los abatía haber perdido su lugar en el mundo, sino saber que, aun si Hamburgo lograba ser restaurada en el futuro, ladrillo por ladrillo, con o sin la ayuda de los ingleses, jamás volvería a ser la misma urbe donde la mayoría de ellos había nacido, crecido y alcanzado un bienestar razonable. El viejo Karsten no vio a esos hombres y mujeres caminar descalzos, en harapos, tal cual estaban vestidos la noche en que empezaron los ataques aéreos. Se marchaban con sus hijos en brazos, con el honor mancillado, cabizbajos como animales en riesgo de extinción, pero sin proferir improperios contra los aliados, más bien rumiando maldiciones dirigidas a Hitler, seguros de que la debacle del Tercer Reich era ineludible, y preguntándose si la derrota de aquel no era, en cierto modo, también la suya. No creían ser merecedores de tal grado de escarmiento, y les dolía la precariedad que ahora los asediaba, pero tampoco le permitían a nadie tratarlos como víctimas, menos aún como culpables. El día en que montaron los trenes del ejército con dirección al exilio en Baviera no tuvieron que esperar a que las locomotoras se pusieran a andar y cruzaran las fronteras para sentir que el destierro había comenzado. Hacinados como reses, alternándose frente a los ventanucos con barrotes de esos vagones inmundos, vislumbraron el perfil de Hamburgo por última vez y, aunque ya no sentían propio nada de lo que veían alrededor, se despidieron de ella con los ojos rendidos y ausentes de los verdaderos apátridas.

El viejo Karsten no los vio irse. Tampoco vio cómo sacaron de su cautiverio a los prisioneros del campo de concentración de Neuengamme para ponerlos, día y noche, a desbrozar el terreno de la catástrofe con picos y palas. Además de levantar bloques de concreto debajo de los cuales podían hallarse cadáveres desperdigados como también bombas sin explotar, se hacían cargo de cercenar los setos y todo aquello que pudiera favorecer la transmisión del fuego. No los vio ingresar con lanzallamas a los solares y refugios, donde vomitaban al tropezarse con pedazos de carne putrefacta, hervideros de gusanos o lodazales de grasa humana, y tenían que cubrirse el rostro para recopilar del suelo, con un peine, las cenizas de incontables muertos que más tarde arrojaban a los rescoldos de las últimas hogueras del incendio. El abuelo nunca vio lo que ocurrió con su familia. Cuando el bombero Walther Berger ingresó a las catacumbas del edificio halló a los Roeder calcinados. Pudo notar que los cadáveres estaban abrazados entre sí, y se tambaleó al pensar en sus últimos instantes con vida, privados del oxígeno que la tormenta absorbió. Berger los identificó por la dentadura, los pendientes, las hebras de cabello y los jirones de ropa que no habían sido estropeados por las llamas. Algunos cuerpos estaban prematuramente momificados, otros terriblemente deformados, encogidos a la tercera parte de su tamaño original y, lo más estremecedor, tres o cuatro de ellos componían un protuberante amasijo ocre, de una dureza mineral, en el que era imposible discernir quién era quién.

El abuelo tampoco vio cómo, pasados unos meses, volvieron a trinar los colirrojos reales y los arrendajos en los jardines mohosos de Jenischpark. No vio cómo germinó el musgo, cómo la hiedra volvió a trepar los muros, cómo florecieron los ranúnculos bulbosos, las pamplinas de hojas azuladas y las malvas enanas de entre las cenizas tibias de los muertos inolvidables. No vio a los hamburgueses volver a darse los *buenos días* y las *buenas tardes* usando el *Moin*, ese típico saludo del norte que, desde 1933, había sido dejado de lado en el vocabulario alemán para dar cabida al imperativo «*¡Heil Hitler!*». Y tampoco vio a los soldados ingleses, los *tommies*, ocupar la ciudad tras el ocaso inexorable del régimen nacionalsocialista, usurpando las casas solariegas de los alemanes más acomodados y aplicándoles a los residentes el *Fragebogen*, un cuestionario de ciento treinta y tres preguntas concebidas para determinar el grado de colaboracionismo del pueblo y así «desnazificarlo». No vio a las familias de los oficiales británicos recién llegados leer y memorizar ese humillante manual sobre cómo había que desenvolverse frente a los alemanes, donde constaban advertencias tales como: «Debe evitarse a los alemanes», «no se debe caminar a su lado, ni entrar en sus casas», «no se debe jugar con ellos ni asistir a ningún acto social al que asistan», «no sea amable, será considerada una debilidad», «no dé muestras de odio, se sentirán halagados», «exprésele brusquedad y conserve un distanciamiento correcto, digno», «no debe confraternizar con ellos», «el único alemán bueno es el alemán muerto».

El doctor Gregory Savage pretendía enviar a Matías a un hospital psiquiátrico de Londres, pero él no estaba interesado en ser trasladado a ningún nosocomio. Deseaba el alta médica, darse de baja, ir a Nueva York y no volver a saber nada de la fuerza aérea. Pese a la gravedad de su estado mental, tenía largos intervalos de lucidez y en uno de ellos chantajeó al doctor Savage para que firmara su alta si no quería que el mayor Lewis se enterase del boyante negocio que había montado con el tráfico de morfina y de las drogas incautadas a los prisioneros alemanes, sustancias derivadas de la metanfetamina que los nazis administraban a sus soldados más jóvenes para que se mantuvieran despiertos, sin apetito, creyéndose invencibles. Savage primero proclamó su inocencia —«¡esas son calumnias!»—, pero pasados unos minutos, viendo a Matías tan decidido a delatarlo, firmó presuroso los papeles.

Cuando presentó su solicitud de baja, el mayor Lewis quiso disuadirlo ofreciéndole la Cruz del Mérito junto a un ascenso, una posición de comando que lo mantendría alejado de los vuelos, y la posibilidad, más adelante, de dictar conferencias universitarias y hasta protagonizar publicidades televisivas, pero Matías ya no solo se sentía inmune a ese tipo de vanidades militares, sino que ahora le parecían detestables. «Llevar esta insignia en la solapa, teniente, equivale a ser un héroe para la posteridad», porfió Lewis, creyendo que con ese argumento inclinaría la charla a su favor. Matías hizo acopio de serenidad para no mandarlo al cuerno y, guardando formas todavía educadas, le pidió apurarse en admitir su renuncia al servicio. «Es una lástima, perdemos a nuestro mejor bombardero», redondeó Lewis, estrechándole la mano, y esas palabras en apariencia elogiosas no hicieron más que ratificar en su interior la decisión de largarse de allí cuanto antes, aun cuando no supiera a dónde ir, ni qué hacer, ni por dónde comenzar. Descartó de raíz la opción de convertirse en piloto comercial, de la que Gordon Clifford le había hablado con ilusión en aquel bar de la calle Baxter la noche en que lo incentivó a enrolarse al Ejército. No quería volver a subirse a un avión, ni vestir otra vez un uniforme. Tampoco quería buscar a Gordon Clifford, no de momento, algo en su cabeza responsabilizaba al banquero de lo que le había tocado vivir en Alemania y mientras no dilucidara ese sentimiento prefería ahorrarse el reencuentro. También desechó la alternativa de tomar un barco y volver a Perú, a Trujillo, a la hacienda de Chiclín: no podría mirar a su madre sin sentirse un felón, y aun si la mirara y consiguiera poner en palabras lo sucedido en Hamburgo, qué podía esperar de ella sino su más absoluto repudio. A su padre no quería ni verlo; en realidad, no quería ver a nadie, ni que nadie lo viera, ni dar razones de su comportamiento, ni esbozar un plan a futuro, ni fijarse plazos.

Regresó a Nueva York y, aunque tenía suficiente dinero como para alojarse en un hotel más que cómodo, retornó a la pensión de la calle Madison en el Lower East Side. A la señora Morris le confundió su fisonomía tan cambiada y esa actitud entre petulante y abúlica. Era él, pero parecía otro. Aun así, se alegró de hospedarlo de nuevo, una alegría que pronto encontraría serios atenuantes. Al principio, los signos del trauma patológico de Matías solo se exteriorizaban por las noches, mediante pesadillas de las que despertaba gritando procacidades. Los huéspedes atemorizados encendían las lámparas de sus veladores, creyendo que se había producido un asalto en el barrio. Luego siguieron los interminables episodios de llanto, a cualquier hora. Matías casi no salía de su dormitorio, decía que su vida allá afuera corría peligro. Algunos huéspedes comenzaron a quejarse ante la señora Morris porque descubrían violentada la cerradura de sus habitaciones y revuelta la ropa de sus armarios. La sensación de desastre inminente llevaba a Matías a actuar así, desconfiaba de los desconocidos, creía que entre ellos se agazapaba un espía del gobierno enviado por los altos mandos para llevarlo de vuelta a los campos de aviación a encaramarse otra vez en un B-17 y lanzar bombas y matar gente hasta el fin de la guerra. Por eso rebuscaba entre las pertenencias ajenas, por ver si hallaba una prueba categórica que diera sustento a sus infundadas sospechas. A veces, al volver de hacer las compras, de visitar al médico o asistir a misa, la señora Morris lo encontraba en la galería del ingreso, y se asustaba ante la expresión pasmada de su rostro, mucho más ante su persistente interrogatorio acerca de con quién y dónde había estado. Pero llegaban días mejores, en los que la aprensión se esfumaba y entonces Matías salía a buscar empleo o decía que salía a buscarlo, y al regresar compartía sus teóricos avances con la señora Morris, y ella aprovechaba lo agradable de la escena para preparar la comida, abrir un vino, encender la radio, poner música, algo de Bing Crosby, o un capítulo de *The Right to Happiness*, y aunque veía a Matías como un hijo, un hijo que ella hubiera podido parir a los quince o dieciséis, algunas de esas noches, dado que el muchacho se había convertido rápidamente en un hombre vigoroso, la señora Morris caía en la pasajera tentación de fantasear con él en situaciones íntimas, y lo esperaba despierta, el lápiz labial acentuado, el pelo coquetamente suelto, ataviada con camisones juveniles que compraba alegando que eran el regalo de bodas para una sobrina, pero al cabo de un rato prudencial se aburría, volvía a su habitación a ponerse sus holgados pijamas de franela y se desmaquillaba sintiéndose una tonta.

De a pocos Matías se acostumbró a salir más. Primero caminaba solo unas cuantas cuadras a la redonda, por las mañanas, bien hasta Seward Park o hasta Corlears Hook Park. Asentir escuetamente al saludo de los transeúntes era su manera de socializar. Después pasaba jornadas enteras por las tumultuosas calles de Chinatown, y de ahí comenzó a perderse hasta bien entrada la noche en los animados locales de la calle Delancey. Le tomó una semana y media volver a los devaluados *pubs* de Bowery, ya no a clavar dardos ni tumbar bolos, como solía hacer en el pasado con Steve Dávila y Billy Garnier, sino a jugar al póker,

240

darle al cigarro una calada tras otra, parlotear con los cantineros, y beber cervezas, que al inicio eran dos o tres, pero pronto se convertían en siete u ocho, y después venían las copas de ginebra, los vasos de bourbon, y también algo de cocaína facilitada por cualquier parroquiano, y entonces la dinámica en la pensión se agravaba porque volvía ebrio, bamboleándose, y el alcohol y las drogas desencadenaban arranques de ansiedad cuyos efectos se multiplicaban. Más de un huésped se mudó haciéndole saber a la señora Morris que era inviable convivir con un desequilibrado. Ella lo sermoneaba diciéndole que, si seguía ocasionándole problemas, tendría que buscarse un cuchitril donde vivir, Matías la ablandaba con disculpas compungidas y promesas de buena conducta, pero a las dos semanas reincidía perdiéndose días enteros en esos mismos *pubs* y en los bares decrépitos del Midtown, frecuentados también por voluptuosas prostitutas de los burdeles aledaños que veían en él no solo a un cliente generoso que las engreía dándoles de beber, sino a un conversador entretenidísimo que las encandilaba con sus relatos acerca de la guerra, porque Matías hablaba de la guerra solamente cuando bebía, y cuanto más bebía más hablaba, y se sinceraba hasta las lágrimas con ese auditorio de putas y borrachos que, en mitad de la madrugada, ya no sabían si toda esa dramática narración de bombas, derribos, incendios, civiles muertos y ciudades destrozadas era cierta o si era tan solo el cuento delirante, aunque bastante bien hilvanado, del loco del barrio. Varias de esas prostitutas se encendían oyendo al exteniente relatar sus aventuras allá arriba, y no vacilaban en seducirlo y atenderlo en los sórdidos compartimentos de los baños, los callejones mal iluminados de las inmediaciones o detrás de los matorrales de algún parque del extrarradio. Aquello resultaba para Matías una novedad irresistible, pues durante la guerra, ya por respeto a Charlotte Harris o tan solo por no emular las prácticas adulterinas de Massimo Giurato con las putas trujillanas del jirón Sosiego, nunca

241

acompañó a los soldados que bajaban ciertos viernes a Londres a visitar prostíbulos de toda índole, desde los más selectos hasta los más ordinarios, donde montaban bacanales legendarias de las que salían con una sonrisa de placidez que se les quedaba estampada en la cara legañosa hasta la mañana en que se presentaban a la base. Esas noches él se quedaba junto a Kenny Dodds, disputando partidas de naipes en el barracón o viendo películas repetidas en el club de oficiales.

Una de las prostitutas, Helen Anker, una morena erguida, hija de padre holandés y madre dominicana, que sabía poner en su sitio a los hombres que intentaban propasarse, era quien escuchaba a Matías con mayor interés. No solo eso, se quedaba con él hasta que se dormía en la barra, siempre con un trago a medio escanciar, y lo embarcaba en taxis fiables que cumplían con dejarlo en la pensión de la señora Morris. Empezaron a verse fuera de los bares, y para sorpresa de ambos la atracción mutua fluía tan bien por el día como por la noche, tanto bajo la luz como en la oscuridad. De buenas a primeras, Helen Anker comenzó a visitarlo en la pensión y, lejos de pasar desapercibida, su presencia concitaba las miradas acusadoras, no exentas de envidia, de todo el vecindario, sobre todo de las vecinas cucufatas, en particular la señora Morris, que desde el alféizar de la ventana veía a la morena cruzar la puerta con los pechos muy descubiertos para su gusto, luego seguía a través de las paredes el repiqueteo de sus tacones en cada peldaño, y pasadas unas horas, al oír el chirrido de los muelles de la cama y los elocuentes gemidos de la muchacha, en lugar de enfadarse y llamarles la atención a los amantes, corría a ponerse otra vez los camisones juveniles, volvía a la cama, se imaginaba sentada a horcajadas sobre su incansable huésped de veintitrés años, acariciaba sus pálidos pezones, se tocaba sin remilgos debajo de las sábanas, murmuraba, acalorada, frases vulgares y pecaminosas que jamás se hubiera atrevido a decir en público, y entonces se mojaba sintiéndose ella también una pecadora, una ramera y oraba, contrita, deseando que Matías volviese a sufrir pronto las pesadillas y los cuadros nerviosos, porque si había un suplicio mayor que oírlo llorar por las noches era escucharlo fornicar con «esa mujer indecente que ha traído la deshonra a esta casa».

En efecto, los sueños agobiantes de Matías recrudecieron, y con ellos volvieron los temblores, la crispación, las parálisis, las migrañas incesantes y la obstinada creencia de que alguien buscaba perjudicarlo. En cada sueño lo asaltaban vívidos rostros lacerados por el fuego, monstruos que surgían con apabullante precisión y que él no conseguía espantar por más sedantes que ingiriera o por más fuerza que pusiera al recubrirse la cabeza con la almohada. Entonces bebía tres o hasta cuatro tazas de café para no dormir. Las vigilias y desvelos, sin embargo, eran peores, porque se poblaban de macabras premoniciones acerca no del futuro sino del pasado, premoniciones en las que ocurría una barbarie y donde él se deshacía malamente de los suyos, entonces lloraba, se maldecía, rompía objetos, desgarraba sus nudillos contra la pared. «Mi cabeza está quebrada, es como una ciudad avasallada que nadie reconstruirá, una ciudad que es forzoso abandonar», le decía a Helen Anker las noches en que las crisis le concedían una tregua. «Los recuerdos del horror pueden disolverse, pero no el horror en sí. Una vez provocado, el horror, quiero decir su energía perturbadora, su radiación, ya no desaparece. En Inglaterra, un mayor me dijo una vez que el horror deja a los hombres al borde del cinismo o de la sinrazón: yo siento estar al borde de los dos». Así divagaba Matías. Helen Anker lo consolaba instándolo a buscar un médico, palabras que activaban en él una rabia para ella indefendible. Una noche le insistió con tanto ahínco, amagando incluso con ir a tocar la puerta de la señora Morris y llamar a una ambulancia, que Matías, exacerbado, la retuvo de los hombros y, con una mano abierta, le propinó un golpe seco en la cara, tan fuerte que le abrió un pómulo y amorató el labio superior. La sangre salpicó el suelo. Si no fuera porque Helen huyó despavorida, él le habría asestado una segunda y tercera trompada.

Aquello marcó un quiebre irrevocable. La buscó ávidamente en los bares, los clubes, los parques, la buhardilla que alquilaba, dispuesto a resarcirse pidiéndole perdón de rodillas. En los últimos meses se había convertido en lo más cercano a la novia que él no había tenido. Seguía laborando en los burdeles, pero eso a Matías le importaba un bledo. Valoraba su compañía, sus historias, su belleza extravagante, lo entregada que era en la cama. Le excitaba que Helen se acostara con él por placer o por una peculiar variante del amor, y que le regalara cajas de Camel, revistas, zapatos y camisas financiados con los mismos billetes que sus clientes pagaban por pasar veinte minutos con ella. Ni siquiera cuando Helen Anker le pegó la sífilis le reprochó seguir prostituyéndose. Así la había conocido, así la aceptaba. Por lo demás, ella le curó la enfermedad dándole de beber extractos de guayaba, ajo y té verde, y lavándole el sexo con un esmero, diligencia y depuración de los que, según Matías, muy pocas mujeres podrían ufanarse. Esa luna de miel se agrió con la violenta bofetada y no hubo cómo recomponer lo arruinado. Helen se marchó furiosa de la pensión y no es desproporcionado decir que se borró del mapa. Pasadas unas semanas, Matías reanudó la rutina de enredarse con las putas disforzadas que lo acosaban en los bares del Midtown, alcoholizarse hasta perder los estribos, y colmar la paciencia de los camareros que, malhumorados, hastiados de escuchar sus desvaríos de la guerra, pero sobre todo de tener que forzarlo a pagar los nueve, diez, once vasos de whisky que solía beber, lo remolcaban hasta el primer taxi que consentía cargar con el bulto. Ciertas noches Matías reaccionaba con bravuconerías y se liaba a puños con cualquiera que se acercara a tenderle una mano y lo único que conseguía era trasnochar a la intemperie, magullado, sin más cobijo que el bordillo de la vereda, hablando incoherencias delante de indigentes y drogadictos cuyos rostros sin afeitar y hábitos perniciosos pasaron a hacérsele gradualmente familiares. Si tenía suerte, amanecía ahí mismo, despatarrado entre cartones, con las primeras luces del día arañándole las pupilas resacosas; si no, despertaba tras las rejas, en el suelo frío de la carceleta de una de las comisarías del Bronx. Cada vez que estaban por soltarlo, se amotinaba, insultaba a los guardias con encono y eso le valía pasar veinticuatro horas más dentro del calabozo. Propiciaba esos desmanes adrede, como si clamara por la punición, como si quisiera enfatizar que él no era ningún militar honorable, sino un vil asesino que merecía una reprimenda acorde con sus crímenes. Los policías lo miraban por encima del hombro sin tomar en serio sus afrentas y, salvo aporrearle las piernas con un par de varazos para que se callara, lo despachaban a la calle sin sanción, devolviéndole una libertad que día tras día se le hacía más inmanejable.

Fue justamente una de esas malas noches en que se registró el incidente que lo mandaría a la cárcel, primero, y, pasado un mes, al pabellón de psiquiatría del hospital de Lake Placid. Llegó a un bar, se acomodó en un taburete de la barra y comenzó a darle a los whiskies. No se había olvidado de Helen, pero ya no la buscaba con tanto afán, aunque sus alarmas se activaban cuando cualquier morena alta ingresaba a esos locales. Bebió seis copas, escupió cuatro anécdotas, intercambió con el barman comentarios anodinos, salió del bar por sus propios medios, abordó un taxi y le dio una dirección al conductor. A mitad del viaje, el conductor lo oyó mascullar una sarta de frases que parecían dichas en otro idioma, en el espejo retrovisor lo vio transpirar como si anduviera con fiebre de cuarenta, se le notaba tenso, ido. «¿Se siente bien?», le preguntó. «¿Cómo?», contradijo Matías, fingiendo no haber escuchado. «Si se siente bien, amigo». «¿Tengo cara de sentirme mal, *amigo*?». «Lo veo un poco alterado, eso es todo». «Si no pisas el maldito acelerador y cierras la bocota, vas a verme alterado y no va a gustarte». El taxista continuó manejando mientras quitaba disimuladamente la mano izquierda del timón para buscar el tubo de fierro que escondía debajo del asiento. Cuando llegaron, el hombre controlaba el volante con la mano derecha y con la otra tanteaba el instrumento, esperando no tener que utilizarlo. A través del espejo vigilaba cada movimiento en la parte trasera. Al desocupar el auto, Matías le arrojó con desprecio unos dólares y, unos metros más allá, con una risa cínica o demente, le gritó refocilándose: «¡Métete ese tubo en el culo!». El otro se quedó mirándolo sin dejar de empuñar la vara de fierro.

«¿Me dice que violó a una muchacha?», interpeló Gordon Clifford a Bernard Larkin, sin creer lo que el doctor acababa de informarle. Dos semanas atrás, Matías había ingresado al hospital procedente de la prisión federal de Brooklyn, donde había sido recluido por ultraje sexual. Las imputaciones de la víctima y las pruebas médicas eran tan contundentes que el asunto debió zanjarse en tribunales. Para impedir que Matías purgara una condena de ocho o diez años, pero sobre todo para que el caso no saliera a la luz y diera pie a un escándalo en desmedro de la fuerza aérea, la institución contrató a un abogado neoyorquino, Ed Kupferman, cuya reputación de urdir exitosas mañas al filo del reglamento lo avalaba con creces para tomar la defensa. Cinco minutos le bastaron a Kupferman para corroborar que Matías estaba totalmente fuera de sus cabales y que podía lograr que lo eximieran de una sentencia lapidaria. Su primer acierto estratégico fue conseguir que el médico de la base de Molesworth, el doctor Gregory Savage, testificara y admitiera que meses atrás le había puesto su rúbrica a un alta médica espuria en la que aducía que el teniente Matthew Clifford padecía «agotamiento» cuando en realidad sufría de un «síndrome de trauma patológico». Ese testimonio, junto con el de la señora Morris, el de uno de los meseros de los bares del Midtown y el de la propia Helen Anke, que reapareció, providencial como un arcángel, para mostrar el tajo en su rostro, apuntalaron la tesis de Kupferman y convencieron al juez de que Matías no se hallaba en posesión de sus facultades mentales al momento de la agresión. En vez de ingresarlo a una cárcel común, el magistrado resolvió trasladarlo a un centro de rehabilitación. La mujer agredida protestó enfáticamente al conocer el veredicto y amenazó con ventilar el tema en la prensa, pero Kupferman la desarticuló inteligentemente ofreciéndole una suculenta reparación civil que la fuerza aérea se vio obligada a desembolsar.

—¿Dónde fue detenido? —inquirió Gordon Clifford al abogado al final de la única plática que sostuvieron.

—Nadie lo detuvo —aclaró Kupferman—. El propio Matías se entregó a la policía pidiendo que lo arresten por haber abusado de una muchacha.

—¿Se entregó?

—Tal como lo oye. La agraviada no tardó en hacer la denuncia y presentó un peritaje médico que la respaldaba, pero para entonces Matías hacía rato que estaba preso.

—¿Y cuál fue el móvil?, ¿un robo?

—No, todo indica que fue una represalia.

—¿Y por qué?, ¿quién es ella?, quiero decir, ¿cómo se llama?

—Como comprenderá, señor Clifford, no puedo suministrarle datos confidenciales; aunque ya exista un fallo, sigue manejándose como información clasificada.

—Vamos, Kupferman, usted sabe bien con quién está tratando.

—Lo sé, lo sé, pero la ley me lo impide.

—Seré discreto. Tiene mi palabra de banquero.

—Y usted, mi silencio de abogado.

Los dos sonrieron templando los labios.

—Se apellida Harris, señor Clifford, Charlotte Harris, veinticuatro años, soltera, supervisora de ventas en una tienda de autos de segunda mano, vive con dos amigas, pero la noche de los hechos se encontraba sola en casa.

—Charlotte Harris —repitió Clifford, y al paladear las sílabas de ese nombre rememoró en desorden el día en que escuchó hablar de ella por primera vez.

—Así es — dijo Kupferman—. El juez ha dictaminado que Matías no se le acerque a más de doscientos metros.

La noche en cuestión, después de bajar del taxi y lanzarle los billetes al conductor, Matías tocó la puerta del edificio de Charlotte. No sabía a ciencia cierta si seguía viviendo allí, pero decidió probar suerte. La muchacha entreabrió, se extrañó de verle, se impresionó más bien, y sin estar segura de lo que hacía lo invitó a pasar y sentarse. Ambos notaron inmediatamente que ya no eran los mismos de dos años atrás. Recordaban perfectamente la última vez que se habían visto, en casa de Paul, el novio de Charlotte, pero ninguno dijo nada de aquella noche convulsa, no en esos primeros minutos. Ella actuaba con cautela mientas él hacía estériles maromas por camuflar su estado de ebriedad, por encubrir la mirada maniaca que desde hacía semanas se había convertido en su rasgo más patente. Le pidió a Charlotte encender la radio, también un trago de whisky. Ella accedió y mientras le servía el vaso pensó que sería bueno clarificar por fin las cosas y, por qué no, volver a ser amigos, como cuando se conocieron en la tienda, seguro que Matías estaría de acuerdo, se dijo. Beber más alcohol lo hizo sentirse acelerado, como cuando salía en misiones de combate. En los minutos siguientes se dedicó a tartamudear parrafadas inconexas acerca de lo visto y vivido en Inglaterra, el entrenamiento, los vuelos, el miedo omnipresente, los bombazos, la muerte de sus compañeros, los horribles eventos que sucedían cada vez que debían atacar una ciudad, y justo cuando empezaba a extraviarse en digresiones que no desembocaban en ningún punto, Charlotte le pidió detenerse y tomó la palabra. Lo reprendió por no haberle escrito ninguna carta en casi dos años, pero dejándole en claro que no le guardaba rencor alguno por ello. Al cabo de una pausa mencionó a Paul, habló de lo mucho que se había recuperado y le contó a Matías, con tacto, con moderación, en un tono afable, que habían retomado los planes de casamiento suspendidos por el accidente que tuvo. Oír eso lo removió, lo sacó de sus casillas. Se puso de pie, dio unos trancos sin dirección, volvió sobre ellos, negó con la cabeza. Se acercó al aparato de radio, giró la perilla para subir el volumen y caminó raudo hacia la cocina. Charlotte pensó moverse, pero la amedrentó el ruido de los cajones de cubiertos abriéndose y cerrándose con estrépito. Desde su lugar ella le pidió calmarse, volver a la sala, seguir conversando, pero Matías la hizo callar de un grito tajante. Cuando regresó intempestivamente, ella se fijó en que traía los puños cerrados con furia. Por puro instinto tomó un cojín del sofá y se lo llevó al pecho. Él le recriminó su falta de transparencia, le dijo que no la pensaba capaz de maquinar una deslealtad como esa, y cuando se refirió a Paul como «ese paralítico de mierda», Charlotte se puso de pie exigiéndole que se retirara. «Ya basta, Matías, vete». Él no solo no se retiró, sino que la sujetó con firmeza de las muñecas, increpándole que tenían un acuerdo desde antes de que se alistara para la guerra, que no podía salirle ahora con esas artimañas, esas tonterías de noviecita arrepentida, menos aún rechazarlo como si fuese un pelagatos cualquiera, «Lárgate, estás borracho, pareces drogado, necesitas un médico», dijo ella, y él, turbado, herido en su orgullo, como si fuese presa de un incipiente ataque de pánico, la jaló hacia él queriendo besarla a la fuerza, Charlotte retrocedió, pretendió zafarse, «Me estás lastimando», le advirtió, y él, airado, intransigente, poseído por demonios que sabía suyos, pero ignoraba cómo conjurar, le aseguró que no se iría de allí sin concluir lo que dos años atrás habían dejado a medias, ella captó a qué se refería y cuando se dio la vuelta para pedir auxilio Matías la cogió del cuello con una mano, la amordazó con la otra, y la noqueó con un artero frentazo en la nuca, Charlotte nada pudo hacer cuando él la empujó bocabajo sobre el sofá, volcó sobre ella todo el peso de su cuerpo, forzó su vestido, separó sus piernas con una violencia primitiva, arranchó su ropa interior, no del todo, lo suficiente para penetrarla por detrás con vehemencia, como guiado por una imperiosa necesidad de venganza y, sin parar de llamarla zorra con una voz atrabiliaria que ella habría desconocido, susurrándole al oído cuánto disfrutaba estar por fin dentro de ella, continuó embistiéndola hasta saciarse. Durante aquel trance, el fragor de la música fue lo único que se escuchó en el resto del edificio. Matías la dejó desmayada, embarrada de semen y de sangre, salió del departamento sin molestarse en suprimir ninguna huella, zigzagueó unas seis cuadras y compareció, impasible, con las manos dentro de los bolsillos, en la primera comandancia policial que apareció en su camino.

Pasado el juicio, no bien ingresó al hospital de Lake Placid, fue sometido a un proceso de desintoxicación para paliar los efectos acumulativos de su consumo de alcohol, tabaco y cocaína. Paralelamente recibió una serie de terapias, como la hipnosis para revertir la amnesia o la narcosíntesis para sacar a relucir emociones reprimidas. También le realizaron electroencefalogramas para localizar posibles alteraciones orgánicas del cerebro, y le pusieron inyecciones intravenosas de trapanal para estimular su subconsciente. Si por la noche le sobrevenía una crisis y los paliativos no funcionaban, le colocaban una camisa de fuerza para que no se hiciera daño; no había tenido ninguna tentativa de suicidio, pero el doctor Larkin no descartaba que pudiese incurrir en ello. Con frecuencia los médicos apelaban a los electrochoques para curarle la psicosis, pero Matías volvía de aquellas descargas temblando, enajenado, convertido en un espectro, y se pasaba la mayor parte del día en una habitación de muros altos y cenizos que lo estrangulaban, yendo de la cama a la mesa, de la mesa al baño, del baño a la cama, esforzándose por borrar de su cabeza los muertos de la guerra, los batacazos de los Flak,

250

los chillidos de Charlotte. En sus periodos de tranquilidad, lo conducían a un ambiente donde podía hacer gimnasia, fabricar juguetes de madera, pintar naturalezas muertas, coser a máquina, escuchar vinilos, o sentarse con otros pacientes a oír charlas para descubrir de dónde les brotaba tanta ira o inseguridad. Ahí conoció a tipos como Norman Wouters o Trevor Meishner, muchachos de veintiséis y veinticuatro años, infantes de marina, combatientes en el Pacífico, nacidos y criados en paz, educados por sus padres para odiar la guerra, pero que un día decidieron alistarse e ir al frente sin presagiar que allí encontrarían su ruptura emocional. En los ratos buenos, aprendían a tocar guitarra, comían helados de vainilla, veían películas de comedia, pero les bastaba una recaída para mostrarse huraños, irascibles y hablar ofuscadamente de sus deseos de morir. Todos ahí arrastraban una historia terrible, algunas eran dolorosas de escuchar, pero ninguna como la de Isak Karlin, un joven fotógrafo noruego, hijo de padre sueco y madre rumana, que cayó prisionero cuando los alemanes, a inicios de mayo de 1940, invadieron su pueblo, Rennebu, una localidad próxima al fiordo de Trondheim, al norte de Noruega. Al enterarse de que sabía tomar fotos, los nazis lo reclutaron conminándolo a documentar la ocupación de su propio país. La tarea de Karlin consistía en acompañar a los escuadrones encargados del aniquilamiento masivo de personas, asomarse a las fosas comunes recién excavadas donde había cientos de cadáveres listos para ser incinerados, disparar su cámara con *flash* de bombillas y luego, generalmente por las noches, revelar los negativos y entregarles las imágenes a los oficiales invasores. Una noche, al acercarse a una de las placas reveladas para analizar los detalles con minuciosidad, identificó, en la base de una montaña de muertos previamente amputados, los rostros inconfundibles de su padre, su madre y sus tres hermanos, de quienes no sabía nada desde su detención, pero presumía con vida, probablemente guarecidos en una granja circundante. Se cubrió la boca horripilado y contuvo las lágrimas. Esa noche se escapó del campamento alemán llevándose los negativos bajo la chaqueta y vagó por los accidentados bosques de Rennebu, que conocía de memoria, hasta tropezar, a los dos días, con una columna de partisanos que comenzaban a organizarse desde la clandestinidad para resistir la invasión. Les habló del material que traía escondido y, junto a dos de ellos, Karlin huyó a Reino Unido para denunciar la carnicería de la que había sido testigo a lo largo de esas semanas. En Inglaterra se puso en contacto con una brigada noruega que venía recibiendo entrenamiento de los aliados, de hecho, se incorporó a esas filas, pero el insomnio y los raptos de angustia lo marginaron. Primero fue derivado a un hospital de Londres donde no había departamento psiquiátrico y era tratado con hidroterapias básicas; ahí, ubicado en un módulo de pacientes tullidos que llevaban vendajes, férulas, escayolas, parches y usaban muletas o silla de ruedas, Karlin parecía el menos grave de todos. Nadie supo decirle lo que tenía; un médico llegó a señalar que sus síntomas eran «secuelas propias de la malaria». No pasó mucho antes de que el director del hospital recomendara su traslado al hospital de Lake Placid en Nueva York, donde, certificó, tratarían mejor sus «anomalías».

Al igual que el grueso de pacientes, Isak Karlin podía estructurar frases mentalmente, pero era incapaz de pronunciarlas. Deseaba contarles a los demás lo que había significado subsistir mediante el repudiable subterfugio de fotografiar cadáveres. Para seguir con vida, él necesitaba que hubiese muertos. Mientras más muertos hubiera, más seguro se mantendría. Karlin sabía que el día que faltaran muertos a los cuales fotografiar, el muerto sería él. Cuando descubrió la imagen de su familia ejecutada, desnuda, lo escarapeló no haberlos reconocido al instante de capturar la foto. Andaba tan preocupado por su propia suerte que no se detuvo a pensar en ellos, en lo que podría haberles ocurrido; asumía que estaban a buen recaudo, pero quién podía estarlo cuando el pueblo venía siendo asolado por las hordas nazis. Se salvó a expensas de la muerte de su familia, pero quedó condenado a vivir con un perpetuo sentimiento de ingratitud y traición. Cuando pensaba en esas muertes fulminantes, Karlin no se desarmaba por las muertes en sí, irreparables después de todo, sino por todo lo que esos muertos dejaron a medio hacer: sus proyectos primordiales, sus planes solitarios o colectivos, los giros existenciales que esperaban dar, la necesidad que tenían de ser algún día distintos a las personas que habían sido hasta entonces. Esa era la real tragedia de morir súbitamente, algo muy tuyo, algo que urgía ver la luz y ser gritado quedaba trunco, confinado en un cajón, dispuesto de un modo que nadie sabría interpretar con fidelidad, que sería tergiversado de forma irremediable.

Karlin quería hablar descarnadamente y confesar verdades que dolían como dagas. Pero le resultaba físicamente imposible. Lo único que llegó a decir un día fue: «No quiero volver a disparar una cámara nunca más». Matías pareció entenderlo. Él tampoco quería tener nada que ver con los aparatos que había manipulado meses atrás. La frase de Karlin lo hizo traer a su mente ya no solo los nombres de cada uno de los Roeder muertos bajo los escombros de Hamburgo, sino todo aquello que podría haberlos trascendido y les fue repentina, brutalmente arrebatado: sus sueños, sus obras, su legado, todo lo que ambicionaban con ardor y ahora yacía sepultado en un limbo inaccesible.

Matías recibió su última cura de sueño el 3 de noviembre. Horas antes, pasado su encuentro con Karlin, sufrió una crisis que hubiese sido idéntica a las otras si no fuera porque esta vez se aplicó dos cortes en las venas y arterias de las muñecas con una tijera que nadie supo cómo se agenció. Los cortes presentaban una profundidad asimétrica, pero considerable; felizmente los signos vitales no llegaron a verse comprometidos gracias a la intervención de los enfermeros. Al día siguiente, cuando Gordon Clifford entró a su habitación y se acercó a su cama, lo que vio fue un enfermo escuálido que, además de haber pasado dos meses enteros autodestruyéndose con toda clase de sustancias, y un tercer mes recibiendo medicamentos y pinchazos que en un sentido lo curaban y en otro lo deterioraban más, además de todo eso, acababa de ver frustrado su primer y último conato de suicidio. «Sé que su semblante puede indicar lo contrario, pero, créame, hemos avanzado, lo hubiera visto cuando lo trajeron, estaba... muy maltratado», aseguró el doctor Larkin, cerrándose la bata blanca, durante la conversación que tuvieron en el pasillo adyacente. Ahí le contó a Clifford lo del alcoholismo de Matías, el abuso del tabaco, el consumo de drogas, la depresión, los devaneos persecutorios, la fallida intentona de quitarse la vida. Dejó para el final el embarazoso tema de la violación. Clifford reaccionó con escepticismo: «¿Me dice que violó a una muchacha?». Cuando quiso hablar con Matías, el doctor Larkin le sugirió retirarse. «El muchacho debe reposar», le dijo.

Gordon Clifford salió del hospital resuelto a corroborar lo que el médico le había relatado. Fue a la comisaría donde Matías se entregó, acudió a la pensión de la señora Morris a entrevistarse con ella (y cancelarle la deuda que Matías mantenía con ella por el alquiler de la habitación), buscó a Kupferman en su oficina, y hasta pudo tomarse un café con Helen Anker, quien conservaba íntegro el recuerdo de esa noche en que Matías se nubló transformándose en «una fiera asquerosa» y le rajó el pómulo produciéndole una herida que requirió seis puntos de sutura. Con los testimonios de cada uno de ellos obtuvo un retrato del Matías de los últimos meses y concluyó que su amigo no podía seguir un minuto más en Lake Placid, ni en ningún otro hospital. Se convenció del todo cuando, a los cinco días de llevar a cabo sus pesquisas, apenas estuvieron a solas, el propio Matías, todavía macilento, con escalofríos, pero consciente de su situación, le imploró atragantándose:

«Sáqueme de este manicomio, señor Gordon, sáqueme de aquí, sáqueme de aquí». Eran las mismas palabras que Clifford había escuchado del otro canto de la puerta del sótano de la casa de Nueva York el día que Samuel quedó atrapado por el fuego que acabaría envolviéndolo. «¡Sácame de aquí, papá, sácame de aquí!». Aquellas escenas espeluznantes afloraron abruptamente, o más bien fue como si despertaran pues no habían terminado de irse: perduraban dormidas en su cerebro, como fragmentos de un tiempo que él, denodadamente, mantenía al margen de su cotidianidad; como icebergs que flotaban alrededor del glacial del cual se habían desprendido pero que, al unirse nuevamente, refractaban una luz que era capaz de derretirlo por completo. Ciertas imágenes febriles del pasado contienen ese potencial: no queremos recordarlas porque, de hacerlo, de devolverles su vigencia e ilación originales, nos sobrepasarían, depositándonos en el foso del que tanto nos costó salir. Gordon Clifford estrujó las manos encallecidas de Matías y prometió sacarlo de ahí a como diera lugar.

En los días sucesivos, dejando de lado sus objeciones morales o éticas, empleó sus influencias al más alto nivel, con miras a obtener, primero, una orden del magistrado para variar el régimen de Matías a prisión domiciliaria, y segundo, el alta médica del director del Lake Placid. Esto último fue lo más complicado de conseguir, pues el doctor Bernard Larkin se empecinaba en dejar a Matías internado ya que su tratamiento psiquiátrico aún no había culminado. «El paciente es un latente peligro social», aseveró, abanicando con algo de arrogancia papeles que según él demostraban fehacientemente los desarreglos mentales de Matías. El juez se vio en un aprieto y mostró sus renuencias, pero tuvo que rectificarlas luego de recibir dos oportunos telefonazos de sendas oficinas de la Corte Suprema y acabó dirimiendo a favor del traslado del paciente. Las gestiones de Gordon Clifford habían dado sus frutos. El único reparo del magistrado era el riesgo de fuga. «¿Cómo me garantiza usted que el interno no va a escaparse?», planteó. El banquero le dijo que él se comprometía a cautelar el requisito de arraigo. «¿Su vivienda cuenta con las medidas de seguridad suficientes?», inquirió el juez. «No vivirá conmigo», matizó Clifford. «¿Entonces?», opuso el magistrado, «¿dónde?».

En los últimos cinco años, Gordon Clifford había asesorado a la arquidiócesis de Nueva York en la adquisición de una variedad de terrenos y en el manejo de sus estados bancarios, entablando un vínculo de afinidad con varios obispos, particularmente con el arzobispo Francis Stillman. No era propiamente su guía espiritual, pero Clifford solía buscarlo en su despacho de mullidos sillones de cuero marrón de la parroquia de la iglesia de Saint Patrick para hablar o confesarse en horarios donde no atendía a nadie más. A cambio, Stillman lo telefoneaba, sin importar el día ni la hora, cuando lo rondaban incógnitas sobre las finanzas y administración de las propiedades de la arquidiócesis. Debido a esos antecedentes, Clifford se sintió en confianza como para contarle el caso de Matías y pedirle acogerlo en una de las dependencias bajo su cargo. El arzobispo sugirió que el seminario de Saint Joseph, en el barrio de Yonkers, era el sitio indicado para «la mejoría del chico», y le dio a entender al banquero que coordinaría su ingreso personalmente.

El juez, devoto asistente a las misas del padre Stillman, mostró su anuencia cuando Gordon Clifford le notificó del nuevo paradero de Matías. A las veinticuatro horas, el banquero recogió a su joven amigo. Estaba convaleciente, los músculos reblandecidos, pero podía moverse por sí solo y hablar sin desfallecer. Se dejó caer en el asiento del copiloto del Pontiac y desde ahí vio cómo Clifford, antes de arrancar el motor, desdobló un mapa sobre el timón, estudió el itinerario ayudándose con el dedo índice derecho, y comentó que, si sus cálculos no le fallaban, haciendo una parada en Albany y otra tal vez en Chestertown, el viaje podía tomarles un total de siete horas. Quiso verificar sus rasgos en el fondo del espejo lateral, pero creyó ver reflejados los de un hombre que no era él. Al rato, ya en la autopista, con el vidrio abajo, nutriéndose del viento, conmovido por el verdor de los campos que crecían a ambos márgenes de la carretera y el fulgor de los estanques que surgían, como espejismos del cielo, cada cierto número de kilómetros, Matías quiso pensar con entusiasmo en lo que le esperaba. Sabía que aclimatarse al seminario le demandaría trabajo, pero en cualquier caso era preferible a continuar en el hospital, donde el improductivo procedimiento experimental estaba rematando sus últimas reservas de cordura. No le fastidiaba la reclusión, necesitaba asumir su papel de hombre sancionado, preso, pero quería vivir su aislamiento ahí donde pudiera enfrentar los tormentos conscientemente y sentarse a leer libros o escribir cartas a, por ejemplo, la afligida Edith Roeder, su madre, quien debía estar en ascuas, rogando fervientemente saber qué ha ocurrido con su hijo en la guerra contra los nazis. Así se lo comentó a Gordon Clifford, le dijo que se pondría en contacto con ella, creía estar listo para traducir en palabras los sentimientos infortunados que llevaba meses sin nombrar ni digerir. «Lo que no tiene nombre asusta más», sentenció, sin desviar la vista del parabrisas. Clifford lo dejó explayarse sin intervenir, pero en cuanto vio una salida en la autovía, condujo en esa dirección, disminuyó la velocidad y orilló el auto donde creyó apropiado.

Matías sintió el motor traquetear, miró a su amigo como preguntándole por qué se detenían, y cuando lo vio resoplar dubitativamente, pasarse un pañuelo por la frente ajada y hacer el torpe ademán de hurgar los bolsillos de la chaqueta en busca de su pipa, supo de inmediato lo que estaba por decirle. Matías lo escuchó, se reclinó en el asiento, lanzó una larga bocanada de aire. No era que la noticia no le impactara, de hecho, lo descompensó, pero de alguna forma la había presentido o visualizado en las pesadillas de los últimos meses. Días después, ya en el claustro, en una de las visitas diarias que le permitían hacer a la capilla para orar a solas ante el Santísimo, se desmoronó y lloró ferozmente la muerte de su madre. Pasaría muchas noches flagelándose por no haber insistido lo suficiente al pedirle acompañarlo en el trasatlántico que lo condujo a Nueva York; por no concientizarla con mayor persuasión de que su vida peligraba al costado de ese hombre nocivo al que ya por entonces Matías se negaba a llamar padre; y por haber permanecido inmóvil en su recámara todas esas noches, sin hacer nada para evitar las furibundas golpizas con que Massimo la doblegaba. «Encontraron su cuerpo en la hacienda, cerca de una ribera, no se sabe quién fue el autor del crimen», le había dicho Gordon Clifford, pero él no albergaba el menor asomo de duda respecto de la identidad de los responsables.

En cierta medida lo confortó llegar al convento, pues solo en ese recinto, solo custodiado por muros como aquellos podía erradicar o al menos mitigar su deseo visceral de volver al Perú, a Trujillo, a Chiclín, con la única intención de acabar con la escoria de Massimo Giurato y los miserables de sus hermanos. Solo en ese purgatorio podía despejar su mente, paliar el duelo y hasta encontrar un callado alivio en el hecho fortuito de no haber tenido que confrontar a su madre para ponerla en autos sobre lo sucedido con los Roeder en Hamburgo. Le costaba admitirlo, le parecía inmoral el solo pensarlo, pero era así: la muerte de Edith, con todo el desconsuelo que traía consigo, tenía algo de rayo liberador que, viéndolo fríamente, le quitaba un gran peso de encima.

Pese a que la arquitectura del seminario de Saint Joseph correspondía a los albores del siglo diecinueve, el diseño del vestíbulo y del corredor de ingreso del pabellón principal era propio del medioevo, con arcos, bóvedas, cúpulas y vitrales. En el primer piso se hallaban la capilla, el auditorio, las oficinas y el comedor; en las otras tres plantas, de acceso más restringido, se alternaban los dormitorios de las autoridades con los de los seminaristas. La habitación de Matías había sido acondicionada en el ala menos transitada del último piso. Era una pieza lóbrega y austera: una cama de baldaquino, una silla, una mesa, un lavatorio y una estufa de gas. Un diácono enclenque le servía tres comidas diarias, le alcanzaba sus medicinas, le facilitaba los libros que requería, lo seguía a la capilla del Santísimo y esperaba a que terminara sus rezos, todo esto sin hablarle, sin contestar sus eventuales interrogantes. La única persona ajena al Saint Joseph que contaba con permiso para visitarlo era el emisario judicial que cada mes debía dar fe de la rigurosidad de su enclaustramiento, pero incluso ese individuo fue espaciando sus inspecciones hasta que al octavo mes dejó de presentarse y Matías quedó prácticamente incomunicado con el mundo, algo que, por cierto, no le desagradaba. Ya en el transcurso de su infancia de hijo único se había vuelto experto en distraerse por su cuenta, solo era cuestión de buscar los insumos propicios para idear un pasatiempo. Sin ventanas que abrir, se entretuvo departiendo con el óleo colgado delante de la cama, un primerísimo plano del cardenal John Henry Newman, un insigne presbítero anglicano convertido al catolicismo. Las facciones aletargadas del cardenal Newman le recordaban las del capellán de la base de Polebrook, ese pobre sacerdote asimilado de veintinueve años que confesaba sobre la marcha a muchachos tan jóvenes como él a poco de que abordaran sus naves, e impartía bendiciones sobre ellos aún a sabiendas de que no los libraría de morir.

En cada flanco del pabellón central se distinguían bibliotecas, salas de televisión, ambientes para juegos recreativos y múltiples salones destinados a recibir invitados especiales. En la zona posterior del conjunto de edificios, un poco relegadas, se hallaban las anticuadas instalaciones deportivas, con piscina incluida, y entremedio los preciosos jardines donde los huertos cultivados por los frailes y las blancas estatuas de próceres católicos convivían con cascadas artificiales cuyo sonido continuo invitaba a la meditación, pero más eficazmente al sueño. Desde su dormitorio, Matías podía oír el débil trajín del seminario y llegó a inferir las horas del día solo por la intensidad o la apatía con que los seminaristas hacían rechinar las suelas de sus zapatos de goma en la loseta de los pasillos al ir y volver de clases. Los imaginaba jóvenes, lampiños, vestidos enteramente de negro. Los apodaba *los cuervos*. «Ahí van los cuervos otra vez, revoloteando», murmuraba, con un oído pegado a la puerta, atento a la menor nimiedad que pudiera proveer un dato del exterior. Un buen día, el director del seminario, monseñor Joseph Harrington, tras pedir autorización al arzobispo Stillman, le envió una misiva invitándolo a integrarse a las actividades de la comunidad. Poco a poco, conforme avanzaban los meses, Matías venció su decaimiento y fue ganándose la simpatía de los aspirantes y el respeto de los clérigos. Al verlo lavar los trastes apilados con la camisa remangada, dirigir las oraciones previas antes del desayuno frugal, asistir puntual a las ceremonias, o decorar con fruición los listones de madera de las bancas de la capilla cuando los domingos se abrían las puertas a los vecinos de Yonkers, cualquiera diría que estaba hecho para una vida como aquella. Nadie indagaba por las razones de su presencia allí, ni siquiera sondeaban su nombre real; desde que uno de los seminaristas lo tildara espontáneamente de *hermano Matt*, ese pasó a ser su distintivo santo y seña. La tónica de los días era monótona, invariable, pero Matías atravesaba una etapa en la cual toda redundancia era virtuosa y bienvenida. Luego de pasar dos años en un vaivén inacabable, ignorando lo que ocurriría al minuto siguiente, agradecía no estar sometido a más sobresaltos. A veces tenía la impresión de que la época de los bombardeos, a la que se le dio por referir eufemísticamente como su *periodo inglés*, había transcurrido en una vida anterior, y si no fuera por las episódicas pesadillas que aún se lo recordaban, una parte de él juraría no haber participado jamás en una guerra.

El día que se cumplió un año de su ingreso, monseñor Harrington le anunció que a partir de ese momento podría usar el teléfono. Matías se lo agradeció vivamente, pero en milésimas de segundos constató que, fuera de Gordon Clifford, no tenía a nadie a quién telefonear. Harrington le comentó, además, que buscaba voluntarios para brindar servicios de acompañamiento a las poblaciones vulnerables de la ciudad.

—Se trata de escuchar a personas que han llevado una vida caótica, mundana, cercana a la perdición y ahora quieren encauzarla —abrevió el religioso.

—Esa descripción calza a la perfección conmigo, monseñor —reaccionó Matías.

—Con quien era usted en el pasado, querrá decir.

—Uno siempre arrastra consigo a las personas que fue, ¿no lo cree?

—No cuando hay una contrición sincera. Si uno es consciente de haber ofendido a Dios y pide perdón, el pasado ya no te perturba.

—A veces el arrepentimiento no alcanza, monseñor.

—No se preocupe, Matt, no hemos pensado en usted por su pasado, sino por su honestidad, eso es lo que más apreciamos —apuntó Harrington.

Las reuniones vespertinas se desarrollaban una vez por semana, en uno de los patios del seminario. Hasta allí llegaban bebedores crónicos, adictos irredentos, maridos belicosos, expresidiarios, pero también madres que habían perdido injustamente la tenencia de sus hijos, viudos, mendigos, y gente de lo más desamparada. Bajo la batuta de los cuervos, los participantes se agrupaban en círculos de ocho o diez personas, según la afluencia. Las primeras dos semanas Matías asistió solo en calidad de oyente y se paseó entre los grupos escuchando testimonios. La tercera y cuarta semanas se animó a inmiscuirse haciendo una que otra acotación. A partir del segundo mes ya contaba con una sección bajo su cargo. Se sentía útil prestando oídos a esos hombres y mujeres descaminados, hablándoles como pupilos, tal como le hubiese gustado que le hablasen a él durante esa sucesión de noches desmesuradas en las que era tan sencillo sucumbir a los impulsos. Matías rehuía de dar consejos predecibles, o lecciones a través de parábolas, limitándose a compartir su experiencia, aunque sin aludir nunca a su faceta militar.

Una tarde, se apareció un sujeto desarrapado que se quedó mirándolo persistentemente. Matías lo reconoció enseguida: era uno de los indigentes con los que pernoctaba a lo largo de esas madrugadas en que los meseros lo botaban de los bares a patadas. Los dos actuaron como si nunca se hubieran cruzado. No pudo hacer lo mismo el día en que una joven de un descomunal parecido con Helen Anker irrumpió en una de esas sesiones, vestida de un modo bastante discreto en comparación a como solía hacerlo la auténtica. Podría haber sido la misma mujer si no fuera porque Helen Anker tenía raíces holandesas y dominicanas, mientras la recién llegada era hija de padre escocés y madre jamaiquina, pero eso Matías no tenía cómo saberlo, así que el corazón le dio un vuelco cuando la tuvo enfrente. Le costó desenvolverse, quiso seguir el libreto consabido, pero se sentía observado por los demás, como si todos ahí estuviesen informados de los pormenores de su historia con la prostituta del Midtown. Advirtió que la nueva Helen llevaba unos zapatos color marfil iguales a los que él le había regalado a la señorita Anker, y hasta recordó el día preciso y la tienda del Downtown Manhattan donde los compró. También se fijó en que, como estilaba la otra Helen, esta no traía pintadas con esmalte las uñas de las manos, pero sí las de los pies. Se inquietó aún más cuando la morena dijo que trabajaba en los burdeles del sudeste del Bronx y, más tarde, cuando la oyó comentar que no aguantaba el horario absorbente ni los excesos de quienes fungían de proxenetas, y que por primera vez desde que se había iniciado en aquel submundo pensaba prescindir de él, dio casi por confirmadas sus sospechas. La presunta Helen declaró que llevaba años desengañada de los hombres. «¿De sus clientes?», se interesó una señora del grupo que minutos antes había confesado, además de una reciente adicción al tarot, sus intentos de matarse a causa de un amor no correspondido. «De los hombres, en general», remarcó la Helen duplicada. «¿Y por qué?», ahondó la señora. «Bah, son mentirosos, posesivos, egoístas, los peores son los violentos», dijo, y descansó la mirada en Matías con la parsimoniosa certidumbre de quien devuelve un objeto perdido a su lugar. La señora del tarot afirmó con la cabeza, adhiriéndose a esas palabras cargadas de desilusión o resentimiento. Matías tragó saliva y comenzó a rascarse los codos intercaladamente como queriendo comprobar que estaba despierto. Se sintió cohibido, reducido a una dimensión de alimaña e impelido a dar una explicación que nadie le solicitaba. Escuchó o simuló escuchar el resto de testimonios escrutando el reloj de la pared, aferrado imaginariamente a las manecillas a ver si así conseguía hacerlas avanzar. Dio unas pautas genéricas a los asistentes y hacia el final los invitó a volver la semana entrante. «¿Podría confesarme con usted, padre?», se apuró en consultarle la réplica de Helen Anker delante de todos. Matías atisbó en la pregunta, o en el modo en que había sido formulada, un cariz de pantomima, desafío y provocación. «Soy solo un hermano, no puedo confesarla», se excusó, sobreactuando. «¿Podría hacer una excepción?», presionó ella, «no tardaré». «¡Vamos, hermano, no sea insensible, atiéndala!», exigió la supersticiosa mujer que buscaba superar su adicción al tarot. Matías dio un respingo y rogó que el edificio de granito se derrumbara pronto para no tener que seguir encarando aquel martirio. «Sígame por aquí», señaló, extendiendo un brazo, con una falta de convicción absoluta. Caminaron hasta la más apartada de las columnas localizadas en el borde de los jardines. La tenue luz del día iluminó el rostro de la chica. De cerca, la semejanza física con Helen Anker se le antojó incuestionable. Los labios, las pestañas y la nariz eran un calco de los de la otra. Es ella, dijo para sí. Matías contempló el pómulo donde destacaba una marca. No supo si era una cicatriz o una quemadura. «Es una mancha de nacimiento», se adelantó la joven al sentirse examinada. «¿En serio piensa usted dejar su oficio?», tanteó Matías, sin disfrazar su nerviosismo. «Sí», contestó ella, «quiero estudiar, prepararme, todos podemos cambiar ¿no, hermano?». A Matías esa insinuación le sonó sarcástica, incluso maliciosa. «Yo no he cambiado», se defendió él y, en un movimiento vivaz, posó el pulgar derecho sobre la cicatriz de la muchacha y la frotó suavemente. «Perdóname», le dijo, sin soltarla. «¿Cómo dice, hermano?», «¿se encuentra bien?». Matías se fue por las ramas y le pidió iniciar la confesión. Mientras la oía recitar sus faltas golpeándose el pecho, él se atrevió a recorrer su mejilla con el dorso de una mano, se detuvo en el mentón redondo, se descolgó imperceptiblemente por el cuello y descendió hasta el antebrazo. Ella inclinó la cabeza con comodidad y él sintió que en esos ojos que se movían sin parpadear se ocultaban verdades irrefutables que pugnaban por ponerse de manifiesto. «¿Quiere decirme algo más, señorita?», le dijo, ansioso. «Ya he terminado», puntualizó ella. Respiraban al mismo ritmo. Matías aprovechó que la Helen espectral había bajado la guardia y le contó lo sucedido con su madre. En los buenos días de su relación, cuando se veían a diario en la pensión de la señora Morris, pero también en bares, calles y centros comerciales, habían hablado tantas veces de Edith Roeder, siempre a pedido de Helen, así que la noticia del crimen pareció entristecerla genuinamente. O eso creyó percibir Matías. «Sabía que algo malo iba a ocurrirle y no hice nada, nada», musitó. Ahora la nueva Helen Anker era quien acariciaba su rostro, palmoteaba su hombro y sostenía sus manos. Desde un corredor de la planta alta, monseñor Harrington aguaitaba la escena sigilosamente. Matías interceptó esa mirada acerada, reprobatoria, y solo atinó a dar un paso atrás.

«Vuelva pronto», le pidió a la doble de Helen entre susurros, deseando que se activaran otra vez las turbulencias de los días en que se veían a menudo. Ella le respondió dándole un abrazo lánguido y extrajo de su bolso una enigmática estampita que introdujo furtivamente en el bolsillo de su camisa como confiándole un secreto; solo entonces cruzó la puerta por donde había ingresado dos horas antes. Al verla desaparecer, seguro de que se trataba de la misma Helen que él había querido, Matías añoró su compañía, la sensualidad de su cuerpo, y jugó a modificar el pasado fantasiosamente, quitando de sus reminiscencias la noche en que la zurró, y pudo vislumbrar en retrospectiva una larga racha de felicidad junto a esa mujer etérea que, ahora captaba, no volvería a presentarse más; si había acudido, desvarió Matías, no era porque pretendiera cambiar de vida, menos aún porque anduviera huérfana de orientación espiritual, sino porque quería verlo, hablarle directamente y darle a lo vivido con él un final más justo o armonioso. Esa conclusión lo dejó en zozobra. Sacó la estampita del bolsillo y vio la imagen de una vela encendida acompañada de una leyenda que rezaba: «Es mejor encender una vela que maldecir la oscuridad».

Un cúmulo de preguntas se revolvió bruscamente en su cabeza, preguntas sobre lo que buscaba, si es que aún buscaba algo, y sobre su rol en aquellos predios. Miró con resquemor sus mocasines, su pantalón de lino blanco, su camisa de algodón: más que un forastero, se sintió un impostor. Intuyó que era la disciplina o la perseverancia, no la fe, lo que le había permitido insertarse en el seminario con tanta soltura, quizá habría ocurrido algo similar en cualquier otro tipo de organización, incluida una secta pagana, una banda de contrabandistas o una mafia de falsificadores, siempre que hubiese una jerarquía de por medio. Aún se le daba bien acatar órdenes, hacer los deberes, cumplir obedientemente como soldado. ¿Era eso suficiente para consagrarse al sacerdocio? ¿Era esa realmente su vocación o solo una puerta de escape provisoria? No lo sabía, pero estaba decidido a tomarse todo el tiempo que hiciese falta en averiguarlo. Ciertas veces se quedaba fumando en el jardín, solazándose delante de las cascadas, expulsando el humo sin ningún apuro, y de la nada volvían a su mente, ya no con aprensión, diáfanos recuerdos de la guerra: revisitaba los duros días de entrenamiento en el aeródromo de Westover, los nombres y alias de cada uno de sus compañeros de tripulación, sus hermanos, las bromas que amenizaban las veladas en el barracón, esas grandes risas de hombres jóvenes, las descontroladas noches en Londres; pero luego se veía en la pecera del B-17, suspendido en el vacío, lleno de vicisitudes, dejando caer bombas y más bombas sobre tantas ciudades hasta llegar indefectiblemente a la secuencia de Hamburgo, la encrucijada irresoluble, y entonces zanjaba esas evocaciones que sentía degradantes, aplastaba el cigarro en el suelo con el pie y reemprendía sus quehaceres. Una tarde buscó a Harrington para confesarse, y por primera vez, sobrio, sin whiskies sobre la mesa, sin sacrificar detalles, habló de sus avatares en Europa, de las pírricas victorias aéreas, las masacres, las ganas de desertar, también de la imposibilidad de redimir del todo esa perdurable sensación de culpa y fracaso que, gracias a ustedes, así se lo dijo, gracias a ustedes, había aprendido a domesticar. El monseñor se interesó también por «la muchacha del otro día», y él apeló a la verdad de sus ensoñaciones: dijo que se llamaba Helen Anker, le confesó que ejercía el meretricio, que vivieron un romance y reconoció sin rubores que algunas noches se masturbaba pensando en ella. Harrington le habló de la impureza de la lujuria, le dictó una penitencia benévola y le pidió marcharse en paz diciendo la fórmula de la absolución de los pecados. Aun cuando esas palabras solemnes no podían borrar sus crímenes ni cauterizar las grietas de su memoria, Matías notó que repercutían de modo favorable en su estado de ánimo, librándolo, siquiera efímeramente, de la extenuante prisión de las dudas amargas.

Una mañana comprendió que no tenía ningún sentido plantearse el dilema de su estadía en el seminario. ¿Qué más podía hacer? No tenía alternativa. Optó por llevar esa vida monástica con el talante más cordial, procurando sacar el máximo partido de las contingencias. Para fines de 1944 era un miembro más del Saint Joseph. No se le atribuían funciones específicas, pero seguía ocupándose de muchos menesteres en paralelo: actualizaba el calendario de actividades extraacadémicas de los seminaristas, inventariaba los libros, revistas y películas que los diáconos mayores utilizaban en el esparcimiento de los estudiantes, daba ideas a los presbíteros sobre cómo incrementar el interés de los fieles en las convocatorias sabatinas de la parroquia. Los obispos requerían con frecuencia su opinión de hombre de guerra en lo concerniente a la optimización de recursos y la seguridad del claustro, y en ciertas ocasiones hasta le pedían asumir la voz dirimente en las habituales discordias de la comunidad. Matías interactuaba con unos y otros sin hacer distinciones entre rangos. El Día de Acción de Gracias se ofreció a hornear el pavo y enseñó a los cuadriculados cocineros la receta del *Bratapfel*, las manzanas rellenas de su bisabuela Helga, y pasado un mes, en la misa de Nochebuena, pudiendo sentarse en las bancas preferentes, lo hizo en el coro de los diáconos, al costado del taciturno jovencito que por meses lo había atendido en decoroso silencio. Aquella noche descubrió que el chico tenía unas cuerdas vocales prodigiosas, y oyéndolo cantar los himnos navideños universales se sintió reconfortado y próximo a la devoción que irradiaban los recargados elementos del templo.

El 8 de mayo de 1945, a primera hora, leídos los diarios que proclamaban la victoria de los aliados tras la rendición firmada el día anterior por el general Alfred Jodl, jefe del mando de operaciones de las Wehrmacht, Matías corrió a contarle la noticia al monseñor Harrington. Lo encontró sentado en su escritorio, afeitándose delante de un tazón de porcelana lleno de agua y espuma que más parecía un escupidero de dentista. Una camiseta sin mangas dejaba en evidencia su tórax vacuno y difuminaba la autoridad clerical que le conferían los hábitos. Cuando Harrington escuchó las buenas nuevas soltó toscamente la navaja y, sin terminar de rasurarse, se puso de pie y mientras abrazaba a Matías le untaba un lado de la cara con el jabón de afeitar. «No se mueva de donde está», le dijo, emocionado. Se limpió a medias con una toalla, se giró y con tres zancadas veloces alcanzó el gabinete empotrado donde, detrás de unos cálices y relicarios, escondía la botella de triple seco reservada para circunstancias como esa. Días atrás los periódicos especulaban con el suicidio de Hitler y daban por hecho que el ejército alemán tenía las horas contadas, pero solo ahora la derrota nazi quedaba sellada con la suscripción, en Reims, de un acta de capitulación militar sin negociaciones, que conllevaba la promesa de cese al fuego en veinticuatro horas. El monseñor, ya con la sotana puesta, brindó hasta tres veces, ordenó a uno de los diáconos repiquetear doce veces las campanas y enarbolar la bandera en lo alto del edificio, como si estuvieran en una fortaleza y no en un seminario, y propuso una misa para honrar a los caídos de la guerra, en especial a los norteamericanos, una misa en la que Matías, quién si no, se encargaría de dar unas palabras.

—He pensado ir, señor Gordon.

Del otro lado del teléfono, Clifford no se daba por enterado.

—¿A dónde, muchacho?

—¿Dónde más? ¡A Hamburgo!

—Matías, han pasado dos años ya, ¿no crees que va siendo hora de...?

—¿De olvidarme? No, señor Gordon. Quiero ir ahora más que nunca y replicar allá lo que vengo haciendo aquí: hablar con aquellos que perdieron sus casas y familias, oír sus demandas, leerles párrafos de la Biblia, darles herramientas para levantarse.

—En otras palabras, no quieres que te remuerda la conciencia.

—Lo dice como si fuera algo perjudicial.

—No, no, al contrario, es loable de tu parte, pero creí que primero te centrarías en tu salud.

—Me debo ese viaje, señor Gordon y, más importante aún, creo que se lo debo a mi madre, a mi abuelo, el día que vaya por fin podré...

—Hijo, ya basta, deja de torturarte pensando que vas...

—¡Usted no sabe lo que estoy pensando!

—Matías, ¿de verdad crees que alguien te necesita ahora mismo en Hamburgo?

—¡Yo, señor Gordon!, ¡yo necesito estar allí!

—¿Estás seguro de eso?

—De muy pocas cosas he estado más seguro últimamente.

—Está bien, está bien, no te exaltes, déjame hablar con Stillman. No sé si su arquidiócesis tenga contacto con parroquias en Alemania, además, tendríamos que hablar nuevamente con el juez, pedir un indulto, una dispensa, en fin, hay que mover algunos hilos. En una semana debo tenerte novedades.

El telefonazo de Gordon Clifford tardó no una sino tres semanas. Cuando Matías fue avisado de que tenía una llamada saltó los peldaños de las escaleras de dos en dos, ayudándose del pasamanos, y entró a la pieza donde se hallaba el único teléfono.

—Tengo dos noticias, una mala y una buena —dijo Gordon Clifford—, ¿cuál quieres oír primero?

—La mala —rechistó Matías.

—La mala es que no puedes ir a Alemania.

—¿No hay iglesias diocesanas allá?

—Sí que las hay, pero la negativa de Stillman es contundente.

—¿Qué quiere decir con eso?

—Stillman piensa que no es el momento idóneo, que es muy pronto.

—¡¿Muy pronto?!, ¡es absurdo!, eso tendría que decidirlo yo, ¿no cree?

—La opinión de Stillman es otra.

—¡Stillman!, ¡Stillman!, ¿qué sabe él lo que siento o necesito?

—Matías, haz el favor de calmarte, recuerda que si no fuera por las injerencias del arzobispo seguirías en el sanatorio.

—A ver, señor Gordon, ilústreme, dígame cuál es esa estupenda, inestimable noticia que el magnánimo Stillman le ha trasladado para que me sea comunicada.

—No voy a proseguir si no cambias de actitud, entiende que no estás en posición de elegir, nadie tiene la obligación de compadecerse de ti.

Se hizo una pausa. Matías podía intuir cómo relampagueaban los ojos del desconcertado banquero al otro lado del auricular.

—Lo siento, señor Gordon, me traiciona la impaciencia.

—Lo tuyo no es impaciencia, Matías, es necedad, majadería, capricho.

—Va a decirme cuál es la buena noticia, ¿sí o no?

—La buena noticia es que Stillman ha sido receptivo y propone enviarte provisionalmente a una iglesia en Foggia, en la Apulia, a unas tres horas de Roma.

—¿Y por qué allí? —rezongó Matías.

—Porque también allí se registraron bombardeos. Hay mucha gente viviendo en la miseria, sin nada que comer, ni ganas de seguir adelante... creo que es la experiencia que buscas.

El monseñor Harrington y un policía acompañaron a Matías al puerto de Nueva York, donde por segunda y última vez en su vida abordó un barco a vapor. El periplo duró dieciséis días, desembarcó en Messina y desde ahí tomó un camión que tardó siete horas en dejarlo en Foggia, en la parada de Viale Manfredi, situada a diez minutos de su destino: la basílica de San Giovanni Battista. Gracias a las cartas de recomendación los sacerdotes le depararon un trato privilegiado que no se condecía con su situación penitenciaria, de la que no parecían estar al tanto. «¿Se siente a gusto?, dígame si necesita algo más», le dijo Ángelo Pallotti, el anciano cura de huesos frágiles y sordo como una tapia que regentaba la casa parroquial anexa a la basílica, al dejarlo en su habitación, tan arrinconada y privada de luz natural como la que ocupaba en el seminario de Nueva York. «Quisiera una ventana», pidió Matías. «¡¿Una fontana?!», se impresionó el viejecito, «¡¿aquí dentro?!». «Ven-ta-na, reverendo, ven-ta-na», repitió Matías, deletreando las sílabas y trazando en el aire un recuadro con los índices de cada mano. «Oh, pero por supuesto», concedió Pallotti, con una sonrisa desdentada, y lo reubicó sin demora en una recámara con vista a una quinta arbolada de la Vía San Lazzaro.

Desde un inicio, hizo todo lo que estuvo a su alcance con tal de merecer la amistad de los religiosos que vivían allí, que juntos no sumaban más de diez. La llegada del impetuoso, carismático «hermano Matt», con su jovial disposición para acercarse a la población vapuleada por los ataques aéreos y aportar en lo que cupiese, representó para ellos un bálsamo, una motivadora presencia fuera de lo corriente. Todas las mañanas Matías desarrollaba en el patio una rutina de calistenia y gimnasia a la que fueron sumándose sucesivamente los demás integrantes de la casa, incluidos los tres frailes subidos de peso que normalmente se mostraban displicentes ante la ley del mínimo esfuerzo físico, pero que ahora reclamaban los ejercicios con efervescencia infantil.

Los fieles comenzaron a verlo en las jornadas parroquiales de fin de semana, así como en las misas dominicales, en particular la del mediodía, donde Matías formaba parte de la escuadra de acólitos que colaboraba en la celebración de la liturgia, ya sea acompañando la comunión, pasando entre las bancas la bolsa de terciopelo donde se recogían las limosnas, o balanceando el incensario en la procesión de entrada. Era el más servicial para cumplir esas y otras faenas hasta que alguien le pedía encender los cirios de un candelabro o armar una fogata para calentar las manos. Ahí se negaba con un delicado ademán de disculpa. La más leve cercanía con el fuego aún le producía escozor. Nunca cargaba fósforos y hacía mucho que no llevaba consigo el mechero Wieden, a cuyo peso en el bolsillo izquierdo del pantalón se había terminado acostumbrando. Pero sus aversiones no solo se relacionaban con el fuego. También lo aturdían los timbrazos del despertador, el rugido de los motores, la detonación del petardo más inofensivo, o el uso reiterado de expresiones que contuvieran palabras como *bomba, candela, humo* o *ceniza*. A veces apartaba la vista de la imagen del Cristo del templo, pues los maderos le recordaban la cruz de la mira del visor en el morro de los B-17, y hasta la arbitraria contemplación del cielo abierto, que entrañaba el riesgo de reproducir ominosas figuras o visiones del pasado, podía paralizarlo causándole estragos anímicos. «Todo cambia de aspecto, menos el cielo», decretaba Matías cuando lo distraía una migración de pájaros, un desplazamiento de nubes, una inusitada constelación de estrellas, o una de las fases del crepúsculo. Lo decía como si detrás de esos fenómenos viera escritos mensajes hostiles e inaccesibles al entendimiento de los demás. En los años venideros, con cada alusión al «encantador hermano Matt», los frailes traerían a colación esa frase mustia, pero certera como una puñalada: «Todo cambia de aspecto, menos el cielo».

De día, junto a tres de los sacerdotes novatos, recorría las villas donde moraban los damnificados de las redadas de los aliados, llevándoles víveres, frazadas, oyendo sus relatos escarmentados, tomando nota de sus peticiones, resolviendo sus incógnitas. Las nueve embestidas aéreas sobre Foggia, cuyo sinuoso objetivo era destruir la red de transporte local, mataron a unos veinte mil civiles y dejaron en ruinas un centenar de viviendas, plazas y estaciones de tren. «El bombardeo más despiadado fue el del 22 de julio del 43, a solo tres días del arresto de Mussolini», resaltó un hombre raquítico y encorvado que lucía más viejo de lo que era mientras sorbía con desesperación una cucharada de la sopa tibia que habían llevado los visitantes. La fecha no dejó indiferente a Matías: en esos días estaba próxima a perpetrarse la Operación Gomorra de Hamburgo.

Con los avances en la reparación urbana, Foggia había recobrado algo de su maltratada belleza; sin embargo, si uno se detenía en lo alto de las empinadas colinas de la región o en el filo de esos precipicios revestidos por abundante follaje, podía apreciar los signos inequívocos de la devastación y el halo fantasmal que aún discurría por la ciudad. Todas las mañanas, por tres meses seguidos, muchas veces en ayunas, Matías pasaba de tres a cinco horas con esos hombres, mujeres y niños desdichados cuyo estado, en todos los sentidos posibles, era paupérrimo. Los más afortunados habían ocupado edificios a medio derruir; puñados de diez o doce personas vivían amontonadas en una sola habitación cuyas ventanas estaban solo cubiertas con papel sulfurizado. Otras solo consiguieron parapetarse bajo hediondos túneles de hormigón y allí, en la inmundicia de basurales y letrinas, organizaban sus madrigueras. Las carencias eran tales que grandes y chicos se lavaban los dientes untándolos con arena del suelo; el día que Matías les llevó cepillos, pasta dentífrica y botellas de agua, además de otros pocos utensilios que se donaban a la iglesia, las muestras de agradecimiento fueron indescriptibles. Algunos días, al ir detrás de esos hombres andrajosos por los solitarios páramos en que terminaron convertidos sus antiguos vecindarios, al oír sus historias acerca de lo fecunda y pasmosamente apacible que era la vida en esa comarca antes del advenimiento de la guerra, y al verlos decididos

273

a renacer después de haber sido despojados de todo cuanto poseían, Matías sentía contribuir en algo a la recuperación de un pueblo que había sido demolido por máquinas pesadas similares a la que él había conducido. «Olvídense del pasado», les decía a los habitantes de Foggia, «también olvídense del mañana, toda su vida se concentra en este único instante, es este el momento al que deben sobrevivir, ya habrá tiempo para preocuparse por el siguiente».

Al cuarto mes de su arribo, cuando ya pensaba seriamente establecerse en ese pequeño, anacrónico poblado y vivir allí por años, se produjo el percance que lo llevaría a abandonarlo. Era jueves, temprano. Matías despertó, salió al patio a hacer sus ejercicios y le extrañó no ver a ningún fraile. Luego recordó: han salido de excursión, volverán pasado el mediodía. Buscó al padre Ángelo Pallotti en su despacho, tampoco estaba. Pasados unos minutos, alguien llamó al timbre. Matías abrió la puerta sin mirar quién era y encontró a una mujer de unos veinte años con un bebé en brazos. Creía haberla visto, aún embarazada, en sus primeras incursiones por las villas bombardeadas. En su rostro enjuto sus pupilas negras brillaban como dos esferas oscurísimas. La muchacha quería bautizar a su hijo, pero él le hizo saber que no había nadie que pudiera impartir el sacramento y le pidió darse una vuelta por la tarde. Ella fue tan insistente, exhibió tal premura que Matías pensó que podría improvisar una ceremonia; a fin de cuentas, conocía al dedillo el protocolo y no le tomaría más de veinte minutos oficiarla. ¿No le había dicho el padre Palloti que podía hacer en la casa lo que creyera pertinente? «Vamos, acompáñeme», le dijo, entrecerrando la puerta de la casa, invadido por un acceso de euforia. Dieron los cincuenta pasos que los separaban del ingreso posterior de la basílica, atravesaron los penumbrosos habitáculos de la sacristía y accedieron a la suntuosa nave central. Aunque la luz de Foggia se infiltraba por los postigos entornados de los ventanales del templo, Matías encendió un mínimo de lámparas. Se colocó un alba, una estola, cogió la Biblia del púlpito y se acercó a la pila, donde esperaba la mujer. Matías miró al niño, sus gestos enfurruñados le hicieron gracia. «¿Y el padre?», exploró. «Es soldado, ya volvió a Roma», farfulló la chica enterrando los ojos negros entre las figuras geométricas de los mosaicos de las baldosas. Sin más presencia que la de ellos tres, la basílica resultaba más imponente de lo que ya era. Matías engrosó la voz, indicó que el bautizo era sinónimo de salvación, pues purificaba el pecado original y convertía a los hombres en hijos de Dios. Dio lectura a unos versículos del libro del Éxodo y comenzó a verter el agua bendita. No había terminado cuando consultó el nombre que llevaría la criatura. «Carlo Giurato», dijo la madre. Matías se estremeció y dejó escapar un grueso hilillo de agua sobre la cabeza del bebé. Oír su apellido italiano después de tantos años le sonó peor que una herejía. A continuación, descolocado, maliciando una eventual conjura entre esa mujer y su padre o alguno de sus tíos, y a la vez temiendo que el niño fuese una reencarnación suya, el nuevo depositario del maleficio ancestral de su familia paterna, repitió medrosamente las palabras rituales, «yo te bautizo en el nombre del padre, del hijo y del espíritu santo», derramó las últimas gotas, las vio caer como caían las bombas, en forma de racimos, y siguió su curso hasta que explotaron, una a una, en la frente despejada del recién nacido.

21

El día que volví a Madrid, recién a las ocho de la noche remontamos el atasco producido por el volcamiento del camión en Ciudad Lineal. Una vez que dejamos atrás el escenario del accidente el taxi serpenteó por la carretera A-2 en dirección a La Castellana y continuó su ruta por el barrio de San Bernardo. El trayecto desde el aeropuerto, que debía haber durado, como mucho, treintaicinco minutos, nos había tomado más del doble. A pesar de la hora, los destellos del sol de principios de setiembre todavía recortaban con exactitud el perfil desenfocado de las cornisas de las grandes construcciones.

—¿Va a volver con su exesposa? —porfió Antonio. A esas alturas, después de todo lo que ya nos habíamos contado, su curiosidad me sonaba razonable.

—No —le dije—. Me toca estar una temporada solo.

—*Solo* no, *soltero* —me corrigió, pícaro.

—Sí —agradecí, con una media sonrisa—. Mejor definirse por el estado civil que por el estado de ánimo.

—Sea positivo: podrá conocer chicas, ligar, volver a las andadas.

Su arenga me recordó las madrugadas irrelevantes en que salía buscando aventuras y regresaba con las manos vacías.

—No es bueno estar solo —agregó.

Vino a mi mente como un ramalazo lo dicho por la vendedora de la tienda de mascotas refiriéndose a Fritz: «Este pez se ha muerto por estar solo». Me pregunté si los seres humanos pueden morir por esa causa.

—¡Bah! A veces es mejor estar solo —dije, queriendo sonar resoluto.

—Ahí discrepo. ¿Cuándo es mejor?

—No sé, cuando es imprescindible.

—¿Y cómo se sabe cuándo llega ese momento?

—Uno lo siente, supongo. Claro que, si la soledad viene impuesta por la otra persona, todo se hace cuesta arriba —divagué.

—Lo dice por su esposa.

—Qué comes que adivinas.

—Sé a qué se refiere, solo digo que no es bueno envejecer sin compañía.

—Ni la vejez ni la soledad me dan miedo —afirmé. No era cierto.

—Si se cruza con ella, espero que sea un encuentro civilizado.

—No voy a cruzármela, te lo puedo garantizar. Volvió a la casa de sus padres, en Alemania. ¿Te conté que Erika es alemana? ¿Te dije que se llama Erika?

—No, pero no importa. Yo tampoco le dije que mi mujer se llama Bertha.

—Bien. Es lo justo. Estamos *parches*.

—¿Y de qué ciudad es Erika?

—De Berlín.

—¿Y estando con ella aprendió algo de alemán?

—Casi nada. La madre de Erika es argentina, así que su español es impecable. Nos conocimos, convivimos, nos casamos y divorciamos en español.

—La única ciudad alemana que conozco es Hamburgo.

—Hamburgo. Al norte, ¿verdad?

—Sí, arriba, a tres horas en auto de Dinamarca. El clima es un desastre, pero la ciudad, espectacular.

—No me suena muy turística. ¿Fuiste por trabajo?

—Fui con mi señora a visitar a un tío suyo, un tío de Trujillo. Mi señora es de allá. ¿Conoce Trujillo?

—Sí, he ido cuatro o cinco veces. Buen clima. Mejor comida. Imagino que no tiene nada que ver con Hamburgo.

—El tío de mi señora es periodista, como usted, pero ya mayor, jubilado. Era redactor de *La Industria*, ¿le suena?

—Sí, el diario más famoso del norte peruano.

—Viajó a Hamburgo a hacer un reportaje, pero al final se enamoró de una alemana, igualito que usted, y acabó quedándose.

—Uno más que no volvió.

—Nos dijo que tenía muchas ganas de contar esa historia. Solo llegó a publicar un recorte.

—¿Sobre qué trataba?

—Es algo que le ocurrió a un chico que había estudiado en su colegio, allá en Trujillo.

—¿De qué época estamos hablando?

—Segunda guerra mundial. El chico participó en los bombardeos.

—¿Participó en la guerra? ¿Era piloto?

—Creo que sí.

—¿Quieres decir que el peruano tiró bombas? —reaccioné.

El auto frenó con brusquedad. Hacía unos minutos que veníamos circulando por el barrio de Malasaña.

—Perdone, creo que me pasé la dirección. Me dijo calle de la Palma 59, ¿cierto?

—Así es —ratifiqué.

Antonio encendió sus luces de emergencia y retrocedió unos metros hasta posicionar el auto frente al edificio.

—Es aquí. ¿Está bien? —preguntó—. ¿Esta es su casa?

—Sí —me limité a decir, tras pensar mi respuesta. La palabra *casa* me hizo titubear.

Descendimos. A la par que él bajaba la maleta, escudriñé los negocios colindantes: un locutorio, una tienda de azulejos, una floristería con macetas en el exterior, un restaurante con una desteñida bandera de Italia en la fachada, un bar con puertas de vidrio, una tasca aparentemente clausurada. Antonio cerró el maletero y cuando ya me disponía a extraer la billetera para pagarle, como si hubiera podido leer mi mente, pronunció la frase que estaba deseando oír:

—Si tiene un ratito, le cuento la historia del peruano bombardero.

El dueño del piso me había indicado que reclamara el manojo de llaves al encargado del locutorio vecino. Le pedí a Antonio unos minutos. Me acerqué al locutorio y una vez que me hice del llavero, volví con una propuesta.

—Cuéntame la historia, pero deja que te invite una cerveza —ofrecí, señalando con el mentón el bar de enfrente, La duda ofende, un nombre cuyas letras eran tubos de neón que proyectaban luces verdes y rojizas.

—Le acepto una Coca-Cola, maestro —respondió.

Nos sentamos, mirándonos por fin cara a cara. Ordené las bebidas.

—Dale, te escucho —dije, una vez que las trajeron.

Entonces empezó.

Madrid, mayo de 2023

Índice

Este libro se terminó
de imprimir en
Móstoles, Madrid,
en el mes de
noviembre de 2023

«Para viajar lejos no hay mejor nave que un libro».

EMILY DICKINSON

Gracias por tu lectura de este libro.

En **penguinlibros.club** encontrarás las mejores
recomendaciones de lectura.

Únete a nuestra comunidad y viaja con nosotros.

penguinlibros.club